AF187337

Linda Langer

Krankes Spiel

Linda Langer
Krankes Spiel

Psychokrimi

Bibliografische Information der Deutschen Nationalbibliothek:
Die Deutsche Nationalbibliothek verzeichnet diese Publikation
in der Deutschen Nationalbibliografie; detaillierte bibliografische Daten sind im Internet über http://dnb.dnb.de abrufbar.

© 2020 Langer, Linda

Herstellung und Verlag: BoD – Books on Demand, Nor-
derstedt

Lektorat: Katharina Baumgärtel
Umschlagsdesign: Ria Raven Coverdesign / www.riaraven.de
unter Verwendung von Shutterstock Bildmaterial

ISBN: 978-3-7519-1836-7

Linda Langer wurde 1996 im Sternzeichen Schütze geboren und wuchs im Erzgebirge auf.

Nach der Schulzeit folgte sie ihrem Traum Erzieherin zu werden und arbeitete ihre ersten Berufsjahre im Krippenbereich. Seit ihrer Kindheit träumte sie bereits davon etwas in der Welt zu hinterlassen. Anfangs versuchte sie sich im Lieder schreiben, doch es mangelte ihr an stimmlichen Talent. Im Schreiben fand sie sich gut aufgehoben und so entstanden in ihren Teenagerjahren erste Kurzgeschichten. Die Liebe zum Schreiben ließ sie seitdem nie wieder los und so wagte sie sich an ihren ersten Psychokrimi.

Sie können mit ihr über Instagram in Kontakt treten.

Alle Personen und Vorkommnisse in diesem Roman sind frei erfunden. Wer sich zu erkennen glaubt, liegt falsch.

Für die Menschen die mich motivieren, inspirieren, lieben und unterstützen meinen Traum zu verwirklichen.

Danke L

1

Der Tatort lässt mir keine Ruhe. Ich starre durch die Windschutzscheibe die leerstehende Fabrik an – ein Mahnmal für die ruinierte Industrie von Detroit und nun auch trauriger Schauplatz eines Mordes. Mein Team und ich arbeiten seit Tagen an einem Fall, der nicht nur meinen Boss Mac auf den Beinen hält, sondern auch mich. Wir haben die Spuren gesichert, aber mein Gefühl sagt mir, dass wir etwas übersehen haben.

Es dämmert, als ich mir die Taschenlampe aus dem Handschuhfach greife und den Wagen abschließe. Das Gelände der alten Automobilfabrik ist weitläufig und verwinkelt. Vielleicht ist es genau das, was mich an der Gewissenhaftigkeit der Spurensicherung zweifeln lässt. Ich schneide die Versiegelung der Tür durch und gehe in den großen Vorraum der Fabrik. Im Inneren ist es noch düsterer als draußen. Ich schalte die Taschenlampe an und erkenne sofort die dicken Wände der Fabrik. Etwas Licht strömt von den großen, alten Fenstern ein, die sich über mir befinden. Alles ist noch voller Blut. Ich laufe zu der Außenwand und beuge mich nach unten, um den Boden, abseits des Leichenfundortes auf Spuren untersuchen zu können. Alles was ich erkennen kann, ist ein staubiger Betonboden, dem eine Reinigung mal guttun würde. Vielleicht finde ich in den anderen Räumen etwas. Als ich mich aufrichte, surrt es hinter mir. Kalter Draht liegt plötzlich an meiner Kehle. Ich schnappe nach Luft, lasse die Taschenlampe fallen und greife zu der Schlinge, die sich fest um meinen Hals schließt. Eiseskälte schießt durch meine Adern. Niemand weiß, dass ich hier bin. Ich muss mich befreien – herausfinden, wer mein Angreifer ist … oder Spuren hinterlassen. Ich zappele wild herum und versuche mich zu befreien, doch es gelingt mir nicht.

»Glauben Sie etwa, dass mich niemand vermissen wird?«, krächze ich, während mein Angreifer mir mit der Schlinge um dem Hals das Atmen erschwert. »Mein Team wird mich finden und damit auch Sie.«

Mein Angreifer zieht die Schlinge enger und beugt sich über meine Schulter. Spröde Lippen streifen über mein Ohr. Meine Nackenhaare stellen sich auf und ein Schauer läuft mir über den Rücken.

»Das werden wir ja sehen, Kleines«, feixt eine männliche Stimme. Er greift nach meiner Waffe an meinem Hosenbund, entwendet sie und nimmt sie an sich. Ich schnappe nach Luft und zwänge meine Finger zwischen die Schlinge und meinen Hals. »Sei schlau und tu was ich dir sage. Wir gehen jetzt gemeinsam aus dieser Fabrik hinaus in eine der nebenstehenden Hallen. Denke nicht einmal im Traum daran zu entkommen. Glaube mir, das wird dir nicht gelingen und falls doch, ist es ein leichtes für mich dich wieder einzufangen. Verstanden?«

Ich gebe ihm zu verstehen, dass ich seinem Willen Folge leisten werde. Jetzt, wo er eine Waffe hat, kann er sie auch benutzen. Mit der geladenen Waffe an meinem Rücken und der Schlinge um meinem Hals dirigiert er mich in die Richtung einer alten Lagerhalle. Im Inneren der Halle angekommen stelle ich fest, dass sie der alten Fabrikhalle sehr ähnelt. Dicke Wände und Fenster in unerreichbarer Höhe fallen mir direkt auf. Dieselben kargen, grauen Wände, wie in dem anderen Gebäude. Ich stehe, mit dem Mann an meinem Rücken, da. Gekonnt sichert er die Waffe und steckt sie weg.

Meine ganze Kleidung ist nass geschwitzt, aber ich kann immer noch ein Lächeln aufsetzten. Innerlich hoffe ich, dass es bald vorbei ist, aber würde ich dieses Gefühl zeigen, würde er mich gnadenlos umbringen. Um Hilfe zu schreien, bringt nichts, da das gesamte Fabrikgelände abgeschieden liegt. Wieso habe ich den Mann nur nicht kommen hören?

Das Gefühl, bald sterben zu müssen, breitet sich in mir aus. Mir wird abwechselnd kalt und heiß. Ich habe nicht nur mein ganzes Leben vor Augen, nein, ich denke auch daran, was das für ein Mensch ist, der so etwas macht. Er strahlt große Selbstsicherheit aus, dass sein Plan aufgeht. Das alles macht mir umso mehr Angst und je mehr Angst ich habe, desto mehr muss ich lächeln. ›Besser lächeln, als weinen‹, höre ich meinen Bruder sagen und bisher hat das super funktioniert. Was soll nur aus meinem Bruder werden? Adam braucht mich so sehr, wie ich ihn brauche.

»Erzählen Sie mir etwas über sich«, schlage ich verzweifelt vor. Vielleicht kenne ich ihn. Vielleicht bin ich aber nur zum falschen Zeitpunkt am falschen Ort.

»Wow, du möchtest mich besser kennen lernen?«, fragt er verächtlich.

Er lockert die Schlinge.

»Ich möchte wissen, von wem ich angegriffen werde. Andere wären sicherlich nur auf ihre Todesangst konzentriert, aber sterben müssen schließlich wir alle. Selbst Sie. Ich habe kein wirkliches Problem damit, zu sterben. Ob jetzt oder später ist mir völlig egal. Sie würden mir nur einen Gefallen tun.«

»Ach ja?«

Ich zucke zusammen. Er presst sich gegen meinen Rücken. Jetzt kann ich seine Lippen direkt an meiner Schläfe spüren. Seine Wange kratzt über meine. Er hat sich nicht rasiert.

»Hübscher Bart.« Ich wechsle das Thema. Er beginnt leise zu lachen. Anscheinend genießt er es, wenn man über ihn spricht. Bestimmt ist er jemand, der zu wenig im Mittelpunkt stand und es jetzt umso mehr braucht und alles dafür tun würde … selbst Töten.

»Findest du?«, fragt er amüsiert.

»Wie alt sind Sie?«

»Dreißig.«

»Schönes Alter.«

»Allerdings. Aber ich glaube, doch etwas zu alt für dich, oder etwa nicht?«

Macht er sich etwa Hoffnung oder macht er sich nur über mich lustig? In meiner Situation tue ich alles, um am Leben zu bleiben. »Wenn Sie wüssten. Wenn Sie nur wüssten.« Ich lache auf und daraufhin macht er mir das Leben noch schwerer und schließt die Schlinge wieder. Okay, schlechte Idee. Bald kann ich trotz Finger kaum einen Laut von mir geben.

Seine Lippen streifen mein Ohr. »Was müsste ich denn wissen? Mh?«

Ich glaube es nicht. Will er mich wirklich kennen lernen? Oder kennt er mich bereits? Es kann kein Zufall sein, dass er hier ist. Vielleicht wusste er, dass ich hierherkommen würde. Wieso sonst sollte sich jemand hier in dieser Fabrikruine aufhalten? Der Fall wurde schließlich noch nicht über die Medien verbreitet. Vielleicht ist er der Täter, der zum Tatort zurückgekommen ist.

Mit letzter Kraft ziehe ich an der Schlinge. »Interessiere ich Sie wirklich oder wollen Sie nur das bestätigt bekommen, was Sie schon wissen?«

»Interessant. Wie ich sehe, bist du sehr schlau.«

Während er spricht, ziehe ich eine Hand aus der Schlinge und bewege sie zu meiner Hosentasche, um an mein Handy zu kommen. Doch zu spät. Er zieht mich hastig nach hinten, meine Füße verlieren ihren Halt und schleifen über den Boden, bis er wieder stehen bleibt. Er flüstert mir ins Ohr, dass ich so etwas nicht noch einmal versuchen soll. Ich

zweifle keine Sekunde daran und darf ihn nicht unterschät-
zen. Einen Versuch ist es mir aber wert gewesen. Er hätte
mich auch gnadenlos erwürgen können, aber das hat er
nicht. Noch nicht! Er ist noch nicht fertig mit mir. Das kann
bedeuten, dass es noch einen Funken Hoffnung für mich
gibt, oder dass er einfach Spaß daran hat, seine Opfer erst
leiden zu sehen.

»Dann erzähl' mal was über dich. Oder soll ich das übernehmen, Lila? Die hübsche Tochter aus anfänglich gutem
Hause, die ihren Vater verlor und miterleben musste, wie
ihre Mutter immer weiter in den Alkoholrausch abrutschte.
Du liebst es in Cafés zu sitzen und abends Filme zu sehen.
Ein Ausgleich für das Schreckliche, was du als Detective zu
sehen bekommst. Ja, ich weiß sehr viel über dich, aber was
du vielleicht noch von mir wissen solltest ist, dass ich ein
guter Beobachter und Zuhörer bin.«

Seine Worte verstören mich. Er kennt mich … hat mich
beobachtet. Kenne ich ihn? Die Schlinge um meinen Hals
lockert sich, als er mir etwas vor mein Gesicht hält. Es ist
eine Fernbedienung mit nur einem Knopf. Ein Fernzünder?

»Sobald ich diesen Knopf drücke, werden sich alle Fenster und Türen schließen und unter Strom stehen. Falls du
versuchen willst, ein Fenster oder eine Tür zu berühren,
wird dich ein Stromschlag durchfahren, der dich in Ohn-
macht fallen lässt. Das Gleiche gilt für Personen, die von
außerhalb in die Fabrik kommen wollen. Kurz gesagt, du
kommst hier nicht raus, wenn ich es nicht will und niemand
wird hier hereinkommen.« Er drückt sofort auf den Knopf

und ich höre ein Klicken an jedem Fenster und an jeder Tür. Ein Summen ertönt und signalisiert mir die Spannung, die im gesamten Gebäude vorherrscht.

»Sie haben das alles hier geplant, nicht wahr?«

»Oh ja. Das verlegen des Stromkreises war eine herausfordernde Aufgabe gewesen.« Er lässt die Schlinge los und ich falle keuchend zu Boden. Sofort betaste ich meinen blutenden Hals und begutachte meine Finger. Die Schlinge hat tief in meine Haut geschnitten.

»Wieso bringen Sie mich nicht um?«

Der Mann steht vor mir. Er hält die blutige Schlinge in einer Hand und lächelt auf mich herab. Ich sehe zum ersten Mal sein Gesicht und sofort weiß ich, wer er ist.

»Du hast jetzt genug Zeit, darüber nachzudenken«, antwortet er und geht in ein anderes Zimmer. Wenige Sekunden später kommt er zurück und hält einen Erste-Hilfe-Kasten in der Hand. Er kniet sich neben mich, betrachtet die Wunden, die er mir zugefügt hat und öffnet den Kasten, um Verbandsmaterial herauszusuchen. Das Ganze kommt mir wie ein perverses Spiel vor, das ich nicht verstehe.

»Und? Erinnerst du dich an mich?«, fragt er neugierig nach.

»Ja.« Ich mache eine kurze Denkpause. »Ich habe mich schon damals gefragt, warum sich ein Mann wie Sie eines Nachmittages zu mir an den Tisch in einem Café setzt.«

Er drückt ganz vorsichtig drei Kompressen an meinen Hals und beginnt eine Binde darum zu wickeln.

»Und bis heute ist das Rätsel noch nicht gelöst, nicht

wahr?«

Damit hat er recht. Ich bin so verwirrt, dass ich gar nicht weiß, wo ich anfangen soll zu denken. Was geht nur in diesem Mann vor?

Ich sitze nach einem anstrengenden Arbeitstag in meinem Lieblingscafé und genieße einen Latte Macchiato in der Wärme der Sonnenstrahlen.

»Hey, ist der Platz noch frei?«, fragt jemand.

Ich hebe meinen Blick und sehe einen fremden Schönling. Seine dunkelblonden Haare sind perfekt gestylt und sein Look ist lässig. Misstrauen breitet sich in mir aus – wie immer. Wieso möchte sich ein Mann wie dieser an einen Tisch mit mir setzen? Vielleicht bin ich zu vorsichtig. Mit dieser Einstellung gelingt es mir vielleicht nie, einen Partner kennen zu lernen.

»Ja, klar. Setzten Sie sich«, sage ich und bin über meine Antwort verwundert. Ein leichtes Kribbeln durchfährt meinen Körper.

Er folgt meiner Einladung und setzt sich mir gegenüber. Dabei weht mir sein herbes Parfum entgegen, das mein Herz hüpfen lässt.

»Sind Sie neu hier in der Stadt?«, frage ich ihn. Da ich nachmittags sehr oft hier bin, kenne ich mittlerweile jedes Gesicht, das ein und aus geht, und er wäre mir aufgefallen.

Er lächelt mich verschmitzt an und die Schmetterlinge in meinem Bauch flattern wild durcheinander.

»Nein, das nicht. Ich wohne auf der anderen Seite des

Parks und besuche dort die Cafés der Stadt.«

Ich beschäftige meine Finger, rühre mit meinem Löffel in dem Latte Macchiato herum und frage mich, ob ich dauerhaften Augenkontakt herstellen oder lieber vermeiden soll. Schließlich kenne ich diesen Mann nicht und er könnte mir jede Geschichte über sein Leben auftischen.

»Sie besuchen gern Cafés?«, frage ich nach. Ich möchte mehr über diesen Mann erfahren. Ich kenne noch nicht einmal seinen Namen. Wäre es komisch, wenn ich danach fragen würde?

»Wann immer es meine Zeit zulässt. Sie auch?«

»Ja, ich bin hier praktisch Stammgast«, witzele ich.

Er schenkt mir ein charmantes Lächeln. »Dann können Sie mir sicherlich etwas von der Karte empfehlen.«

»Verraten Sie mir zuerst Ihren Namen und dann werde ich Ihnen die beste Torte empfehlen, die Sie je in Ihrem Leben gegessen haben.«

Er beugt sich über den Tisch und streckt mir seine Hand entgegen, die ich ergreife.

»Steve Rich«, sagt er. Wir schütteln einander die Hände, während er einen Strauß roter Rosen unter dem Tisch hervorvorholt …

Wir vertieften unser Gespräch und hatten einen sehr schönen Nachmittag, von dem ich hoffte, noch mehrere mit diesem Mann zu erleben, doch ich sah ihn nie wieder. Und nun bringt er mich fast um, nur um mich anschließend zu verarzten und mit mir zu plaudern? Das ergibt keinen Sinn.

»Wie lange ist es wohl her, als wir gemütlich einen Kaffee getrunken haben?«, fragt er, während er mir den Verband anlegt.

»Fünf Monate.«

»Dann erinnerst du dich noch an mich?«

»Sie sind Steve Rich.«

»Ich bin erstaunt, dass du mich nicht vergessen hast.«

»Wie könnte ich eine fremde Person vergessen, die mich aus heiterem Himmel in ein Gespräch verwickelt hat und mir ein Rosenbouquet schenkte?« Und auch noch so eine attraktive Person dazu!

Er reißt ein Stück Pflaster mit seinen Zähnen von der Rolle ab, drückt vorsichtig meinen Kopf nach unten und fixiert das Ende der Binde in meinem Nacken. Ich richte meinen Kopf unter Schmerzen wieder auf.

»Ich bin nie aus deinem Leben verschwunden, Lila. Ich war immer da.« Er begutachtet meine Finger, kramt aus dem Verbandsmaterial mehrere Pflaster hervor und beginnt sie behutsam um die Wunden zu wickeln.

»Aber wieso? Was wollen Sie von mir?«, frage ich ihn, doch er gibt mir keine Antwort und schaut mich nur an. Stille erfüllt den Raum. Ich kann nicht fassen, dass Steve vor mir sitzt oder was hier geschieht. Ich klammere mich an mein Training: Wenn er nicht über meine Zukunft reden will, dann über etwas anderes.

»Wen haben Sie alles umgebracht?«

»Niemanden. Jedenfalls noch nicht.«

»Wie soll ich das verstehen?«

»Ich habe in den letzten Jahren bemerkt, dass der Drang in mir jemanden umzubringen immer mehr heranwuchs. Also suchte ich mir Hilfe, bevor es dazu gekommen wäre.«

Noch immer schaue ich ihn fragend an. »Komm, steh auf. Ich zeige dir die verschiedenen Räume«, fordert er mich auf und hält mir seine Hand hin. Ich stehe ohne seine Hilfe auf und wir laufen zum ersten Raum. Mir bleibt keine andere Wahl, als mich zu fügen. Vorerst. Wenn ich hier rauskommen will, muss ich mehr über ihn erfahren und eine Vertrauensbasis aufbauen. Vielleicht lässt er mich dann irgendwann nach draußen, wenn er merkt, dass ich nicht weglaufen will.

»Hier ist die Küche«, erklärt er und öffnet die Tür.

In dem Raum ist kein Fenster. Er geht zu dem großen Kaffeeautomaten und lässt einen warmen Kakao in eine Tasse fließen. Ich schaue mich um. Er hat die gesamte Halle umgebaut und daraus eine Art Wohnung entstehen lassen. Unglaublich. Er hat das alles arrangiert, ich bin mir nur noch nicht sicher warum. Alles ist da, was man in einer Küche braucht. Ein Tisch, Stühle, Kühlschrank, Schränke. Sogar ein Geschirrspüler steht in dieser alten Lagerhalle. Er reicht mir die Tasse Kakao.

»Lass es dir schmecken.«

»Danke.«

Die ganze Situation mutet immer seltsamer an.

Wir laufen weiter zum nächsten Raum – das Bad. Wieder sind keine Fenster vorhanden. Dafür aber eine große Badewanne, eine Dusche, eine Toilette, Waschbecken, ein großer Spiegel und Schränke. Sogar zwei Zahnbürsten stehen bereit. Er hat anscheinend nicht geplant gehabt, mich umzubringen. Alles wirkt perfekt vorbereitet.

Im nächsten Raum stehen ein großes Bett und daneben ein Nachttisch mit Lampe und ein großer Kleiderschrank.

»Du bist so still. Gefallen dir die Räume bisher?«

Ich stoße ein Schnauben aus.»Mr. Rich, um ehrlich zu sein, habe ich damals nach unserem Zusammentreffen in dem Café sehr darauf gehofft, Sie wiederzusehen. Ja, ich habe vielleicht darauf gehofft, solche Entscheidungen, wie die Inneneinrichtung einer Wohnung auszusuchen, gemeinsam zu treffen, aber jetzt, in diesem Moment, ist es mir schleierhaft, wieso mir die Einrichtung meines Gefängnisses gefallen sollte.«

Er antwortet mir nicht und lächelt nur. Es kann ihm nicht entgangen sein, dass ich hier nicht bleiben will.

Wir gehen aus dem Zimmer und kommen wieder in den Hauptraum der Lagerhalle. Ein großes Sofa schmückt den Raum, davor liegt ein großer Teppich und darauf steht ein kleiner Tisch. Der Fernseher hängt an der Wand inmitten der braunen Wohnwand. Wie versteinert stehe ich neben meinem Entführer und wage es, nach einer Fluchtmöglichkeit zu suchen.

Die Fenster befinden sich ungefähr fünf Meter über mir. Ohne Hilfsmittel habe ich keine Chance überhaupt daran zu gelangen. Lediglich eine Tür rechts und links von mir, stehen zwischen mir und dem Weg in die Freiheit.

»Zu viel zu analysieren?«, feixt er, während er auf der

Couch platznimmt. Ich drehe mich im Kreis, verschaffe mir einen Überblick über den Ort und meine Situation und versuche, meine Gedanken zu ordnen.

»Viel zu viel«, antworte ich ehrlich.

»Vielleicht kann ich dir helfen, deine Fragen zu beantworten. Damals habe ich dir nicht viele Informationen über mich preisgegeben. Setz dich«, fordert er mich auf und deutet auf den Platz neben sich.

Mir ist nicht wohl dabei, aber eine Alternative habe ich nicht, also beschließe ich, zunächst zu kooperieren.

Ich erinnere mich zurück an den Tag, als sich dieser Mann zu mir an den Tisch setzte. Er war sehr freundlich gewesen und nie hätte ich gedacht, dass er zu so einer Gewalttat im Stande sein könnte. Niemals! Er bestellte sich damals eine heiße Schokolade und wir vertieften uns in ein Gespräch.

»Was machen Sie beruflich?«, möchte Steve von mir wissen.

Vor mir steht mittlerweile mein zweiter Latte Macchiato, in dem ich gerade ein Päckchen Zucker hineinschütte. »Ich arbeite bei der Polizei«, antworte ich vage. Bisher hat er mir Löcher in den Bauch gefragt, aber sobald ich mehr über ihn wissen wollte, bekam ich nur kurz angebundene Antworten. Ist er zu schüchtern, um mehr über sich zu verraten? Gut möglich. Allerdings hat er mich sehr selbstbewusst angesprochen. Vielleicht sollte ich ihm Zeit geben. Möglicherweise ist es die anfängliche Euphorie gewesen, die ihm den Mut zu seinem ersten Schritt auf mich zu bestärkt hatte. Wer

weiß wohin mich diese Begegnung führt. Vielleicht sitzt vor
mir der Mann meiner Zukunft. Der Partner meines Lebens?
Ha – wohl kaum! Welchem Mann würde es gefallen, wenn
seine Frau mehr Zeit auf Arbeit verbringt als zu Hause?

»Also sind Sie Polizistin?«, hakt er nach.

Eigentlich will ich nicht ins Detail gehen, aber vielleicht ist
das meine Chance. Meine bisherigen Erfahrungen in ge-
planten Dates fielen nur negativ aus. Nun, bis auf die eine
Ausnahme, aber die Beziehung mit Josh ging schnell in die
Brüche. Wer nicht wagt, der nicht gewinnt.

Ich nicke. »Eine waschechte mit allem was dazu gehört:
Waffen, reichlich Überstunden und immer eine Schachtel
Donuts griffbereit.«

»Und was machen Sie genau? Verteilen Sie nur Strafzet-
tel oder fassen Sie auch Vergewaltiger und Mörder?«

Er scheint sehr interessiert an mir zu sein. Oder etwa nur
an meinem Beruf? Ich muss lächeln, bei dem Gedanken
stundenlang Strafzettel zu verteilen.

»Wir schnappen uns hauptsächlich die Straftäter, die in
dieser Welt herumlaufen«, gestehe ich.

»Interessant. Haben Sie jemanden festgenommen, von
dem man gehört hat?«

Ich überlege kurz. »Vielleicht haben Sie von Marie Davis
gehört?«

Er schenkt mir ein Lächeln. »Das war doch die Massen-
mörderin, die einen Sprengsatz in dem Tower Center Mall
hochgehen lies, oder?«

Ich nicke ihm zu. »Nun, Sie fragen mich so vieles und

antworten mir so wenig. Was machen Sie beruflich?«

Er nimmt sich einen Keks von dem Teller in der Mitte un-
seres Tisches und beißt genüsslich hinein. Der Anblick lässt
mich dahin schmelzen und ein Kribbeln durchfährt meinen
ganzen Körper. Gerne würde ich mit dem Keks tauschen,
um zu sehen, ob seine Lippen so weich sind, wie sie aus-
sehen. Nach gefühlten Minuten bemerke ich, dass sich
mein Blick fest auf seinen Mund fixiert hat. Ich blinzle
schnell und schaue verlegen zur Seite, ehe ich ihm wieder
in seine Augen blicke. Er schmunzelt. Er weiß, dass er mich
an der Angel hat. Er schluckt seinen Bissen hinter und ich
sehe wie sich sein Adamsapfel nach oben und wieder nach
unten bewegt.

»Ich bin Mechatroniker«, sagt er …

Ich sitze neben ihm und starre auf den großen, schwarzen
Bildschirm an der Wand. Er erinnert mich an den Monitor,
den wir für Besprechungen nutzen.

»Wieso haben Sie den Wunsch zu töten immer mehr ver-
spürt?« Wie in Trance warte ich auf eine Antwort.

»Mein elterliches Haus hat mir gelehrt mit Gewalttaten zu
kommunizieren, wie du eben bemerkt hast. Ich muss lernen
damit aufzuhören und das geht nur, indem ich praktisch
daran arbeite«, erklärt er weiter, doch für mich ergibt das
noch keinen Sinn.

»Okay.«

»Mein Therapeut gab mir Tipps und diese habe ich bei dir
umgesetzt und siehe da, du lebst noch.«

Das hört sich wie ein verdammt schlechter Witz an. »Das heißt, ich bin einer Ihrer Erfolge? Ein erster Schritt in Richtung Heilung? Besuchen Sie Ihren Therapeuten regelmäßig?«

»Das kann man wohl so sagen und ja, ich besuche meinen Therapeuten nach wie vor.«

Ich zögere. Er scheint es mit der Redebereitschaft ernst zu meinen. Ich muss jede Gelegenheit nutzen, die sich mir bietet, um mehr Informationen über ihn zu erhalten. Somit wird mir es gelingen eine Verbindung zu ihm aufzubauen. »Erzählen Sie mir von Ihren Eltern.«

»Ich spreche nicht gern über meine Vergangenheit und glaube mir, du möchtest nichts über meine Eltern wissen.«

Das war vielleicht die falsche Frage, die ich gestellt habe. Die Ereignisse der letzten Stunde schwirren mir durch den Kopf. Er hatte es von vornherein nicht vorgehabt mich umzubringen. Wofür hatte er sich diesen ganzen Aufwand auf dem Fabrikgelände gemacht? Nur um an seinem aggressiven Verhalten zu arbeiten? Natürlich könnte er immer noch versuchen mich umzubringen, aber vielleicht habe ich doch noch eine Chance auf Leben und meinen Bruder und mein Team wiederzusehen. Wiederum könnte er mich mit seinen Aussagen nur in Sicherheit wiegen wollen, um in einem günstigen Moment zuzuschlagen. Er hat schließlich immer noch meine Waffe und wird sie mir mit Sicherheit nicht zurückgeben.

»Bei dem Gedanken daran zu töten, kam in mir ein Gefühl von Freude auf. Ein Gefühl von Macht,« spricht er weiter.

»Aber hätte ich mir keine Hilfe gesucht, wären wir uns nie begegnet, Kleines.« Er beugt sich nach vorn und schaut mir in die Augen. »Und bitte verleugne nicht, dass dir ein bisschen Aufregung in deinem Leben nicht gefehlt hat. Ich kann mir gut vorstellen, dass du es genießt, und zwar jede einzelne Sekunde.«

Wie kann er so etwas nur behaupten? »Was um Himmels Willen haben Ihre Eltern nur falsch gemacht?«

»Wie deine Mutter lagen sie täglich besoffen in einer Ecke des Hauses, bis sie irgendjemand fand und in ein Krankenhaus brachte. Natürlich befand das System, dass sie nicht in der Lage waren, ein Kind zu betreuen. Kurz darauf wurde ich in ein Heim gesteckt. Und kannst du dir denken, in welches?« Er gibt mir nicht genügend Zeit, um zu antworten. »Es war dasselbe, in dem du und dein Bruder gewesen seid. Aber wie du siehst, bin ich eher der gewalttätige Typ und du eher der Mach-was-aus-deiner-Zukunft-Typ.«

Er hat nicht unrecht. Jeder Mensch ist anders und muss mit seiner Vergangenheit leben und irgendwie damit fertig werden. Ich habe das Beste daraus gemacht und er hat … sein mögliches Potential nicht ausgeschöpft. Das alles erklärt jedoch nicht, warum ich ihn damals in dem Café nicht wiedererkannt habe, wenn wir uns doch von früher kannten? Zuviel Zeit ist seitdem vergangen und um ehrlich zu sein denke ich nicht gerne an die Zeit im Heim zurück. Vielleicht sind wir uns über den Weg gelaufen, aber richtig wahrgenommen habe ich ihn nie. Ich kann mich jedenfalls nicht daran erinnern.

»Sie sind aber auf dem besten Weg, auch etwas aus Ihrer Zukunft zu machen.« Was kam da aus meinem Mund? Habe ich etwa Mitleid mit ihm? Nur weil er eine ähnliche Vergangenheit hat wie ich? Ich lehne mich zurück, mit meiner Tasse Kakao in der Hand und wende mich ihm zu.

»Tja, diese Chance habe ich jetzt eben wieder verspielt, da ich eine Polizistin gefangen halte. So ein Pech aber auch für mich.«

Ganze zehn Tage sind vergangen, in denen ich mit Steve Rich in dieser Fabrik lebe. Verschlafen stehe ich auf und ziehe mich um, bis mir etwas auffällt. Das Summen des Stroms ist plötzlich weg. Oder höre ich es nicht mehr? Sicherlich kommt es jede Sekunde wieder. Ich wende mich meiner Sturmfrisur zu, mache mir einen Dutt und gehe aus dem Schlafzimmer. Erschrocken bleibe ich stehen. Vor mir steht Mac mit einer kugelsicheren Weste und in der Hand eine Waffe. Mit ausgestrecktem Zeigefinger vor dem Mund signalisiert er mir still zu sein. Hinter ihm stehen David und Tony, die neben der Tür zum Bad Stellung bezogen haben. Wie haben sie mich gefunden? Ich stehe wie angewurzelt da. Weiß Steve, dass mein Team kommt? Er hat alles geplant. Es kann kein Zufall sein, dass der Strom aus ist! Einerseits bin ich froh, endlich wieder frei zu sein, aber eine andere Seite in mir trauert um die Gesellschaft von Steve. Er hat mich in den ersten fünf Tagen verletzt und Dinge mit mir gemacht, die ich nicht wollte, aber in den letzten fünf Tagen hat er sich um mich gekümmert und mich auf Händen getragen. In dieser Zeit haben wir viel miteinander geredet und uns besser kennen gelernt, doch das macht nicht ungeschehen, was er mir angetan hat.

Mac gibt Tony das Handzeichen für den Zugriff und die drei Stürmen das Badezimmer. In Handschellen und nur in ein Handtuch gewickelt bringen sie Steve aus dem Bad.

»Seit wann haben Sie gewusst, dass mein Team mich gefunden hat?«

Er steht vor mir, fixiert mit Handschellen und von Mac und Tony am Arm gepackt. David hält noch immer seine Waffe schussbereit in der Hand.

Steve lächelt mich an. »Wir werden uns wiedersehen, Lila«, gibt er mir zu bedenken und wird von Mac und David zum Auto begleitet.

»Hey, wie geht es dir?«, fragt mich Tony. Er legt seine Hände auf meine Schultern und mustert mich besorgt.

»Ich weiß nicht.«

»Dein Hals sieht schlimm aus.«

War schon mal schlimmer, denke ich mir und realisiere, was gerade passiert ist.

2

Fünf Jahre vergingen und ich denke kaum noch an Steve Rich. Meinem Psychologen Coleman habe ich nur so viel anvertraut, damit ich meine Arbeitsbescheinigung wieder bekam. Dieser Mensch ist mir von Anfang an sehr unsympathisch gewesen und daran hat sich bis heute nichts geändert.

Am Tag, bevor Steve auf Bewährung entlassen wird, klingelt morgens das Telefon und Officer Bishop will mich sprechen. Ich kenne ihn nicht. Er erkundigt sich, ob ich nicht doch den Personenschutz in Anspruch nehmen möchte. Ich erinnere mich daran, was Steve gesagt hatte – dass er mich wiedersehen würde. Als ob ich das je hätte vergessen können – verdrängen, ja, aber nie vergessen.

Während Officer Bishop versucht, mich zu überzeugen, spüre ich in mir die Angst hochkommen, die ich damals empfunden habe, als Steve mich bedrohte und misshandelte. Meine Knie beginnen zu zittern.

»Miss Baker. Möchten Sie wirklich keine Personenschützer für den Fall, dass er zu Ihnen kommt?«

All die schlimmen Erinnerungen drängen sich in meine Gedanken. Mein Herz rast und ich bekomme einen kalten Schweißausbruch, während ich die Wand anstarre, an der das Telefon hängt. Die Angst lähmt mich und ich stütze mich mit einer Hand an der Wand ab. Es gab zwar auch gute Momente mit Steve, aber die schrecklichen wüten besonders stark in meiner Erinnerung. Ich versuche einen kühlen Kopf zu behalten.

»Nein danke, Officer. Es ist mein Job, auf andere aufzupassen und Mörder zu jagen. Ich denke, ich werde mit Steve zurechtkommen.« Was habe ich da eben gesagt? Ich denke also, dass ich mit ihm zurechtkommen werde? Ich atme einmal tief durch, um meine Gedanken zu ordnen. Wenn ich genau darüber nachdenke, hat sich Steve bereits in der damaligen Zeit geändert. Er war in den letzten Tagen sehr charmant und witzig gewesen, hat sich mir gegenüber mehr geöffnet und wir hatten eine gute Zeit gehabt. Allerdings darf ich seine schrecklichen Taten an mir nicht außer Acht lassen. Er könnte wieder anfangen mich zu misshandeln. Auf der anderen Seite vermisse ich die gute Zeit, die wir miteinander hatten.

»Nun gut, es ist Ihre Entscheidung. Ich wünsche Ihnen alles Gute, Miss Baker. Auf Wiederhören«, verabschiedet er sich.

»Auf Wiederhören«, sage ich, doch der Officer hat das Telefonat bereits beendet. Ich starre mit dem Hörer in meiner Hand noch immer die Wand an und höre das leise Tuten. Schließlich atme ich tief ein und lege den Hörer zurück auf die Gabel.

Noch ein Tag, dann werde ich ihn wiedersehen. Ich bin mir sicher, dass ich ihm kaum aus dem Weg gehen kann. Wenn er mich sehen will, dann schafft er es auch. Wir sprechen schließlich von Steve Rich, dem Mann, der mich gefangen hielt. Da ist es ein Leichtes für ihn, mich erneut zu schnappen. Er hatte schließlich damals geäußert, dass er mich ausgesucht hatte. Für einen Augenblick erscheint es mir eine sehr verlockende Idee, spontan das Land zu verlassen, doch ich verwerfe den Gedanken sofort wieder. Meine Teamkollegen sind mir sehr wichtig und niemand, auch kein Steve Rich, kann mich dazu zwingen Reißaus zu nehmen. Das würde ein Widersehen mit ihm nicht verhindern, da er mich finden würde, egal wo ich bin.

Er wollte mich damals nicht umbringen, sondern meinem damaligen Leben etwas Abenteuerliches geben. Das ist ihm sehr gut gelungen. Ich musste unter seinen Misshandlungen Qualen leiden und habe Dinge mit ihm erlebt, die nicht alltäglich waren. Ob er wieder damit anfangen wird, wenn wir uns begegnen? Fragen ohne Antworten schwirren durch meinen Kopf. Das erneute Klingeln meines Telefons reißt mich aus meinen Gedanken.

»Wann genau gedenkst du zur Arbeit zu kommen?«

Es ist mein Boss.

»Oh, shit. Es tut mir leid. Ich bin auf dem –« Aufgelegt. Ich verziehe das Gesicht. Er hasst es, wenn jemand zu spät zum Dienst erscheint, und noch mehr, wenn sich jemand bei ihm entschuldigt. Es sei ein Zeichen von Schwäche, meint er immer. Ich denke, sich zu entschuldigen, zeugt von Mut und Respekt.

Ich packe schnell meine Sachen zusammen und schnappe mir meinen Autoschlüssel aus der Holzschale neben der Tür. Den Aufzug lasse ich links liegen und renne die Stufen im Treppenhaus hinunter. Ich muss mich bewegen, um nicht mehr an das Telefonat zu denken oder an Steve.

Unter dem mehrstöckigen Wohnkomplex befindet sich eine Tiefgarage für die Autos der Bewohner. Ich öffne die Tür zu der zweiten Parkebene und laufe geradewegs auf meinen metallic silbernen Porsche 911 Carrera S zu. Es ist kalt hier unten und die grauen Wände erdrücken mich heute.

Schnell weg, denke ich und steige in mein Auto ein. Die Standheizung hat das Innere meines Wagens angenehm aufgeheizt und ich starte den Motor. Ein lautes Summen ertönt. Ich liebe dieses Geräusch und mit den 420 PS macht das Fahren einen Heidenspaß.

Das Tor der Tiefgarage öffnet sich auf Knopfdruck und ich fahre auf die Straßen Detroits hinaus. Einige Querstraßen weiter biege ich rechts ab und fahre auf das Gelände des Polizeipräsidiums.

Die Autos meiner Kollegen stehen alle bereits dort. Shit, ich bin echt spät dran. Ich schaue auf meine Armbanduhr – es ist schon zehn Uhr. Ich bin eine Stunde zu spät. Wie peinlich, allerdings ist es bei meinen Überstunden kein Beinbruch. Eilig stelle ich meinen Wagen ab, gehe durch die große Eingangstür und drücke den Knopf des Aufzugs.

»Oh, da ist heute aber jemand spät dran. Das wird dem Boss nicht gefallen.«

Ich drehe mich um und sehe Tony. Mit zwei Bechern Kaffee in den Händen stellt er sich zu mir, während ich auf den Aufzug warte. Wie immer bekommt er alles mit. Ich verdrehe die Augen und schaue in sein vorwurfsvolles Gesicht.

»Ich hatte heute einen schlechten Start in den Tag. Was kümmert es dich?«, erwidere ich bissiger, als ich will. Ich drehe mich mit dem Rücken zu ihm und starre hoffnungsvoll auf die Türen des Aufzugs. Er tritt einen Schritt vor und steht direkt hinter mir. Ich kann seinen Atem in meinem Nacken spüren und fühle mich eine Sekunde lang wieder zurück in die Lagerhalle versetzt.

Tony beugt sich zu meinem Ohr und flüstert: »Wir wissen alle, was morgen für ein Tag ist. Es ist also nur verständlich, wenn du jetzt etwas durch den Wind bist und mehr Zeit für dich brauchst.«

Die silbern glänzenden Türen des Aufzugs öffnen sich und gemeinsam betreten wir die Kabine. Ich drücke den Knopf für die dritte Etage und die Aufzugtüren schließen sich. Ich möchte nicht über seine Anmerkung sprechen und schweige. Eigentlich mag ich ihn und seine Anspielungen, aber im Moment bin ich einfach nur genervt davon. Da komme ich einmal zu spät zur Arbeit und natürlich ist er der Erste, dem ich über den Weg laufe. Die Türen des Aufzugs öffnen sich wieder und wir gehen hinaus in den Flur.

»Guten Morgen«, begrüße ich meinen anderen Kollegen, während Tony einen Kaffeebecher auf den Schreibtisch unseres Bosses stellt. David schaut von seinem Bildschirm auf und begrüßt mich mit einem Lächeln. Ich setze mich an den Schreibtisch, lege meine Tasche beiseite und starte den Computer. Erst vor einer Woche haben wir den Red-Smile-Mörder gefasst. Ein großer Erfolg für uns, denn er ist für fünf Morde verantwortlich. Durch einen Undercover-Einsatz konnten wir ausreichend Beweise sichern, ihn festnehmen und dem Richter vorführen und somit sichergehen, dass er ins Gefängnis wandert. Allerdings lässt nach so einem Einsatz die Bürokratie nicht lange auf sich warten. Ein Stapel Berichte muss geschrieben werden und die Datenbank bedarf einer Aktualisierung zu dem Fall.

Mein Computer hat sich inzwischen hochgefahren und ich öffne die Formulare, als sich jemand vor meinen Schreibtisch stellt. Ich sehe auf. Mein Boss Mac steht vor mir.

»Lila, komm mit.«

Unsere Blicke treffen sich und schon geht er los. Er ist kein Freund großer Worte und beschränkt sich auf die wichtigsten Informationen. Das spart Zeit.

Eilig springe ich von meinem bequemen Stuhl auf, lasse alles stehen und liegen und folge ihm den Flur entlang in eine kleine Nische des Treppenaufgangs.

Na großartig, jetzt darf ich mir bestimmt etwas anhören, denke ich mir. Da steht er vor mir. Mein Boss, mit seinem kurzen, grauen Haarschnitt und einer ernsten Miene, die nach den Jahren unlängst Grübelfalten auf seiner Stirn hinterlassen hat.

»Warum warst du heute zu spät?«

Oh, Mac. Ich starre ihn mit hochgezogenen Augenbrauen an. Er kann es sich doch denken. Schließlich meinte Tony, dass alle hier Bescheid wissen. Ich möchte ungern darüber sprechen, doch Mac lässt mir keine Wahl. Ehrlichkeit steht bei ihm an oberster Stelle.

»Ich hatte heute Morgen einen Anruf, der mich an etwas erinnert hat«, sage ich, aber mir ist klar, dass ihn das nicht zufriedenstellen wird.

Er schaut mich erwartungsvoll an. »Ich muss wissen, wenn es dir nicht gut geht. Dann geh nach Hause, Lila.«

Nach Hause möchte ich nicht. Da würde ich mir nur noch mehr Gedanken machen und wahnsinnig werden.

»Ehrlich gesagt, will ich nicht darüber sprechen.«

Er verschränkt seine Arme vor der Brust und lacht leise. »Ein gutes Team funktioniert nur, wenn man miteinander spricht. Das weißt du. Oder willst du lieber mit einem unserer Psychologen darüber sprechen?«

Auch wenn mir die Gespräche mit Coleman gutgetan haben, sehe ich keinen Grund mit ihm oder einem seiner Kollegen darüber zu sprechen. Sein blasiertes Gesicht will ich nicht noch einmal sehen.

Ich seufze und gebe mich geschlagen. »Heute Morgen hat mich ein Officer angerufen. Steve Rich wird doch morgen entlassen. Mir ist Personenschutz angeboten worden, aber ich habe abgelehnt. Das alles hat mich an seine Worte erinnert, dass wir uns wiedersehen würden.«

»Warum?«

»Weil ich der Meinung bin, dass ich gut auf mich aufpassen kann. Mit Steve werde ich schon fertig werden.« Ich versuche, selbstbewusst zu klingen.

»Er wird sich verändert haben – das muss dir bewusst sein. Fünf Jahre Gefängnis und anschließend noch zwei Jahre Bewährung verändern einen Menschen. Die Frage ist nur, wie.« Mac sieht besorgt aus.

»So schlimm kann er nicht sein«, beschwichtige ich, bin jedoch selbst nicht davon überzeugt.

»Vielleicht hat er im Gefängnis nichts angestellt, um früher entlassen zu werden, damit er seine Ankündigung wahr machen kann? Denk mal darüber nach«, fordert mich Mac auf.

Nachdenken. Als ob ich das nicht schon genug mache. Mac hat aber recht. Vielleicht macht er sich auch viele Gedanken darüber, was in diesen zehn Tagen passiert ist. Gefragt hat er mich nie. Er weiß nur das, was in meiner Aussage steht und was er sieht: eine Geiselnahme und die Strangulation mit einer Schlinge. Intuitiv lege ich meine Hand an die Stelle meines Halses. Nur eine Narbe lässt erahnen, was passiert ist.

»Mac, ich möchte jetzt nicht darüber nachdenken. Ich werde zur Arbeit kommen, meine Augen offenhalten und dann werde ich sehen, ob er mir über den Weg läuft.«

Mac nimmt mich in den Arm und drückt mir einen Kuss gegen mein Haar. »Es wird schon alles gut werden. Wir sind da. Du brauchst das nicht allein durchzustehen. Aber pass auf dich auf.«

»Ich weiß.«

Er löst seine Umarmung, packt mich an den Schultern und schaut mich mit seinen tiefblauen Augen an. Sein Blick kann sehr einschüchternd wirken, aber nicht auf mich. Dennoch verstehe ich, warum viele Menschen im Verhörraum nach kurzer Zeit einknicken und gestehen. Manchmal frage ich mich, wie er das macht. Aber darum ist er der Boss, unser Mentor, damit wir von ihm lernen können.

»Wirklich, wir alle sind für dich da. Falls du nicht allein sein willst, kannst du auch bei jemandem von uns übernachten.«

»Ich war mein Leben lang auf mich gestellt. Ich packe das schon. Keine Sorge, aber danke«, sage ich und versuche ihn zu beruhigen.

»Jetzt bist du es aber nicht mehr.« Er schaut mich bedrückt an. »Ich weiß, nachdem deine Mutter ... Deine Familie bestand nur noch aus Adam. Ist er immer noch auf Weltreise?«

»Er soll ein schönes Jahr haben«, sage ich schwach. Er hat absolut keine Ahnung, was in meinem Leben los ist. Und so wird es auch bleiben. Ich will ihn nicht beunruhigen. Sorgen sind die schlimmsten Reisebegleiter.

»Dann verlass dich auf uns: Du, Adam und wir sind jetzt eine Familie.«

Ich lächle Mac zustimmend an. Es stimmt. Allein bin ich nicht, da ich meine kleine Ersatzfamilie hier bei der Arbeit gefunden habe. Mein Team ist immer zur Stelle, wenn ich es brauche.

Auf geht es. Zurück an die Arbeit. Ein Formular folgt dem nächsten, ebenso wie eine Tasse Kaffee nach der anderen. Die Sonne geht langsam unter und somit neigt sich auch dieser Arbeitstag dem Ende zu. Nur Tony und ich sitzen noch an unseren nebeneinanderstehenden Schreibtischen und malträtieren unsere Tastaturen.

»So, endlich fertig.« Tony steht auf, nimmt sein Jackett, setzt sich auf meinen Schreibtisch und betrachtet mich.

Ich habe es auch gleich geschafft und lasse mich nicht ablenken, tippe meine letzten Worte, speichere alles und fahre den Computer herunter.

»So, auch fertig.«

»Hast du Lust, noch etwas essen zu gehen? Ich habe gehört, dass der Mexikaner am anderen Ende der Stadt sehr gut sein soll.«

»Wirklich?« Ich stehe von meinem Schreibtisch auf, ziehe meine Jacke an und nehme meine Tasche. Tony ist dafür bekannt, seine Partnerinnen gefühlt jeden Monat zu wechseln. Bei seinem Aussehen springen ihm die Frauen hinterher, als wären sie Fische und Tony das rettende Wasser. Ich hingegen kann nicht glauben, wieso die Frauen so auf ihn stehen. Er grinst nur und ich beschließe, sein Spiel mitzuspielen.

»Nun, die Tatsache, dass ich Hunger habe, lässt mich zu dem Entschluss kommen, Ihre Einladung anzunehmen, Mr. Martinelli.«

Ein triumphierendes Lächeln macht sich in seinem Gesicht breit. Er sollte sich nicht zu früh freuen, aber er weiß, dass er bei mir keine Chance hat. Wir sind Kollegen und gute Freunde. Nicht mehr und nicht weniger.

Nach dem leckeren Essen fahre ich Tony nach Hause. Der Motor meines Porsches schnurrt, während ich vor seinem Haus halte.

»Es war ein schöner und amüsanter Abend mit dir. Danke.« Er lächelt mich an.

»Ja, du hast nicht zu viel versprochen. Das Essen war köstlich. Aber jetzt raus mit dir. Wir haben morgen wieder einen anstrengenden Tag vor uns«, sage ich. Sobald ich den Satz beendet habe, fällt mir wieder ein, was morgen ist. Ich senke meinen Blick und Tony hebt mein Kinn an, sodass unsere Blicke sich treffen.

»Wir sind alle für dich da, Lila. Du musst das nicht allein durchstehen«, versichert er mir, wie Mac es bereits tat.

Ich befreie mein Kinn aus seiner Hand. Das ist mir zu viel Körperkontakt.

»Ich weiß«, sage ich. Der SMS-Ton meines Handys ertönt.

»Dein Bruder?«

Ich ziehe mein Smartphone aus meiner Hosentasche und entdecke eine Nachricht. »Nein, Maddie hat mir geschrieben.«

»War das nicht diese Schulfreundin? Ich dachte, bei euch herrscht Funkstille?«

»Wir hatten nur sehr lange keinen Kontakt. Sie ist erst seit Kurzem wieder in der Stadt.«

»Vielleicht kannst du uns ja mal vorstellen«, schlägt er sofort vor und bekommt von mir einen wissenden Blick zugeworfen.

»Ich glaube nicht, dass du ihr Typ bist.«

Tony blickt mich entgeistert an, als könnte er nicht glauben, dass sowas möglich ist. »Wenn du meinst, dann bis morgen.«

3

ein Wecker reißt mich aus meinem unruhigen Schlaf. Die Nacht ist endlich vorbei. Ich stelle das Klingeln ab und lege mich noch einmal auf mein Bett, um zumindest ein wenig Entspannung zu finden. Doch mein erster Gedanke ist Steve gewidmet. Heute ist seine Entlassung. Allein die Vorstellung, dass er mir wieder begegnen könnte, lässt einen kalten Schauer über meinen Rücken laufen. Aber wer weiß. Vielleicht mache ich mir zu viele Gedanken. Er hat im Gefängnis schließlich ausreichend Zeit gehabt, um über seine Taten nachzudenken … wie auch über den heutigen Tag. Er könnte einen Plan geschmiedet haben, wie er mich wieder in die Finger bekommt. Ich fahre mit der Hand durch mein Haar und schüttle meinen Kopf. Es ist so verwirrend. Die Qualen der ersten Tage verfolgen mich manchmal noch heute und doch schleichen sich immer wieder ungewollt die anderen Momente mit Steve in meine Gedanken. Ich weiß, wie brutal er sein kann und doch … Ich schiebe die Bilder beiseite und lasse den Tag einfach auf mich zukommen.

Ich stehe auf, putze meine Zähne, schnappe meine Tasche und beschließe, in meinem Lieblingscafé direkt nebenan einen Bagel zu essen.

Ich öffne die Tür des Cafés und sofort strömt mir der würzige Kaffeeduft entgegen. Herrlich. Ich bekomme direkt Appetit und setzte mich mit meinem belegten Bagel und einem Vanille Macchiato an einen Tisch. Nach fünf Minuten lege ich den Bagel hin und trinke verdrießlich einen Schluck von meinem Macchiato. Mehr als zwei Bissen bekomme ich nicht herunter und je länger ich hier sitze, umso klammer werden meine Hände. Unauffällig wische ich sie mir an meiner Hose ab und zwinge mich zum Durchatmen. Der Ton meines Handys ertönt und ich ziehe es aus meiner Hosentasche. Wieder eine SMS von Maddie.

Ich bin in Gedanken bei dir. Alles wird gut.

  x Maddie-J

Ich freue mich über ihre Nachricht und dass wir seit ein paar Wochen wieder Kontakt miteinander haben. Ein Blick auf die Uhr verrät mir, dass es Zeit wird, mich auf den Weg zu machen. Ich möchte nicht schon wieder zu spät zur Arbeit kommen. Ich bringe mein Geschirr weg, aber bleibe mit klopfendem Herzen draußen vor dem Café stehen. Soll ich wie üblich das Auto nehmen? Zum Polizeipräsidium laufe ich ungefähr zwanzig Minuten. Möglicherweise hat Steve seine Beobachter überall und die würden ihm längst mitgeteilt haben, dass ich immer mit dem Auto zur Arbeit fahre.

Zu Fuß zu gehen, ist die perfekte Täuschung, sage ich mir. Oder bin ich zu paranoid? Dennoch finde ich es sinnvoll, vorsichtiger zu sein und ändere lieber kleine Teile meines Tagesablaufs, als direkt in seine Arme zu laufen. Vorsicht ist bekanntlich besser als Nachsicht.

Mittlerweile ist es 08:30 Uhr, ich laufe die Hauptstraße entlang und die Autos brausen an mir vorbei. Jeder hat es eilig. Diesen Weg würde ich normalerweise nie zur Arbeit nehmen. Niemand wird mich hier vermuten. Es ist 08:50 Uhr und ich betrete den Eingangsbereich meiner Arbeitsstelle. Mac wartet bereits auf unserer Etage am Aufzug auf mich. Er wünscht mir einen wundervollen guten Morgen, packt mich an meinem Arm und führt mich ohne Erklärung an meinen Kollegen vorbei zu den Treppen, die zu den Gesprächsräumen und zum Büro des Police Chiefs führen.

»Was soll das, Mac? Wohin gehen wir?« Ich weiß nicht, was ich denken soll. Was hat er vor?

Er atmet tief aus. »Wir gehen zu Jack.«

Jack ist der Boss meines Bosses. Ein großer, braun gebrannter Familienvater, der die Einrichtung seit fünf Jahren leitet. Mac klopft an seine Bürotür und geht mit mir hinein, ohne auf eine Antwort zu warten.

Jack steht hinter seinem Schreibtisch. Er wirkt nicht überrascht. Vor dem Tisch befinden sich zwei Stühle. Vor einem steht ein großer Mann mit einem schwarzen Kurzhaarschnitt. Er trägt einen anthrazitfarbenen Anzug kombiniert mit einem weißen Hemd und sein Jackett liegt über seinem Arm. Ich schaue ihn an, lasse meinen Blick zu Jack wandern und schließlich zu Mac.

»Was wird das hier?«, frage ich.

Jack ergreift das Wort. »Vielleicht ist er Ihnen in den letzten Monaten über den Weg gelaufen.« Er schaut zu dem Mann. »Prof. Dr. Fell, das sind Lila Baker und Mac Thompson.« Jack macht es sich in seinem Stuhl bequem und legt seine Hände gefaltet auf seinem Schreibtisch ab.

Ein Professor und Doktor? Eine Vorahnung breitet sich in mir aus.

»Nun, die Vorfälle bei den Ermittlungen, die zur Ergreifung des Red-Smile-Mörders geführt haben, haben mich in meinem Vorhaben bestärkt, zusätzlich einen der besten Psychologen für diese Abteilung zu engagieren. Dr. Coleman wird mit anderen Abteilungen ausreichend zu tun haben.«

»Wie bitte?«, platzt es aus mir heraus. Ich kann es nicht fassen. Noch einer? Als würde Coleman nicht schon reichen.

Jack fährt unbeirrt fort. »Das und der Umstand, dass Dr. Coleman mit Bedauern erklärt hat, dass er nicht für jeden ein geeigneter Zuhörer ist.« Jack blickt mich an.

Mir klappt der Mund auf. Das kann nicht wahr sein! Sprachlos mustere ich Prof. Dr. Fell. Ihm soll ich all meine Gedanken anvertrauen und mein ganzes Leben präsentieren? Naja, er sieht sympathischer aus als dieser Coleman. Ich bin froh, nie wieder mit ihm sprechen zu müssen. Dennoch wird es mir schwerfallen, mich jemand neuem zu öffnen. Angesichts Steves Entlassung und meiner Paranoia ist es vielleicht besser über meinen Schatten zu springen und mit diesem Mann heute noch zu sprechen. Tausendmal lieber würde es mir zwar gefallen mit Mac über alles zu reden, aber er ist kein Psychologe. Ich schaue zu Mac und anschließend zu Jack. Ich gebe zu, dass ich Jack dankbar bin, dass er diesen Coleman aus unserer Abteilung abgezogen hat und dabei an mich gedacht hat. Zwischen Coleman und mir stimmte einfach die Chemie nicht. Dennoch hat er es damals geschafft mir zu helfen.

Auch wenn so ein Psycho-Doktor manchmal mehr Chaos anrichtet, als es ist, lernt man sich selbst in den Gesprächen manchmal etwas besser kennen.

»Na dann stürzen wir uns in unser Kennenlerngespräch.« Ich versuche dabei optimistisch zu klingen.

Jack weist Prof. Dr. Fell an, uns in sein Büro zu führen. Er geht hinein, Mac hält mich an der Tür fest und schaut mich mit sorgenvollem Blick an. Ich verdrehe die Augen. Ich werde ihn schon nicht töten.

»Von dem neuen Psychologen habe ich heute Morgen auch erst von Jack erfahren«, flüstert er.

»Alles gut. Lieber rede ich mit ihm als mit Coleman«, gestehe ich.

Er lässt mich los und schaut mich überrascht an, bevor er mir bedeutet, in den Raum zu gehen. Mac schließt die Tür und ich wende mich Prof. Dr. Fell zu, der bereits an dem großen Tisch auf einem der Stühle platzgenommen hat. Ich schaue auf meine Armbanduhr. Es ist 10:30 Uhr. In einer halben Stunde ist die Entlassungszeit des Gefängnisses und Steve wird ab dann ein freier Mann sein.

Ich gehe zu dem Panoramafenster und schaue hinaus. Ich möchte mit Prof. Dr. Fell sprechen, aber weiß nicht recht wo ich anfangen soll. Ich höre, wie er seine Sitzposition ändert und ein leises Seufzen ausstößt.

»Sie mögen Psychologen nicht?« Er hat eine ruhige und angenehme Stimme.

»Ich habe schlechte Erfahrungen mit meinem letzten gemacht. Mir fällt es schwer mich einer fremden Person zu öffnen und mein Leben und meine Gedanken in allen Facetten zu präsentieren.« Mir wird plötzlich klar, dass ich damit auch eine meiner Ängste offenlege. Ich fürchte mich davor, dass mich jemand besser kennt, als ich mich selbst kenne.

»Nun ja, Sie können allerdings festlegen, wie viel und was ich von Ihnen kennenlerne. Sie bestimmen, wie viele Karten Sie ausspielen, Lila«, sagt er gelassen. Ich schaue auf den großen Baum, der direkt vor dem Fenster steht und muss ihm zustimmen.

»Vor fünf Jahren wurde ich in einer Fabrik nicht weit von hier angegriffen. Ich war dort, um nach weiteren Beweisen zu suchen.« Ich lege eine Hand an meinen Hals. Langsam gehe ich an der Fensterfront entlang, um Zeit zu schinden und meine Gedanken zu ordnen. Wie viel will ich ihm erzählen? »Der Angreifer überraschte mich von hinten und begann mich zu würgen.« Vertieft in meine Gedanken bleibe ich stehen und betaste meine Narbe. Nach all den Jahren, merke ich sie immer noch.

»Von diesem Ereignis stammt dieses Würgemal?«, hakt

er nach.

Ich wende ihm meinen Blick zu und starre ihn an. Die Antwort auf diese Frage ist offensichtlich. »Ja«, bestätige ich seine Vermutung. »Das alles ist vor ungefähr fünf Jahren passiert und heute ist der Tag, an dem mein Angreifer, Steve Rich, aus der Haft entlassen wird. Zwei Jahre ist er noch auf Bewährung.« Ich schaue auf meine Armbanduhr und dann wieder nach draußen auf die Straße. »Als meine Kollegen mich damals gefunden und ihn festgenommen hatten, hat er mir gesagt, dass wir uns wiedersehen werden.«

»Und Sie befürchten, dass heute dieser Tag sein wird?«

»Er hatte ausreichend Zeit, um über den heutigen Tag nachzudenken«, sage ich und wende mich ihm wieder zu.

»Was glauben Sie, ist damals sein Ziel gewesen, als er Sie würgte?«

Ich setze mich ihm gegenüber und schüttele den Kopf. Die Frage ist seltsam. Jeder, der die Geschichte nicht kennt, würde vermuten, dass er mich töten wollte.

»Ich weiß es nicht«, gestehe ich. »Anfangs dachte ich, dass das mein Ende sein wird und er mich umbringt, aber ich wollte nicht sterben. Ich verwickelte ihn in ein Gespräch, erzählte ihm etwas über mich und zu meinem Erstaunen ließ er sich darauf ein. Aber jetzt, wenn er gleich wieder in Freiheit sein wird, weiß ich nicht genau, wie ich auf ihn reagieren soll.«

Prof. Dr. Fell mustert mich. Ich frage mich, was er denkt. Ich habe zwar eine Abneigung gegenüber Psychologen, aber die Art und Weise, wie sie die Menschen analysieren, finde ich äußerst interessant.

»Fünf Jahre sind eine lange Zeit. Sie sollten entspannt bleiben und sehen, was die Situation bringt«, schlägt er mir vor und legt seine Hände auf den Tisch.

»So einfach?« Ich finde, dass sich das ziemlich absurd anhört.

»Ich habe diesen Fall damals in der Zeitung verfolgt. Er hat seine Tötungsabsicht gegenüber Ihnen schon damals verloren. Versuchen Sie sich nicht zu viele Gedanken zu machen.«

Ich mustere ihn. Wieso hat er das nicht gleich erwähnt? Wenn er den Fall kennt, dann muss er auch meinen Namen aus den Artikeln aufgeschnappt haben. »Okay.« Es ist inzwischen 11:00 Uhr. »Denken Sie, es ist möglich, dass ich mich jetzt wieder meiner Arbeit widmen kann?«, frage ich. Irgendetwas wirkt komisch an ihm. Er ist anders als Coleman und alle anderen Psychologen, mit denen ich je zu tun hatte. Seine Mimik verändert sich nie, als träge er ununterbrochen ein Pokerface.

Er schenkt mir ein bestätigendes Lächeln. »Sie brauchen sich nicht vor ihm zu fürchten.«

Woher will er das bitte wissen?

Er steht auf, geht um den großen Tisch in Richtung Tür und hält sie mir auf.

Ich springe von meinem Stuhl auf und gehe auf ihn zu. Er streckt mir seine Hand entgegen und ich ergreife sie widerwillig, da diese Psychologen vieles an der Art und Weise ablesen, wie man ihnen die Hand gibt.

»Es hat mich gefreut, Sie kennen zu lernen, Lila«, sagt er mit einem Lächeln, das aufrichtig wirkt. Ich weiß nicht, was ich von ihm halten soll.

»Die Freude ist ganz auf meiner Seite«, sage ich und lasse ihn stehen.

Ich laufe zügig die Treppe hinunter und bahne mir einen Weg zu meinem Schreibtisch, als mein Smartphone klingelt. Prompt mache ich vor meinem Team halt und gehe zu der Fensterfront, um mich auf den Anrufer besser konzentrieren zu können. Es ist mein Bruder.

»Hey Adam«, begrüße ich ihn.

»Hey, wie geht es dir? Heute ist der Tag an dem Steve Rich aus seiner Haft entlassen wird«, stellt er fest.

»Und genau jetzt ist es soweit.«

»Oh, ich wünschte ich könnte jetzt bei dir sein. Wo bist du gerade?«

»Auf Arbeit. Mache dir bitte keine Gedanken. Ich bin hier in Sicherheit«, versuche ich ihn zu beruhigen.

»Und zu Hause?«

»Kann ich auch gut auf mich aufpassen.« Schweigen am anderen Ende des Telefonats. »Genieße bitte deine Reise.«

»Du musst mir schreiben, wenn er bei dir war.«

»Mache ich und jetzt geh schlafen. Bei dir ist es schließlich spät.« Das Grummeln am anderen Ende der Leitung verrät mir, dass er mit meinem Vorschlag nicht einverstanden ist. Angesichts seiner Entfernung bleibt ihm nichts anderes übrig als abzuwarten.

»Ich lese hoffentlich von dir.«

»Das wirst du, versprochen.«

»Okay. Gute Nacht.«

»Schlaf gut.«

Ich stecke mein Handy weg und wende mich meinem Team zu.

»So, endlich bin ich auch mal hier«, scherze ich. Tony hebt seinen Blick von seinen Unterlagen und schaut bedeutsam David an. Ich merke sofort, dass ihm etwas auf der Zunge liegt.

»Was ist los?«, frage ich.

David klammert sich an zwei Akten, die er in den Händen hält. »Steve Rich wurde um elf Uhr entlassen. Vor fünf Minuten.«

»Ehm, ja. Das weiß ich.«

»Falls er vorhat, direkt zu dir zu kommen, dann würde er mit dem Bus um 11:10 Uhr fahren und wäre fünf Minuten später da draußen.« David deutet mit einem Finger zum Fenster, von dem man den Parkplatz und die gegenüberliegende Bushaltestelle sehen kann.

Und ich dachte immer, ich wäre paranoid. Ich schaue nach draußen. Nach fünf Jahren werde ich ihn wiedersehen. Dieser Satz klingt so surreal. Ich schüttele unweigerlich meinen Kopf. Das Gespräch mit Prof. Dr. Fell hat meine Ängste gemildert. Was soll mir hier schon passieren? Ich bin umgeben von mindestens fünfzig Polizisten, die ihren Beruf mit Leidenschaft ausüben. Ich weiß nicht, was ich tun soll. Soll ich hier stehen bleiben und zum Fenster hinaus starren oder soll ich mich ablenken und arbeiten? Wenn dieser Tag nur schon vorbei wäre. Mac nimmt mir die Entscheidung ab.

»Und, wie war das Gespräch?«, erkundigt er sich.

Ich drehe mich vom Fenster weg. Mit einer Kaffeetasse in der Hand setzt er sich an seinen Schreibtisch, der meinem gegenüber steht.

»Gut.«

Mac wölbt eine Augenbraue und schaut mich mit einem schiefen Blick an. »Tatsächlich?«

Ich gehe zu meinem Platz und setze mich. »Schau nicht so. Ich glaube es ja selbst kaum.« Es war tatsächlich gut gewesen, mit Prof. Dr. Fell zu sprechen, auch wenn mir dieser Mann noch Rätsel aufgibt.

Ich stürze mich in meine Arbeit, um mich von Steve abzulenken – mit nur mäßigem Erfolg. Wieder und wieder schaue ich auf meine Armbanduhr, während die Zeit voranschleicht.

Es ist 14:30 Uhr, als sich Unruhe im ganzen Raum breitmacht. Beinahe jeder Kollege, der an dem riesigen Fenster vorbei geht, starrt förmlich hinaus. Ich kann mir sehr gut vorstellen, was da draußen los ist, finde es aber nicht interessant genug, um dafür meinen Arbeitsplatz zu verlassen.

»Er ist hier«, sagt plötzlich eine Stimme. Ich blicke auf und sehe Detective Stephani vor meinem Schreibtisch stehen. »Steve Rich. Er kommt«, warnt sie mich vor und geht an mir vorbei. Ich versuche ruhig zu bleiben und nicht nervös zu wirken. Gekonnt lenke ich mich ab und kaue dabei auf meinem Bleistift herum, als Macs Telefon klingelt. Er nimmt den

Hörer ab und innerlich hoffe ich, dass wir keinen Fall bekommen. Auf einer Seite möchte ich Steve gern wiedersehen, aber auf der anderen fürchte ich mich vor meinen eigenen Gefühlen für ihn. Dieser charmante, gutaussehende Mann, der so gewalttätig ist und mir gleichzeitig den Atem raubt. Mac legt auf und schaut mich an. Sein Blick sagt mir, dass Steve nicht weit ist.

»Er ist bei der Rezeption und kommt nun nach oben.«

Ich nehme es zur Kenntnis, vertiefe mich in die vor mir liegenden Dokumente und versuche mich so normal wie möglich zu verhalten, als Tony plötzlich von seinem Stuhl aufspringt. Ich höre auf, auf meinem Bleistift zu kauen, und schaue mit einer hochgezogenen Augenbraue zu ihm. Er hält eine Hand an seiner Waffe und starrt in Richtung Aufzug. Ich folge seinem Blick. Da ist er! Steve Rich ist tatsächlich hier! Er hat mich noch nicht gesehen und instinktiv ducke ich mich hinter den Aktenbergen, die sich auf meinem Schreibtisch türmen. Was soll ich nur machen? Ich fühle mich hilflos.

Steve nähert sich Tony und zeigt auf ihn. »Sie sind Tony, richtig?«

Tony scheint sich zu entspannen, aber nimmt die Hand nicht von seiner Waffe. »Ja, der bin ich.« Er schenkt ihm ein gekünsteltes Lächeln, »Und Sie sind?« Er macht eine kurze Pause. Er weiß genau, wer er ist und mustert ihn von Kopf bis Fuß.

Währenddessen schaut Steve nach oben in Richtung der Chefetage, anschließend wandert sein Blick in dem gesamten Raum umher, ehe er ihn wieder auf Tony richtet. Er sucht nach mir! Aber er hat mich noch nicht entdeckt.

»Steve Rich, richtig?«

Mein Herz rast, als er seinen Namen ausspricht. Mein Kopf arbeitet und meine Hände sind eiskalt vor Aufregung.

Steve lächelt erfreut. »Ja, der bin ich und somit bin ich auch richtig hier, wenn Sie Tony sind.« Er reibt sich siegessicher die Hände.

»Was wollen Sie von ihr?« Tony strafft die Schultern und geht Steve entgegen. Ich weiß, dass er versucht, mir mehr Zeit zu geben und mich zu schützen. Dafür bin ich ihm sehr dankbar.

»Ich will nur reden«, versichert ihm Steve.

Tony scheint ihm kein Wort zu glauben. »Genauso, wie bei Ihrer letzten Begegnung mit ihr?« Er verschränkt seine Arme vor der Brust. Steve lacht auf, während Tony vor ihm stehen bleibt und sich keinen Zentimeter von der Stelle bewegt.

»Ich gebe ja zu, dass Lila mich unter besonders schwierigen Umständen kennenlernen durfte. Und im Grunde wollte ich damals auch nur zu siebzig Prozent mit ihr reden.«

Und die anderen dreißig Prozent? Steve dreht sich in meine Richtung. Er hat mich entdeckt und starrt mich an, als wäre ich sein Mittagessen. Mein Blick fliegt hilfesuchend zu Mac, der die Situation gebannt von seinem Schreibtisch aus beobachtet, aber nicht eingreift.

Steve mustert mich noch immer, ohne sich zu bewegen und spricht mit sanfter Stimme weiter. »Aber seitdem sind viele Jahre vergangen und ich habe über einiges nachdenken können.«

Auch Tony schnaubt abfällig und stellt sich vor ihn, um ihm die Sicht zu mir zu versperren. »Worüber haben Sie nachgedacht, Steve? Darüber, wie Sie Lila am besten umbringen können?«

Steve verlagert sein Gewicht von einem Bein auf das andere. »Wie könnte ich so eine Schönheit umbringen wollen?« Er zeigt in meine Richtung. »Ich habe es damals nicht getan und werde es nie tun. Darauf gebe ich Ihnen mein Wort.« Er versucht an Tony vorbei zu kommen, aber Tony vertritt ihm abermals den Weg. »Ach kommen Sie. Ich will nur mit ihr reden. Nicht mehr. Es wird für Sie alle Zeit, auch die gute Seite in mir kennen zu lernen.«

Die gute Seite? Ich danke Tony so sehr, dass er ihn von mir fernhalten möchte, aber jetzt habe ich genug gehört. Ich sammle all meinen Mut zusammen, richte mich auf und wir blicken einander in die Augen. Er steht da in blauen, löchrigen Jeans, einem schwarzen Shirt mit einem rot-blau karierten Hemd darüber. Seine dunkelblonden, kurzen Haare sind perfekt gestylt. Er sieht gut aus, geht es mir durch den Kopf, bevor ich vor dem Gedanken zurückschrecke.

»Hey, Lila.« Er nickt mir zu, nähert sich mir aber nicht. Tony geht zur Seite, ohne ihn aus den Augen zu lassen.

Ich stehe von meinem Stuhl auf. »Hallo Steve.« Ich atme tief ein und hörbar wieder aus. Ich kann es immer noch nicht fassen, dass er direkt vor mir steht.

»Es ist bestimmt komisch, mich hier zu sehen, oder?« Er

lächelt mich verlegen an.

»Das kann man wohl sagen.« Ich raufe mir durchs Haar.

»Wie geht es dir?«, frage ich und versuche, die angespannte Situation zu lockern. Es fühlt sich seltsam an, jetzt Smalltalk zu halten, als wäre niemals etwas gewesen.

»Die Frage sollte ich dir stellen, nachdem ich dir das angetan habe.« Er reibt sich seinen Hals und schaut auf meinen. »Es tut mir wirklich sehr leid, wie das alles damals gelaufen ist. All die Schmerzen und Ängste, die ich dir bereitet habe ... Hast du heute wegen mir noch Probleme?«

Sorgt er sich etwa um mich? Ich bin völlig verwirrt und starre ihn mit großen Augen an. Meint er das ernst oder ist alles nur Theater? Ich bleibe sachlich und antworte ihm: »Manchmal. Aber ich komme damit zurecht.« Wahrscheinlich sollte ich das nicht sagen, doch Lügen gehören nicht zu meinen Stärken. Besser mit der Wahrheit keine Schwäche zeigen, als mit einer Lüge sein Ego füttern.

»Welche Probleme hast du?«

Ich beiße mir heftig auf die Zunge. Ein Teil von mir will ihm meine Paranoia, die schmerzende Narbe und die Panikattacken vor die Füße spucken, doch das würde nur sein Interesse nähren. »Das ein oder andere«, würge ich schlussendlich hervor.

Er schließt wissend seine Augen und senkt seinen Kopf. Er durchschaut mich, wird mir mit hämmerndem Herzen klar.

»Das alles wollte ich nicht.« Er atmet schwer aus. »Ich hoffe, es geht dir gut, wenn ich gleich wieder gehen werde.

Ich möchte nicht, dass du Angst vor mir hast und versuchst herauszufinden hinter welcher Straßenecke ich auf dich lauern könnte.« Er lacht. Anscheinend hält er die Vorstellung für absurd. Ich hingegen halte sie für absolut realistisch. »Ich finde es schön, dich wiederzusehen. Danke, dass du mit mir sprichst.«

»Wo wohnst du, Steve?« Ich muss wissen, wie weit er von mir entfernt ist.

»Ich wohne in der Nähe des Parks.«

»In der Nähe des Fabrikgeländes?« Der Park ist sehr groß und liegt in der Mitte der Stadt. Damit könnte er auch neben mir wohnen.

Er schmunzelt und bejaht meine Frage. Ich wohne weit weg von der Fabrik. Die ersten drei Jahre nach diesen zehn Tagen konnte ich nicht mehr in die Nähe dieses Stadtteils kommen und musste deswegen umziehen. Mittlerweile habe ich kein Problem mehr damit.

»Und was ist mit Arbeit?«

»Glaubst du, ein ehemaliger Häftling wie ich bekommt so schnell einen Job? Nein. Ich kann froh sein, dass ich mir damals diese Wohnung gekauft hatte. Sonst hätte ich jetzt nichts.«

»Okay. Tut mir leid.« Bin ich ihm zu nah getreten?

»Das braucht es nicht. Ich bin derjenige, der einiges bedauert, auch wenn du mir vielleicht nicht glaubst.«

»Es ist tatsächlich sehr schwer für mich zu verstehen, aber wir beide wissen, wieso du es getan hast«, gebe ich zu und vermeide, ins Detail zu gehen. Es geht hier schließlich niemanden etwas an, was damals passiert ist.

»Aber dennoch möchte ich nun, dass Sie gehen, Mr. Rich.«

Er schaut mich einen langen Moment an und streckt mir dann seine Hand zur Verabschiedung entgegen. Ich zögere. Vielleicht will er mich so berühren? Egal, nur keine Schwäche zeigen! Ich strecke ihm meine Hand entgegen und wir verabschieden uns. Er lässt mich los und geht zurück zum Aufzug. Meine Kollegen starren ihn an, als er an ihnen vorbei geht. Er genießt sichtlich die Aufmerksamkeit, die er hier von jedem bekommt.

Mac hingegen zeigt sich sehr unbeeindruckt und wendet sich Alecia zu, die soeben an seinen Tisch getreten ist: »Was gibt es?« Die beiden vertiefen sich in ein hochwissenschaftliches Gespräch über Forensik, bei dem Mac wie immer nur die Hälfte versteht.

Ich drehe mich um, schaue unwillkürlich nach oben und entdecke Prof. Dr. Fell, der am Geländer der oberen Etage steht. Er scheint Steves Auftritt beobachtet zu haben und nickt mir anerkennend zu. Offenbar habe ich mich gut geschlagen? Ich beschließe, mich wieder an meinen Schreibtisch zu setzen. Dieser Mann irritiert mich. Schnell tippe ich eine SMS an meinen Bruder und schicke die gleiche Nachricht auch an Maddie ab.

Steve war eben bei mir auf Arbeit gewesen. Wir haben gesprochen und nun ist er wieder gegangen. Mache dir keine Sorgen –

ich habe alles im Griff.

Macs Telefon klingelt und er geht ran. Ich kann nur Bruch-
stücke des Telefonats verstehen, aber anscheinend wurde
eine Leiche gefunden. Eine Nachricht leuchtet auf meinem
Smartphone. Es ist Maddie.

Etwas anderes habe ich auch nicht erwartet. ;)
   Maddie-J

Mac beendet das Gespräch, springt auf und wirft David die
Schlüssel unseres Einsatzwagens zu.
   »Na los, kommt. Wir haben eine Leiche.«
   Ich schnappe mir meine Jacke. Endlich ein Außeneinsatz.

Wir fahren circa zwanzig Minuten zu einer kleinen Stadt. Zu
meinem Überraschen lässt mich Mac sogar mitfahren. Vielleicht weil ich mit Prof. Dr. Fell gesprochen habe und das
Aufeinandertreffen mit Steve gut verlaufen ist. Ich mache
mir keine weiteren Gedanken und fokussiere mich auf meine Arbeit.
   Parkland ist eine sehr kleine Gemeinde – mehr ein ver-
schlafenes Nest, in dem jeder jeden kennt.
   Wir folgen einer unbefestigten Straße und nähern uns
einem Feld, auf dem bereits einige Schaulustige stehen. In

Parkland sorgt es sicher für Aufruhr, wenn Detectives und Gerichtsmediziner vorfahren, um eine Leiche abzuholen und den Tatort zu sichern.

Mac macht den Motor aus und wir springen aus dem Auto. David und ich holen das Equipment aus dem hinteren Teil des Wagens, während Tony die Sicherung des Tatorts überprüft. Mac geht geradewegs auf einen der bereits anwesenden Officers zu und spricht mit ihm. David und ich gesellen uns mit den beiden Koffern, die Kamera und Schutzkleidung beinhalten, zu Mac und dem Officer.

»Was haben wir hier?«, erkundigt sich David.

»Einen unschönen Anblick«, entgegnet ihm der Officer. »Aber sehen Sie selbst. Ich kann es immer noch nicht begreifen, welcher Mensch zu so einer Tat fähig ist.«

Der Mann deutet in die Richtung des Waldes, der in ein Dutzend Metern an das Feld angrenzt. Er wirkt mitgenommen. Natürlich, wann wird er hier mit einer Leiche schon mal zu tun gehabt haben?

Während wir die weißen Anzüge überziehen und unsere Namen zu Protokoll geben, fährt das Auto unserer Gerichtsmediziner vor und Zake und Dave steigen mit ihrer Ausrüstung aus dem Wagen aus. Ich winke die beiden zu uns. Gemeinsam und im schicken Weiß gehen wir in Richtung Wald.

Mac geht voran und bahnt uns einen Weg durch das lästige Gestrüpp. Was wir ein paar Meter später entdecken, lässt mich schlucken.

Die Leiche ist weiblich und hängt kopfüber aus dem Fenster eines Hochstandes. Ihre Taille scheint der einzige Halt zu sein und verhindert, dass die Frau hinunter fällt. Ihre langen braunen Haare hängen Richtung Boden, während ringsum alles festlich geschmückt ist. Luftschlagen und Konfetti bedecken das Dach und rieseln über die Frau herab. Der Körper scheint unbekleidet zu sein und viel Blut tropft an der Außenwand Richtung Boden, auf dem sich bereits eine riesige Blutlache befindet.

Dave, der ältere und erfahrenere der Gerichtsmediziner, klettert die Leiter empor, um an die Leiche des jungen Mädchens zu kommen und begutachtet sie. Zake, der sich im Spezialisierungsjahr befindet, beobachtet alles genau vom Boden aus.

Mac blickt über Zakes Schulter hoch zu dem Opfer. »Kannst du uns die Todesursache nennen?«

Alles was wir hier finden ist wichtig für den Fall, bildet die Grundlage unseres weiteren Vorgehens und lässt uns die ersten Rückschlüsse auf den Mörder ziehen. Dave misst die Körpertemperatur der Toten.

»Nun, mein lieber Freund. Vor uns liegt eine brünette Frau, Mitte zwanzig.« Dave beugt sich über die Frau aus dem Fenster heraus. »Zu erkennen sind deutliche Würgemale am Hals und es ist anhand der Blutung zu vermuten, dass sie noch weitere Verletzungen hat«, ergänzt er. Ich schnappe mir den Fotoapparat und knipse die ersten Bilder der Blutlache am Boden und von der Leiche, nachdem ich sie mit Nummern markiert habe. »Hier oben sind auch noch ein paar interessante Dinge, die ihr euch anschauen solltet.« Dave klettert die Leiter hinab und hat mich mit seiner Bemerkung neugierig gemacht. Gekonnt bewege ich mich nach oben. Mir stockt der Atem als ich den arrangierten Tatort sehe. In dem kleinen Raum hängen Familienfotos, auf denen spielende Kinder, eine glückliche Frau und ein glücklicher Mann zu sehen sind. Beleuchtet werden sie von einer Lichterkette, die an der Decke befestigt ist. Daneben hängen kleine Luftballons. Alles lässt den Tatort etwas heimisch erscheinen. Fasziniert bestücke ich den Fundort mit Nummernkärtchen und fotografiere den Körper und alle weiteren Gegenstände. David sichert anschließend die Spuren, bevor unsere Gerichtsmediziner die Leiche herab transportieren und sie auf einer Bahre ablegen. Ein Schnitt über ihrem Bauch kommt zum Vorschein, den ich ebenso dokumentiere.

Dave beäugt den Kopf der Frau. Ihre Augen blicken weit geöffnet ins Leere. Zake folgt ihm.

»Aufgrund der Einblutungen in ihren Augen ist meine erste Vermutung, dass die Todesursache Erstickung aufgrund von Strangulation ist. Genaueres kann ich dir jedoch wie immer erst sagen, wenn ich mir unsere Jane in der Gerichtsmedizin angesehen habe.«

Na toll.

Ich muss zugeben, dass ich noch nie so einen ungewöhnlich arrangierten Tatort gesehen habe. Dave und Zake hüllen den Leichnam in einen Leichensack, um ihn in die Gerichtsmedizin zu transportieren.

Tony, der wie immer die Schaulustigen befragt hat, stößt

zu uns und besieht sich den Tatort.

»Da oben war das Opfer?« Tony betrachtet die Blutspur an der Außenwand.

David, der Beweisteile markiert, die ich fotografiere, nähert sich ihm und klopft ihm auf die Schulter. »Ja. Und das Schrägste an dem Fall ist, dass alles wie eine kleine Party arrangiert wurde. Da oben in dem Häuschen waren Familienfotos, eine Lichterkette und sogar aufgeblasene Luftballons.«

Tony starrt seinen Kollegen an, bevor er in der nächsten Sekunde zu Mac eilt. Die beiden beginnen zu flüstern. David und ich schauen uns fragend an. Tony ist am längsten von allen in Macs Team.

Wissen die beiden mehr als wir? Ich stehe auf, nachdem ich den letzten markierten Beweis fotografiert habe und gehe auf die beiden zu. David folgt mir.

»Gibt es vielleicht etwas, das wir auch wissen sollten?«

Tony wendet sich mir zu und atmet hörbar aus. »Ein alter Bekannter ist wieder da.« Mac nickt. »Der Kannibale«, sagt er leise.

Der Kannibale?

»Wir sollten uns beeilen. Er könnte schon sein nächstes Opfer ausgewählt haben«, sagt Tony.

Ein kalter Klumpen liegt mir im Magen. »Wann war sein letzter Mord?«

»Vor ungefähr acht Jahren. Zumindest ist das der Mord, dem wir ihm noch zuordnen konnten.«

Das ist verdammt lang her. Damals hatte ich gerade meine Ausbildung begonnen und mich noch nicht mit den aktuellen Fällen beschäftigt.

»Und das dort ist genau sein Stil. Unglaublich, dass er wieder da ist.«

Ich sehe auf zu dem Tatort. Der Ort mag abgelegen sein, doch diese Art von Arrangement schreit danach, dass sich der Mörder sicher in dem ist, was er tut. Mir läuft ein Schauer über den Rücken.

4

estern habe ich den ganzen Tag mit Spurensicherung verbracht und bin heute wieder zurück an
meinem Schreibtisch. Noch immer huschen mir
Bilder des vorgestrigen Leichenfundes durch meine Gedanken. Ich setze mich sofort an meinen Computer, um über
den Kannibalen zu recherchieren. Tony folgt mir und über-
nimmt prompt meine Computermaus. Er öffnet den Ordner
der alten Fälle des Kannibalen.

»Er ist zwischen 1,75 m und 1,80 m groß und auf Grundlage der fachmännischen Entfernung von Organen besitzt
er vermutlich eine medizinische Ausbildung. Er hinterlässt
keine Beweise! Lila, niemals!«, versichert mir Tony.

»Woher wollt ihr wissen, dass der Kannibale ein Mann ist,
wenn ihn niemand kennt?«

»Aufgrund seiner Gewalttaten und der dafür benötigten
Kraft kann der Täter nur ein Mann sein.«

Er klickt auf einen alten Fallordner mit der Aufschrift *Kannibale* und öffnet das erste Bild und projiziert es auf den
großen Bildschirm inmitten unserer Schreibtische. Er lässt

von meiner Maus ab und David und ich folgen ihm.

Tony deutet auf das Foto. »Das hier war sein erstes Opfer.«

Auf dem Bild hängt eine blonde Frau, mit einem Seil um den Hals an dem Ast eines Baumes. Ihre Wangen sind herausgeschnitten. Ich runzle die Stirn und verziehe angeekelt das Gesicht. Dabei schaue ich David verstört an, der meinen Gesichtsausdruck spiegelt.

»Hat er die Wangen der Frau geges–« Der Gedanke daran raubt mir jegliche Worte. Mit halb geöffnetem Mund betrachte ich das schaurige Tatortfoto. David scheint genauso sprachlos zu sein.

»Ja, hat er.«

»Da bist du dir aber sicher«, sagt David.

»Was will man sonst mit abgetrennten Wangen machen? Oder mit der Darmhaut oder mit einem Teil der Leber oder Lunge? Anfangs dachten wir, dass er die Organe illegal verkauft, aber die Auswahl der Organe und deren entnommene Menge brachten uns zu der Schlussfolgerung, dass er sie zumindest als Trophäen aufbewahrt. Ein Blick auf andere Serienmörder, die Trophäen ihrer Opfer sammelten, hat uns gezeigt, dass die dieses Mörders zu unterschiedlich sind, was uns glauben lässt, dass er sie nur essen kann.«

Unglaublich. Ich arbeite mittlerweile fünf Jahre in diesem Beruf, aber von dem Kannibalen habe ich bisher noch nie etwas gehört.

David kratzt sich am Kinn. »Du hast am Tatort gesagt, dass sein letzter Mord acht Jahre her ist. Kann er einfach damit aufhören, wann er will?«

Tony klickt die Bilder des Ordners weiter. »Das musst du ihn schon selbst fragen.«

Die Bilder sind schrecklich. Eines grausamer als das andere. Gebannt starren wir auf den Bildschirm, als eine Stimme hinter uns ertönt.

»Er ist also wieder da?«

Wir drehen uns herum und erblicken Prof. Dr. Fell in seinem maßgeschneiderten Anzug.

»Sie haben von dem Kannibalen gehört?«, fragt Tony erstaunt.

»Ja, manche Zeitungen berichteten damals davon«, antwortet Prof. Dr. Fell, während sein Blick nicht von den Bildern ablässt. »Ich hoffe, Sie fassen ihn dieses Mal.«

Tony verschränkt die Arme vor der Brust. »Das hoffen wir alle, aber deswegen sind Sie sicherlich nicht hier.«

Wie alle aus dem Team kann auch Tony keine Psychologen leiden. Sie wühlen alte Gefühle und Gedanken auf, ohne die man auch sehr gut leben könnte. Mir persönlich haben die Gespräche nach dem Angriff von Steve geholfen, aber es fiel mir damals schon schwer, mich einer fremden Person anzuvertrauen. Und noch schwerer, da es Coleman war, mit dem ich sprechen musste.

»Das stimmt, Tony. Ich bin hier, um Ihnen, Lila, mitzuteilen, dass ich Sie in fünf Minuten in meinem Büro, zu einem inoffiziellen Gespräch erwarte. Ich möchte gern mit Ihnen über die Situation mit Steve sprechen. Ihr Boss weiß Bescheid, dass Sie bei mir sind.«

Na toll. Ich benötige meine ganze Willenskraft, um meine Augen nicht genervt zu verdrehen. Lieber würde ich weiter arbeiten. »Ich werde da sein.«

Er verschwindet daraufhin wieder nach oben in sein Büro und Tony wirft mir einen fragenden Blick zu. »Ist das nicht schon dein zweites Gespräch mit ihm innerhalb einer Woche?«

Und das nur, weil Steve hier war.

Nach einem letzten Blick auf die Fotos begebe ich mich zur Chefetage. Ich klopfe zweimal an Prof. Dr. Fells Büro und öffne die Tür. Er geleitet mich ins Zimmer und weist mir höflich einen Platz zu.

Er hat den Raum in der Zwischenzeit vollkommen neu eingerichtet. Den großen Tisch in der Mitte des Zimmers hat er gegen einen kleineren Schreibtisch eingetauscht, der im vorderen Bereich des Raumes steht. Vor dem Fenster befinden sich zwei bequeme Ledersessel im satten Dunkelgrün, die zum Entspannen einladen.

Ich nehme auf dem rechten Sessel Platz und Prof. Dr. Fell setzt sich mir gegenüber. Wortlos mustern wir uns gegenseitig. Was geht wohl in seinem Kopf vor?

»Das haben Sie gut gemacht«, sagt er und durchbricht das Schweigen.

»Was meinen Sie?«

»Sie haben sich vor Steve schlussendlich nicht versteckt und mit ihm gesprochen. Meinen Sie, dass er sich verändert haben könnte?«

Ich denke über die Begegnung nach. Eigentlich weiß ich,

dass er sich bereits damals verändert hat. Oder ist alles nur Theater gewesen, um wieder an mich heran zu kommen? »Im Grunde kenne ich ihn nicht. Er hat mich damals bedroht, mich fast umgebracht, ist ins Gefängnis gekommen und nun wieder hier aufgetaucht.«

Prof. Dr. Fell fixiert mich, als würde er all meine Gedanken lesen und sie aus meinem Gehirn saugen.

Unheimlich.

»Aber Ihr Instinkt sagt Ihnen etwas anderes.« Er legt leger seinen Arm auf die Lehne ab und bedenkt mich mit einem aufmerksamen Blick. »Ich habe Ihre Akte gelesen, Lila. Sie haben, unter anderem, Bestnoten in der Verhaltenspsychologie, haben hervorragende Ergebnisse in den Schießübungen und eine sehr hohe Konzentrationsfähigkeit. Also versuchen Sie mir nicht weiszumachen, dass Sie nicht bemerkt haben, ob er sich verändert hat oder nicht.«

Ich mustere ihn. »Sie machen Ihre Hausaufgaben sehr gut«, versichere ich ihm. »Aber dennoch brauche ich keine Ratschläge zu Steve. Was ich brauche, sind Beweise, die mich zu dem Kannibalen führen. Steve ist mein kleinstes Problem, denn während ich hier sitze und mit Ihnen über Probleme spreche, die keine sind, stirbt da draußen eine unschuldige Person und landet als Speise auf dem Teller eines Wahnsinnigen!« Ich lehne mich vor, zeige nun meinerseits Zähne. Mal sehen, wie ihm seine eigene Medizin schmeckt. »Sie kennen meine Akte, also wissen Sie auch, dass ich sehr gut in meinem Job bin und ich hier nur meine Zeit mit Ihnen vergeude.«

Prof. Dr. Fell verzieht keine Miene. »Wenn Steve Rich kein Problem für Sie ist, wieso haben Sie sich vor Ihrer Begegnung mit ihm so verhalten?«

»Weil ich nicht wusste, ob er ein Problem ist.«

»Und nun wissen Sie es?«

»Ja«, bestätige ich ihm widerwillig.

»Also stufen sie ihn nicht als Bedrohung ein?«

Ich schnalze mit der Zunge. »Nein.«

Er ist besser als Coleman. Ich wollte es ihm nicht sagen, aber er hat es dennoch aus mir herausgelockt. Ob ich jetzt gehen darf?

»Was stufen Sie für sich in Ihrem Leben als Bedrohung ein, Lila?«

»Eine Bedrohung stellen die vielen Täter dar, mit denen wir es zu tun haben.« Was bezweckt er nur mit dieser Frage?

»Eine Gefahr, so wie jedes Auto hinter dessen Lenkrad ein Betrunkener sitzt. Ich meinte für Sie persönlich.«

Ich überlege, doch mir fällt nichts ein. Ich zucke mit den Schultern.

»Was empfanden Sie, als Sie dachten, dass Steve Sie umbringen wird?«

»Ich musste an meinem Bruder denken. Ich fühlte Anspannung, Konzentration, den Mann an meinem Rücken, der in mein Ohr flüsterte. Ich empfand Schuld. Ich war schuld, dass er mich würgte, da ich ihn nicht bemerkt hatte.«

»Warum hatten Sie ihn nicht bemerkt?«

»Weil ich zu fixiert auf die Beweise war, die ich finden wollte.«

»Und stattdessen haben Sie Steve gefunden oder besser gesagt, er hat Sie gefunden. Er hat Sie bedroht und tagelang in der Lagerhalle festgehalten. Wer weiß, mit wie vielen Frauen er das schon gemacht hat oder mit wem er es noch vorhatte.«

Ich mustere ihn.

»Wären Sie damals nicht gewesen, mit Ihrem brillanten Vorgehen, wäre er davongekommen und hätte Sie womöglich getötet.«

Versucht er mein Selbstwertgefühl zu stärken? Den Gefallen kann ich ihm tun, wenn es bedeutet, dass ich gehen kann. »Sie haben recht«, gebe ich zu. »Daher vertraue ich auf meine Fähigkeiten, sodass wir nicht weiter unsere Zeit aneinander verschwenden müssen.«

»Irgendwann werden Sie merken, dass Sie im Gespräch mit mir nie Zeit verschwenden werden, Lila.« Er lehnt sich nach vorn. »Besonders dann, wenn Sie an einem Kannibalen-Fall arbeiten und versuchen abgetrennte Wangen zu interpretieren.«

Spielt er auf einen der ungelösten Fälle an? Es ist unmöglich, dass er davon weiß, da solche Details nicht in den Medien veröffentlicht wurden. Misstrauen entwickelt sich in mir. Nur der Täter könnte davon Kenntnis haben. Oder hat er die Tatortfotos gesehen, als er hinter uns stand? Ein kalter Schauer überfährt mich, während ich versuche gefasst zu bleiben.

Ich sehe ihn mit schmalen Augen an. »Weil Sie psychologische Expertisen bezüglich Kannibalen vorzuweisen haben, die uns in dem Fall weiter helfen könnten?«

Er lächelt, aber seine Augen bleiben davon unberührt. »Das müssen Sie selbst herausfinden.«

Dieser Mann scheint mir immer seltsamer anzumuten.

»Haben Sie das Tatortfoto mit den abgetrennten Wangen gesehen, als Sie hinter uns standen?«

»Nein.«

Woher kennt er es dann, wenn er nicht der Täter ist? Vielleicht kann ich ihn mit einer Bemerkung verunsichern.

»Ist Ihr Ziel, mein Interesse auf Sie zu lenken, damit ich mich Ihnen mehr öffne und mich wohler fühle? Wollen Sie mir Hilfe aufzwingen, obwohl ich sie nicht brauche? Welches Ziel verfolgen Sie mit mir, Prof. Dr. Fell? Oder sind Sie kein Psychologe, sondern ein Maulwurf?«, versuche ich ihn aus seinem Konzept zu bringen. Ich pokere hoch, aber ich habe nichts zu verlieren. Falls er gefährlich ist, kann er mich hier nicht angreifen. Vielleicht liege ich auch falsch und er spielt nur mit mir. Ich kann diesen Menschen nicht einschätzen.

»Mein Ziel liegt immer im Wohlbefinden und der Problemlösung meiner Patienten.«

Er gibt sich professionell.

»Und was glauben Sie, mit welchem Problem ich zu kämpfen habe?«

»Ihr Problem ist es, dass Sie sich zu sehr auf das Wohlergehen anderer konzentrieren und dabei Ihr eigenes vergessen. Als Steve Sie angegriffen hat, dachten Sie sofort an Ihren Bruder, als Sie von dem Kannibalen hörten, dachten Sie an den unschuldigen Menschen, der bald auf seinem Teller liegen wird, und sogar bei einer vagen Implikation, dass ich gefährlich sein könnte, zeigen Sie keine Scheu, trotz der Gefahr, dass Ihr Leben in Gefahr sein könnte.«

»Ist mein Leben bei Ihnen gefährdet, Prof. Dr. Fell?«

Er schmunzelt. »Ich versichere Ihnen, Lila, dass Sie in meinem Beisein immer bei bester Gesundheit sein werden.«

All diese Bemerkungen von ihm. Mein Gefühl sagt mir, dass mit ihm irgendetwas nicht stimmt. Er spielt nur mit mir. Was soll das?

»Gut. Ist unser Gespräch nun beendet?«

Ich muss hier unbedingt weg!

»Vorerst«, versichert er mir. Er geleitet mich zur Tür und hält sie mir auf. »Ich freue mich schon auf unsere nächste Sitzung. Einen schönen Tag wünsche ich Ihnen.«

»Gleichfalls«, antworte ich und verschwinde so schnell es geht.

Ich gehe die Treppen hinunter zu meinem Schreibtisch, während ich meine Gedanken über das Gespräch mit Prof. Dr. Fell sortiere. Voller Zweifel setze ich mich auf meinen Stuhl. Meine Überlegungen jagen sich gegenseitig und lassen bei dem Gedanken an Prof. Dr. Fell ein ungutes Gefühl zurück. Er gibt sich kompetent und scheint mir sympathischer als dieser Coleman zu sein, aber mein Instinkt sagt mir, dass mit dem Mann etwas nicht stimmt.

»Hey«, ertönt Macs Stimme vor mir. »Alles in Ordnung?«

»Ich bin nur von der Sitzung mit Prof. Dr. Fell geschafft.«

Mac lacht laut auf. »Hat er dich etwa so auseinander-
genommen?« Er setzt sich mit einem Kaffee in der Hand an
seinen Schreibtisch.

»Das kann man wohl sagen. Wieso hast du zugestimmt,
dass ich schon wieder mit ihm sprechen sollte.«

»Das war Fells Idee. Er sagte mir, dass er mit dir über das
Aufeinandertreffen mit Steve sprechen möchte und du somit
für die nächste halbe Stunde nicht zur Verfügung stehen
würdest.«

Das Gespräch ist also allein auf der Idee von Prof. Dr. Fell
gewachsen. »Gibt es etwas Neues im Kannibalen-Fall?«,
wechsle ich das Thema.

»Nein, noch nicht, die Tests und Untersuchungen laufen
noch.«

Ich nicke und starre auf meinen Bildschirm. Ich muss herausfinden, was mit diesem Prof. Dr. Fell nicht stimmt. Das
Gespräch mit ihm geht mir nicht aus dem Kopf.

»Was beschäftigt dich?«

Ich seufze. Mac besitzt die Gabe, zu merken, wenn ein
Teammitglied mit seinen eigenen Gedanken kämpft. »Prof.
Dr. Fell«, gebe ich kleinlaut zu.

Mac stellt seinen Kaffee weg und dreht sich mit seinem
Stuhl zu mir. »Was ist passiert?«

»Seine Bemerkungen in unserem Gespräch ...« Ich
schaue verlegen auf meine Finger. Ist es der richtige Zeitpunkt, um Mac meine Spekulationen zu präsentieren? Viel-

leicht findet er sie absurd und lacht sich kaputt. Nein, nicht Mac. Ich erzähle ihm vom Ende meiner Sitzung und Prof. Dr. Fells Andeutungen. »Ich weiß einfach nicht, was ich davon halten soll. Ich misstraue ihm.«

»Was sagt dir dein Instinkt?«

Typisch Mac. Ich soll mich auf mein Gefühl verlassen. »Ich denke, dass mit diesem Psychologen etwas nicht stimmt«, gestehe ich.

»Dann finde es heraus.«

»Und was meinst du, wie ich das machen soll?«

»Rede mit ihm.«

Ich verziehe den Mund. Noch mehr mit Prof. Dr. Fell reden? »Das ist ein dämlicher Plan.«

»Schildere ihm deine Gefühle und beobachte seine Reaktion.«

»Aber er kann genauso wie ich steuern, ob er etwas über sich preisgibt oder nicht.«

»Und wir beide wissen, dass Menschen sich dennoch verraten können. Mach dich mit ihm vertraut. Lerne, wann er lügt.« Mac nippt an seinem Kaffee und verzieht sich über die kalte Plürre murrend in die Personalküche.

Ich sehe ihm nach. Mac hat meine Spekulation nicht abgetan. Vielmehr hat er ihr neue Nahrung geliefert. Ob ihm Prof. Dr. Fell ebenfalls suspekt ist?

Die nächsten Stunden verbringe ich am Computer. Da die Testergebnisse auf sich warten lassen, studiere ich die Tatortfotos, bis ich weder den bleichen Körper noch das viele

Blut ertragen kann.

»Feierabend, Leute. Geht nach Hause«, verkündet Mac. Es ist gerade 21:00 Uhr. »Und damit meine ich alle«, betont er und schenkt mir einen bedeutsamen Blick.

Tony tritt zu mir und hält seine Autoschlüssel hoch. »Soll ich dich mitnehmen? Ich habe deinen Wagen unten nicht stehen sehen.«

»Da sage ich nicht nein.«

Auf der Fahrt frage ich Tony über die alten Kannibalen Fälle aus. Bereitwillig beantwortet er mir alles und verschafft mir somit einen besseren Überblick über alle Morde, die auf seine Kappe gehen.

Kurze Zeit später kann ich meine Wohnungstür hinter mir schließen. Die Räumlichkeit hat sich verändert, doch meine Gedanken sind die selben geblieben. Mein Psycho-Doc geht mir einfach nicht aus dem Kopf, ebenso wie der Kannibalen-Fall.

Ich schließe die Wohnungstür ab, lege den Schlüssel in die Holzschale und begebe mich auf meine große graue Couch. Ich leihe mir online einen Film, um meinem Verstand eine Pause von allem zu verschaffen, doch gelingen will mir das nicht.

Kurzerhand pausiere ich den Film, setze mich an meinen Laptop und öffne die Suchmaschine, um über Prof. Dr. Fell zu recherchieren. Nach einiger Zeit fallen mir diverse Seiten von Fachbüchern und Fachzeitschriften ins Auge. Gespannt lese ich im Lebenslauf meines neuen Psychologen und verfolge seine Karriere. Dieser Mann ist in seinem Leben viel umher gekommen und hat sogar Interviews über die Psyche von Mördern gegeben. Interessiert durchforste ich das World Wide Web nach Informationen. Nach einer Weile fühlen sich meine Augen an, als wären sie aus Blei. Mit letzter Kraft fahre ich meinen Laptop herunter und begebe mich auf die Couch zurück. Der Film ist noch immer pausiert, aber ich bin nicht mehr in der Lage ihn anzuschauen. Der Schlaf zerrt bereits an meinen Gedanken und ich stürze hilflos in einen Traum.

»Stopp! Polizei!«, schreie ich, während der Killer davonrennt. Ich nehme die Verfolgung auf und renne ihm hinterher. Er springt über einen Zaun, aber ich komme nicht hinüber. Wieso kann er darüber springen und ich nicht? Ich renne gegen den Maschendrahtzaun. Immer und immer wieder. Er bewegt sich, doch ich komme nicht hindurch. Ich merke bei jedem Aufprall, dass er dünner wird. Ich darf nicht aufhören! Irgendwann falle ich plötzlich hindurch und renne weiter. Ich kann ihn sehen. Noch fünf Meter, gleich habe ich ihn. Er ist direkt vor mir. Meine Hand schnellt nach vorn, um ihn zu packen, doch ich greife ins Leere – wieder und wieder. Was ist hier los? Wieso spüre ich ihn nicht? Als wäre er ein Geist. Unerreichbar, ungreifbar.

Ich renne so schnell wie ich kann, doch ich komme nicht vorwärts. Meine Beine sind müde. Meine Muskeln brennen. Ich habe gesehen, was er getan hat. Er hat sie ermordet.

Das Blut tropft die Wand hinunter. Überall ist Blut. Es platscht auf den Erdboden. Ich renne, doch er ist zu weit weg für mich. Meine Beine tragen mich nicht mehr. Ich laufe auf meinen Knien, doch ich komme nicht voran. Verzweiflung steigt in mir auf. Ich muss ihn bekommen. Er hat jemandem Unrecht getan. Jemandem sein Leben geraubt und jetzt sitzt er zu Hause und verspeist das Fleisch seines Opfers. Nein! So etwas kann ich nicht zulassen. Der Boden zerbricht. Ich schreie, während ich mit dem Rücken voran in einen Abgrund stürze.

Ich zucke zusammen und erwache auf meiner Couch. Es ist 02:18 Uhr. Ich reibe mit den Händen über mein Gesicht, um munter zu werden. Was war das nur für ein Albtraum? Ich spüre den Drang meinen Bruder anzurufen. Es müsste bei ihm zurzeit Mittag sein. Ich zücke mein Handy und wähle seine Nummer. Das Klingeln in der Leitung ertönt.

»Hey Schwesterherz. Ist es nicht etwas spät bei dir, um mich anzurufen?«, meldet er sich am anderen Ende der Leitung und zaubert mir ein Schmunzeln ins Gesicht.

»Ich hatte einen Albtraum und bin aufgewacht.«

»Von was hast du geträumt?«

»Wir haben gerade einen Fall und ich habe davon geträumt wie der Mörder entwischt und ungreifbar für uns wird.«

Adam atmet hörbar aus. »Puh. Ich hoffe für euch, dass es nicht so enden wird. Wie ich dich kenne, würde dich das nicht zufrieden stellen«, merkt er an. »Wie geht es dir?«

»Ich bin erschöpft und müde. Sonst geht es mir gut.«

»Hast du Steve nochmals getroffen?«

»Nein.«

»Okay. Dann versuch weiter zu schlafen. Ihr bekommt den Täter schon«, beruhigt er mich.

5

Ich starre das Brotregal des Supermarktes an und reibe mir meinen steifen Nacken. Die unruhige Nacht klebt mir noch immer zwischen den Gedanken, die sogar vom Brotangebot überfordert sind. Da kann der Tag ja heiter werden.

Ich suche mir schnell ein Brot aus und lege es in meinen Einkaufwagen, ehe ich mir einen Beerenmix, eine Zucchini und noch einen Packen Wasser aus dem daneben stehenden Regal zu den Einkäufen hinzufüge.

Ich komme zu den Kühlregalen und schnappe mir etwas Wurst und Käse, während ich meinen Einkaufswagen an den wöchentlichen Angeboten vorbei schiebe.

Nichts Interessantes dabei, denke ich mir, als plötzlich mein Wagen stoppt. Oh nein, habe ich jemanden angefahren?

»Tut mir leid«, sage ich sofort und zucke zusammen, als ich sehe, wer da vor mir steht.

»Schon in Ordnung. Kleine Karambolagen gehören zum Einkaufen dazu.« Steve streicht sich verlegen mit der Hand durch seine kurzen Haare. »Außerdem hätte ich dir lieber aus dem Weg gehen sollen. Tut mir leid.«

Völlig perplex stehe ich mit halb geöffnetem Mund da. Mit ihm habe ich nicht gerechnet.

»Alles in Ordnung?«, fragt er mich.

Ein mulmiges Gefühl breitet sich in mir aus. Begegnungen mit ihm gehören jetzt wohl zur Normalität. Ich blinzle heftig und schüttle meine Schockstarre ab.

»Ehm ja, ich hatte nur nicht mit dir hier gerechnet«, gebe ich zu.

Er schmunzelt. »Nun, ich bin frei. Daran musst du dich erst gewöhnen.«

»Das wird noch eine Weile dauern.«

»Ich hoffe, du denkst nicht, dass ich dich verfolgt habe. Ich will nicht, dass du Angst vor mir hast.«

Ich mustere ihn. Möglicherweise ist er doch der nette und charmante Kerl geblieben, den ich bei meiner ersten Begegnung in dem Café und in den letzten Tagen meines Aufenthaltes in der Fabriklagerhalle kennen gelernt habe. Dennoch hat er mir Schmerzen zugefügt und ist zu dem sicherlich heute noch im Stande.

»Alles gut«, versichere ich ihm und hoffe, dass es auch so bleibt.

»Das freut mich.« Er grinst mich an. »Okay, ich gehe dann mal weiter.«

»Das werde ich auch«, antworte ich ihm, da mir nichts Besseres einfällt.

Er wendet sich von mir ab und geht mit seinem Korb in der Hand in den nächsten Gang des Marktes. Ich bleibe verblüfft zurück, ehe ich auch meinen Einkauf fortsetze. Es fühlt sich komisch an, ihm in der Öffentlichkeit zu begegnen. Sicherlich wissen noch einige Leute von dem damaligen Vorfall aus den Zeitungen und erkennen ihn. Dennoch machte er mir einen guten Eindruck. Sympathisch und charmant wie damals. Mal schauen ob es dabei bleibt. Ich besorge noch etwas Schokolade und gehe zu den Kassen, um alles zu bezahlen.

Auf dem Weg zu meinem Auto schaue ich mich suchend nach ihm um, aber ich kann ihn nirgends sehen. Ist er noch in dem Markt? Ich steige in meinen Wagen, nachdem ich meine Einkäufe verladen habe, und schreibe Maddie eine SMS, bevor ich nach Hause fahre.

Hey Maddie,

eben lief mir Steve im Supermarkt über den Weg. Er war, wie damals, total nett und charmant gewesen. Oh, ich bin so hin und her gerissen. Auf der einen Seite sieht er so gut aus, ist charmant, selbstbewusst und nett, aber auf der anderen Seite kann ich seine Gewalttaten an mir nicht vergessen. Es steckt schließlich in ihm. Und sein gutriechendes Parfum … Ich wünschte er würde es nicht mehr tragen.

Eine Stunde später sitze ich in meinem Auto und halte vor dem Polizeipräsidium Ausschau nach Steve. Ob er mich wieder auf Arbeit besuchen kommt? Ich zucke mit meinen

Schultern, steige aus und schließe die Tür des Autos zu. Rechts und links von dem Eingang stehen zwei Kirschbäume. Die Früchte sind längst abgefallen, aber die glänzenden Blätter zaubern mir ein Schmunzeln auf die Lippen. Ich liebe diese Bäume und sehne das Frühjahr herbei, wenn sie ihre rosa Blütenpracht zeigen. Sie erinnern mich an Frieden und beruhigen meine Seele.

Ich stehe vor dem Aufzug und warte, als sich jemand hinter mich stellt.

»Guten Morgen, Lila. Ich hoffe Sie hatten eine angenehme Nacht.«

Shit. Es ist Prof. Dr. Fell. Ich starre wie versteinert die Aufzugstüren an. »Meine Nacht war gedankenreich.«

Der Aufzug öffnet sich und wir betreten die Kabine, die sich in Bewegung setzt.

»Waren Ihre Gedanken mir geschuldet?«

»Ja.« Kurz und knapp, um jegliche weitere Konversation aus dem Weg zu gehen.

»Sie machen mich neugierig. Worüber haben Sie nachgedacht?«

Ich zögere. Soll ich es wagen? Er wird mir nichts tun. Nimm ihn bei seinem Wort. Erinnere dich an das, was Mac gesagt hat!

Ich wende mich ihm zu und schaue ihm in die Augen, um seine Reaktion zu beobachten. »Darüber, ob Sie ein Mörder oder ein Kannibale sind. Auch ich habe Ihre Akte gelesen, Prof. Dr. Fell.«

Seine Pupillen erweitern sich leicht. Ist das ein Zeichen

darauf, dass er sich ertappt fühlt oder ist er nur erfreut über meine Feststellung, die auch falsch sein kann? Mein Instinkt und seine Bemerkungen, sagen mir, dass er gefährlich ist. Oder täusche ich mich und er will mich nur verunsichern? Ich zwinge mich, nicht vor ihm zurückzuweichen und mich gelassen zu geben.

»Das sind schwerwiegende Anschuldigungen, die Sie haben, und dass ohne einen Beweis.«

»Braucht der Hase einen Beweis für die Gefährlichkeit des Wolfes oder genügt der Instinkt?«

Sein Blick frisst sich in meinen. »Ihr Instinkt kann Sie täuschen.«

»Natürlich.« Ich gebe mich im Anschein geschlagen und setze ein Lächeln auf, um ihn zu verunsichern. Die Türen des Aufzugs öffnen sich. »Einen wunderschönen Tag wünsche ich Ihnen.« Mit dröhnendem Puls in meinen Ohren verlasse ich die Kabine.

»Danke, dasselbe wünsche ich Ihnen. Ich hoffe, die Untersuchungen liefern genügend Hinweise, damit Sie den Kannibalen schnappen können«, sagt er und schließt sich mir zu meinem Missmut an.

»Das hoffe ich auch«, gebe ich zurück und biege ab, um zu meinem Team und meinem Schreibtisch zu gelangen. Dort treffe ich alle, versammelt um den großen Bildschirm, an. Prof. Dr. Fell verliert keine Zeit.

»Tony, ich möchte Sie an unseren heutigen Termin für ein Gespräch erinnern«, sagt er.

»Ich weiß Bescheid, Doc. Bis später«, entgegnet Tony ihm

und Prof. Dr. Fell macht sich auf den Weg nach oben.

Da alle Teammitglieder um den großen Bildschirm versammelt sind, scheint es im Fall voranzugehen.

»Was habe ich alles verpasst?«, frage ich, während ich meine Sachen neben meinem Schreibtisch ablege.

Tony schiebt mir den Autopsiebericht zu. »Laut den Untersuchungen von Dave fehlt dem Leichnam eine Niere. Diese wurde fachmännisch entfernt und anliegende Organe wurden nicht beschädigt. Die Todesursache ist bei Ersticken aufgrund von Strangulation geblieben.«

David schaut von seinem Computer auf. »Ich habe bereits eine Suche mit den zutreffenden Kriterien wie Fachwissen, Fähigkeiten und Kannibalismus gestartet. Vielleicht finden wir dadurch einen bereits verhafteten Kannibalen, der seine Kompetenzen weitergeben könnte oder als Vorbild dient.«

Ich schüttle den Kopf. »Wir werden dadurch keine Verbindung zu unserem Kannibalen finden.«

»Woher willst du das wissen?«, fragt Tony.

Ich schnappe mir die Akte des Kannibalen vom Schreibtisch und blättere sie durch. »Mein Instinkt sagt mir das.«

»Schaut euch das an«, sagt David plötzlich, »Dave hat mir ein Bild von einem Abdruck auf der Leiche zugesendet.«

Sofort projiziert er das Bild auf den Bildschirm, um den wir uns versammeln. Die Aufnahme zeigt den Hals des Opfers. Neben der Wirbelsäule prangt ein kreisförmiges Hämatom.

Tony runzelt die Stirn. »Könnte von einem Ring stammen.«

»Vielleicht von einem Siegelring?«, wirft David ein.

Ich studiere das Bild. Zu erkennen ist ein heller kronenförmiger Abdruck inmitten des Hämatoms. »Die Krone muss auf dem Ring eingestanzt oder eingefräst worden sein und hat somit weniger Druck auf das Gewebe ausgeübt.«

»Was habt ihr?« Mac kommt geschwind, mit einer Kaffeetasse in seiner Hand, zu uns gelaufen und stellt sich erwartungsvoll hinter uns.

Tony räuspert sich. »Nun Boss, David lässt eben eine Suche laufen und –«

»Ich will nicht wissen, was ihr sucht, sondern was ihr habt.«

»Dave hat einen Ringabdruck am Opfer gefunden«, erklärt David. »In dem Ring ist eine Krone eingestanzt. Alecia wird dir darüber mehr sagen können.«

»Gut.« So schnell wie er aufgetaucht ist, verschwindet er nun in Richtung Labor.

Mein Telefon klingelt. Es ist Dave. »Ja?«

»Lila, könntest du bitte runter in die Autopsie kommen?«

»Ehm, natürlich.« Irritiert lege ich auf. Es ist komisch, dass mich Dave anruft. Normalerweise bespricht er gefundene Beweise immer mit Mac.

Ich gehe zum Aufzug und fahre hinunter in den Keller. Die Türen zur Autopsie öffnen sich beim Näherkommen automatisch und schließen sich wieder.

»Was ist los?«, frage ich.

Dave steht in seinem blauen Kittel vor der aufgebahrten Leiche. »Weißt du, was Mac über Zufälle sagt?«

»Es gibt keine.«

»Ganz genau und somit denke ich auch nicht, dass das, was ich gefunden habe, zufällig ist. Ich sollte es finden oder vielmehr du sollst es sehen.«

Ich stehe verdattert vor ihm und verstehe nichts mehr. »Was hast du entdeckt?«

»Du redest nicht viel über deine Kindheit.«

Ich verschränke meine Arme vor der Brust. »Nein. Die Zeit ist schließlich vorbei.«

»Nun, wer auch immer sie getötet hat, kennt dich sehr gut. Du hast mir einmal von dem Lieblingskuscheltier deines Bruders erzählt. Kannst du dich erinnern?«

»Ja, ein roter Stoffhund, wieso?«

Dave dreht die Leiche behutsam auf den Bauch. »Weil der Täter einen kleinen roten Hund auf das rechte Schulterblatt des Opfers gemalt hat.«

Ich schaue mir das Bild genauer an. Ich kann meinen Augen kaum trauen, als ich die kleine blaue Pfote entdecke, die mich für einen Augenblick in der Zeit zurückversetzt.

»Ahhhhh – neeeeein!«, schreit mein Bruder in seinem Zimmer. Sofort renne ich zu ihm. Er sitzt im Schneidersitz auf dem Boden in mitten des Zimmers und hält seinen roten Stoffhund in seinem Arm. Tränen kullern aus seinen Augen und tropfen auf den roten Baumwollstoff. Ich stehe in der Tür und frage mich was passiert ist. Mutter ist nicht zu hören und verletzt sieht er auch nicht aus. Ich setzte mich neben ihn auf den fleckigen Dielenboden.

»Was ist passiert?«, frage ich.

Mein Bruder schluchzt und bringt kein Wort heraus.

Ich lege meine Hand auf seinen Rücken. »Beruhige dich. Vielleicht kann ich dir helfen.«

Er schaut zu mir auf und kämpft gegen seine Tränen und bebenden Lippen an.

Ich streiche langsam über seinen Rücken. »Erzähle mir was passiert ist«, ermutige ich ihn.

»Da«, sagt er und hält mir seinen Stoffhund vor mein Gesicht.

Oh. Eine Pfote ist aufgerissen und die Füllung des Kuscheltiers quillt heraus. Ich schmunzle. »Kein Problem. Das kann man wieder reparieren.«

Er strahlt mich an.

»Wie ist das passiert?«, will ich wissen.

»Ich bin in mein Zimmer gerannt und dabei ist Rex bestimmt mit seiner Pfote an einem Dielenbrett hängen geblieben und ich habe es erst bemerkt, als es zu spät war.« Er schaut sich den kaputten Stoff an und wischt sich mit dem Ärmel über seine tränennassen Augen.

»Weißt du was, ich bereite jetzt sofort die OP vor, dann hole ich den Patienten ab und bevor du dich versiehst geht es Rex wieder gut. Einverstanden?« Ich halte ihm meine Hand für einen High five hin.

»Einverstanden«, sagt er und schlägt ein.

Ich durchsuche unsere Nähsachen und finde einen kleinen blauen Stofffetzen. Perfekt! Ich schnappe mir noch eine Nadel, Faden und eine Schere und gehe wieder zurück zu meinem Bruder.

»Ist der Patient bereit?«, frage ich.

Mein Bruder nickt und überreicht mir seinen geliebten Rex. Behutsam stopfe ich die Füllung zurück in das Bein und nähe den blauen Stoff darüber.

»So, fertig«, sage ich und präsentiere Adam sein Kuscheltier. Er schaut sich die Pfote an und strahlt über beide Ohren.

Ich gebe mich bei der Erinnerung einem Schmunzeln hin, das schnell einem ernsten Gesichtsausdruck weicht. Schweigend starre ich auf den kalten Körper vor mir.

»Danke, dass du es mir zuerst erzählt hast.«

»Gern, pass auf dich auf.«

»Das mache ich. Bis später.« Ich mache mich wieder auf den Weg nach oben. In der Fahrstuhlkabine, die zum Glück leer ist, atme ich einmal tief durch, um meinen flauen Magen zu beruhigen. Weder mein Bruder, noch Dave oder Mac können mit dem Mord in Verbindung stehen. Steves damalige Andeutungen, dass er nie aus meinem Leben verschwunden ist, kommen mir in den Sinn. Hat er etwas damit zu tun?

Mac, Tony und Dave befinden sich an ihren Schreibtischen, als ich mich ihnen nähere. »Der Täter hat den Leichnam bemalt.«

»Womit?«, entgegnet Mac.

»Einen roten Hund mit einer blauen Pfote.«

Macs Augenbrauen ziehen sich gefährlich zusammen.

David legt seinen Kopf in den Nacken. »Das ergibt keinen

Sinn. Wieso sollte er–«

»Weil mein Bruder als Kind einen roten Stoffhund mit blauer Pfote hatte«, platzt es aus mir heraus.

Davids Mund klappt auf.

»Wer weiß alles von dem Stoffhund?«, fragt Mac leise.

»Soweit ich weiß, nur mein Bruder, du, Dave, ich und nun auch David. Anderen habe ich nie davon erzählt.«

»Nicht einmal deinem alten Psychologen Coleman?«

Ich setze mich an meinen Schreibtisch und streiche mir mit der Hand durch mein Haar. »Nein«, gebe ich zu und atme hörbar aus, als Prof. Dr. Fell zu uns stößt.

»David, ich hätte jetzt Zeit für ein Gespräch. Würde es für Sie passen?«, fragt er.

David wirft mir einen besorgten Blick zu, aber folgt Prof. Dr. Fell in sein Büro. Wenigstens hat er bald mit jedem von uns gesprochen und lässt uns dann wieder in Ruhe arbeiten, obwohl mich der Gedanke nicht loslässt, dass ich noch mehrere Gespräche mit ihm führen werde. Einerseits möchte ich die Wahrheit über diesen Doktor herausfinden, andererseits hasse ich es, wie er mich durchschaut. Nur ein einziger Blick von ihm genügt, damit ich mich nackt fühle.

»Hat Alecia etwas gefunden, das uns weiterbringt?«, frage ich Mac, um mich von Prof. Dr. Fell abzulenken.

»Sie hat sehr kleine Spuren von Feige an dem Mund des Opfers gefunden.«

Ich richte mich auf. »Feigen? Vielleicht isst sie unser Täter gern?«

»Machen wir uns nichts vor, Leute«, sagt Tony. »Im Grunde haben wir nichts. Nur Indizien, die in Sackgassen führen.«

Ding.

Wir alle sehen zu Davids Computer. Die Suche scheint etwas ergeben zu haben. Sofort setze ich mich an Davids Schreibtisch.

»Jim Dalton, 40 Jahre alt, wegen Mordes verurteilt zu lebenslanger Haft und bekennender Kannibale.«

Ich überfliege seine Akte, als das flaue Gefühl zurückkehrt. »Er sitzt in dem Gefängnis, in dem auch Steve war.«

Ich starre auf den Bildschirm. Ist es möglich, dass Steve ihn kennt und somit der Nachahmer oder Komplize sein könnte?

»Na was für ein Zufall«, sagt Tony, als er mir über die Schulter schaut.

Mac wölbt eine Augenbraue. »Dann steht Steve Rich als Nachahmer oder Komplize im Raum?«

»Er saß fünf Jahre im Gefängnis«, sage ich, »und hatte somit Zeit und die Möglichkeit, mit ihm in Kontakt zu treten und möglicherweise von ihm zu lernen. Aber ich kann mir nicht vorstellen, dass er Jims Plan ausführen würde.«

Tony schnaubt und schaut mich prüfend an. »Nur weil er zu dir nett war, heißt das nicht, dass er es nicht war. Das wäre ein schlauer Zug von Jim. Er heuert einen Fremden in einem Gefängnis an, um sein Gesamtwerk zu vollenden.«

»Und möglicherweise wäre er damit durchgekommen«, sagt David. Mac greift sich Stift und Papier. »Betrachten wir es logisch: Steve wurde regulär 11:00 Uhr entlassen und wann war er hier?«

»14:30 Uhr«, antworte ich automatisch, was mir einen seltsamen Blick von Tony einbringt.

»Das heißt«, führt Mac aus, »er hätte mehr als drei Stunden Zeit gehabt, um diese Tat zu begehen.« Meine Gedanken überschlagen sich. Ist es tatsächlich Steve? Ich hatte gedacht, er hat sich geändert. Ein verrückter Zufall? Nein, die gibt es nicht. Steve und Jim. Mir wird schlecht bei dem Gedanken an einer Zusammenarbeit der beiden. Ich denke an unsere Begegnungen zurück. Wollte er nur den Verdacht von sich ablenken und mir weismachen er habe sich geändert? Wie konnte ich nur so naiv sein? Welcher Idiot will mit seinem Beinahe-Mörder befreundet sein? Verrückt. Bin ich verrückt? *Stockholm Syndrom!* Wird es mir zu viel? Ich will die Wahrheit. Ich atme ein, halte die Luft an und schließe meine Augen, um in mich zu kehren: Ich bin Lila Baker, arbeite beim DPD. Steve Rich ist frei, aber verdächtig. Prof. Dr. Fells Verhalten ist auffällig und verlangt Beobachtung und Analyse.

»Tony, David – schnappt eure Sachen«, sagt Mac.

Ich schrecke aus meinen Gedanken, als Tony bereits nach seiner Jacke greift und Mac auf dem Weg zum Aufzug ist. »Wo geht's hin?«, frage ich Tony.

»Wir holen Mr. Rich für eine Befragung ab.«

Ich stehe von meinem Stuhl auf und greife nach meinem Rucksack, als Mac zu mir sagt: »Du bleibst hier.«

Ich blicke auf und sehe in Macs ernstes Gesicht.

Nervös sitze ich an meinem Schreibtisch, als ich den Ton des Aufzugs höre. Ich blicke auf und sehe wie Mac Steve fest im Griff hat und ihn in einen unserer Verhörräume begleitet. Mit einem Satz springe ich von meinem Stuhl auf, um ihnen zu folgen. Dabei entgeht mir nicht, dass Prof. Dr. Fell bereits in der oberen Etage steht und das Geschehen beobachtet. Riecht er etwa, wenn etwas in meinem Leben passiert? Wieso hat er immer so ein perfektes Timing?

Tony hält mich am Arm zurück.

»Ich weiß, du würdest ihn sicherlich gern verhören, aber Mac wird dich nicht in diesen Verhörraum lassen.«

»Ja, ich weiß.«

»Wenn es Mac nichts ausmacht, würde ich ihn gern in die Mangel nehmen. Sollte ich irgendetwas über Steve wissen?«

»Alles, was ich über Steve weiß, wisst ihr auch.«

»Tatsächlich?« Tonys sonst immer präsentes Lächeln verschwindet.

»Glaubst du, ich lüge?«

»Du hast nie über die Zeit in der Lagerhalle gesprochen. Als wir dort eintrafen, schien es mir, dass du dich dort gar nicht so unwohl gefühlt hast.«

»Er behandelte mich zu dem Zeitpunkt gut. Ich war dankbar.«

»Dankbar, nicht umgebracht worden zu sein?«

»Ja.«

»Mehr ist nicht passiert?«

»Tony, was willst du von mir hören?«

»Die Wahrheit.«

»Die habe ich dir gesagt.«

Er richtet sein Sakko. »Du willst also nicht darüber sprechen?«

Ich atme scharf ein.

Tony dreht mir den Rücken zu und geht zu den Verhörräumen. Ahnt er, was passiert ist? Sicherlich macht er sich nur Sorgen, aber es geht ihn nichts an.

Nach einem Moment folge ich ihm, aber geselle mich zu Mac hinter den Spiegel des Verhörraums, in dem sich ein Techniker und ein Protokollant aufhalten. Steve sitzt auf dem Stuhl und wartet. Wird er mit mir rechnen? Oder mit Mac? Kann er sich denken, warum er hier ist? Ich schlucke gegen die Trockenheit in meinem Mund an. Ist er der Täter?

Die Tür öffnet sich und Tony tritt in den Raum. Unter seinem Arm klemmen zwei Akten, die er auf den Tisch knallt. Er nimmt gegenüber von Steve Platz.

Steve lächelt. »Weshalb bin ich hier?«

»Das müssten Sie wissen.« Tony öffnet die Akte von Jim Dalton und schiebt Steve ein Bild von ihm zu. »Schonmal gesehen?«

Steve betrachtet es eingehend. »Ja«, antwortet er und lehnt sich zurück. »Er war im gleichen Gefängnis wie ich.«

»Und hatten Sie Kontakt zu ihm?«

»Nein.«

Tony nimmt sich das Bild, lacht gekünstelt und legt es wieder in die Akte zurück. »Nein? Und Sie meinen, ich glaube Ihnen?«

»Ich weiß, dass Sie mir nicht vertrauen. Würde ich an Ihrer Stelle auch nicht, aber ich habe nichts getan und falls es sich um diesen Mann handelt, erst recht nicht. Ich habe ihn gemieden, soweit ich konnte. Er ist gefährlich.«

»Und Sie sind es nicht?«

Steve blickt an Tony vorbei zu dem Spiegel. Mein Nacken kribbelt. Er schaut mich direkt an.

Falten treten auf Steves Stirn. »Wie kommen Sie darauf, dass ich gefährlich bin?«

Glaubt er etwa, dass ich Tony etwas von damals erzählt habe?

»Mr. Rich, ich sehe jeden Tag Lilas Hals. Sie hätten sie fast getötet und sagen Sie jetzt nicht, dass Sie das nicht gefährlich wirken lässt.«

Steves Miene glättet sich.

Wieder sieht er zum Spiegel und lächelt. Lächelt er mich an?

»Wir müssen reden, Lila«, sagt Mac.

Mein Blick fliegt zu ihm. Was will er von mir wissen und wieso jetzt? »Okay«, sage ich dennoch. Ich wappne mich für die Unterhaltung, als er seine Hand auf meine Schulter legt und mit mir vor die Tür des Beobachtungsraumes geht.

»Was läuft da zwischen Steve und dir?«

»Nichts.«

»Er verhält sich nicht wie nichts!«

Ich starre ihn an und weiß nicht weiter. Ich will ihm nichts sagen, aber …

»Was ist damals passiert?«

Ich schaue zu der Tür, hinter der Steve sitzt. »Ich will nicht darüber sprechen.«

»Wieso?«

»Weil die Zeit sehr … intim war.«

Mac starrt mich einen langen Moment mit großen Augen an, bevor er weiterspricht.

»Intim?«

»Ich weiß, dass er niemanden töten will.« Tatsächlich? Wieso bin ich mir damit so sicher? Nur weil er es mir versichert hat?

Mac mustert mich und geht in den Verhörraum, ohne die Tür wieder zu schließen.

»Tony, ich brauch dich hier kurz.« Was hat Mac vor?

Tony schaut verdutzt, aber schnappt sich die Akten und beide verlassen den Raum. Mac geht in den Beobachtungsraum. Kurz darauf kommen die beiden Angestellten mit ihm wieder heraus.

»Geh rein und rede mit ihm über den Fall. Die Mikrofone sind aus, niemand ist im Beobachtungsraum.«

Manchmal verstehe ich nicht, was in Mac vorgeht. Damit hatte ich wirklich nicht gerechnet. »Okay.«

Mac wirft mir einen besorgten Blick zu, bevor er mit den beiden Angestellten davongeht. Was er den beiden wohl erzählt hat?

Ich straffe meine Schultern, betrete das Verhörzimmer und schließe die Tür hinter mir. Nach so vielen Jahren befinde ich mich zum ersten Mal wieder mit Steve Rich allein in einem Raum. Er ist nicht fixiert, bleibt aber auf seinem Stuhl sitzen. Ich nehme ihm gegenüber Platz.

»Wir untersuchen zurzeit einen Mord«, sage ich. »Dem Opfer wurden Organe entfernt und du warst fünf Jahre im gleichen Gefängnis wie Jim Dalton. Wir nehmen an, dass Jim dich unterrichtet hat und dir Aufträge erteilt zu töten.«

»Wieso hat Mac das Verhör beendet?«

Na toll.

»Macs Taten sind selbst für mich manchmal unergründlich«, muss ich zugeben.

»Über was hat er mit dir gesprochen?«

»Er hat mich gefragt, was damals passiert ist.«

»Was hast du ihm gesagt?«

»Dass ich nicht darüber sprechen möchte, da es mir zu intim ist.«

Steve schaut mich mit zusammen gekniffenen Augen an. »Mit dieser Aussage gibt es keinen Grund, das Verhör abzubrechen.«

Ich nicke. »Ich habe ihm gesagt, dass du niemanden töten willst.«

»Interessant. Und dennoch sitzen wir hier und du befragst mich immer noch.«

»Warst du es? Ja oder nein – mehr will ich nicht hören.«

»Nein, ich war es nicht.«

Ich atme auf.

»Du hattest allerdings ausreichend Zeit, um den Mord zu begehen. Mehr als drei Stunden. Was hast du in dieser Zeit gemacht?«

»Ich bin nach Hause gegangen, habe meine Wohnung entstaubt und bin anschließend einkaufen gegangen.« Er steckt die Hand in seine Hosentasche und kramt einen zerknüllten Zettel heraus, den er entfaltet und auf dem Tisch glättet. »Hier, mein Kassenbon.«

Er schiebt mir den Zettel herüber. Ich erkenne das heutige Datum und die Uhrzeit 13:55 Uhr. Um diese Zeit hat die Frau noch gelebt. Er kann also nicht der Täter sein. Sprachlos betrachte ich den Bon.

»Wieso hast du dieses stichhaltige Alibi nicht schon eher vorgezeigt?«

Er lächelt mich an. »Irgendwie habe ich darauf gehofft, es dir zeigen zu können.«

Ein Kribbeln durchfährt meine Bauchgegend.

»Zufälle gibt es nicht, sagst du immer, nicht wahr?«, fragt er.

Ich schiebe den Bon zu ihm zurück. »Ja, alles passiert aus einem Grund. Wieso fragst du?«

Er schweigt wieder und je länger er schweigt, umso mehr muss ich mich beherrschen, ruhig sitzen zu bleiben.

»Als ich nach meiner Entlassung zu dir kam ... Dr. Fell war mein damaliger Psychologe. Er half mir.«

»Prof. Dr. Alexander Fell?« Das kann nicht wahr sein!

»Jetzt ist er Professor?« Steve schmunzelt.

»Was will er hier?«

»Das musst du ihn schon selbst fragen.«

Ich schlucke heftig. »Hast du dich damals mit ihm über mich unterhalten?«

»Natürlich.«

»Also kennt er mich besser, als er es zugibt. Mein Magen verkrampft sich vor Wut. Er hat mich hintergangen und mir ins Gesicht gelogen. Ich muss sofort mit ihm sprechen.

6

Ich klopfe zweimal an die Tür und trete ein, ohne auf eine Bestätigung zu warten.

Prof. Dr. Fell sitzt an seinem Schreibtisch und blickt auf, als ich hereinstürme. Ich würdige ihn keines Blickes, schließe die Tür und setze mich wie in Trance auf einen der Sessel. Ich starre auf den kleinen Tisch vor mir. Meine Gedanken überschlagen sich. Prof. Dr. Fell kannte mich von Beginn an besser, als er es behauptet hat. Seine Schmeichelei steht nun auch in einem anderen Licht. Vielleicht ist er nur wegen mir hier? Wollte er sehen, wie ich auf Steve reagiere? Ich bin schließlich der Wendepunkt in Steve Richs Leben, ohne dass ich es wollte.

Prof. Dr. Fell setzt sich mir gegenüber, während ich versuche, mich zu sammeln.

»Sie wirken sehr in Gedanken versunken. Mehr als sonst«, bemerkt er.

Ich fixiere immer noch den gleichen Punkt auf dem Tisch und suche hilflos nach Worten.

»Nun, bevor wir unser spontanes Gespräch beginnen,

möchte ich Sie und Ihr Team zu mir zum Abendessen einladen.«

Zum Abendessen? Ich schaue Prof. Dr. Fell verdutzt an. Er reicht mir einen Umschlag, ich öffne ihn und beginne zu lesen.

<u>Einladung</u>

zu einem gemütlichen Abendessen als Entschädigung für meine Neugier.

Wann: Samstag, den 09.10.2018; um 18:00 Uhr.
Sie erwartet ein Drei-Gänge-Menü aus eigener Küche. Ich freue mich auf Ihr Kommen.

Mit freundlichsten Grüßen
Prof. Dr. Fell

»Sie werden uns bekochen?«, frage ich.

»So haben Sie alle auch die Chance, mich besser kennenzulernen.«

Als ob wir das möchten. Ich lege den Umschlag und die Einladung zur Seite.

»Also, fangen wir an. Was beschäftigt Sie?«

»Ich werde nicht schlau aus Ihnen«, gestehe ich. »Erst diese Bemerkungen, dann diese Einladung. Welches Spiel spielen Sie mit uns?«

Er lehnt sich entspannt zurück. »Wer behauptet, dass ich mit Ihnen allen spiele?«

»Gut, dann eben nur mit mir.«

Er neigt seinen Kopf. »Was bringt Sie zu dieser Annahme?«

»Sie.« Ich bohre meinen Blick in seinen. »Mein Psychologe Prof. Dr. Fell, der ebenfalls Steve Rich als Klienten hatte«, sage ich und er schmunzelt. Was geht in ihm nur vor?

»Er hat es Ihnen also gesagt. Wie fühlen Sie sich damit?« Die eben noch im Schoß gefalteten Hände legt er auf die Armlehnen, während er das übergeschlagene Bein wieder absetzt. Er wirkt angespannt – nein, sprungbereit.

»Ich fühle«, sage ich betont, »dass es kein Zufall ist, dass Sie hier sind. Nur frage ich mich, wieso Sie ausgerechnet uns betreuen. Sie kannten mich von Anfang an. Vielleicht sogar besser, als mich mein Team kennt. Wieso sind Sie hier, Prof. Dr. Fell?«

Er tippt mit seinem Zeigefinger gegen seine Lippen. »Ihretwegen«, gesteht er. »Ich hatte Anfragen diverser Firmen, die meine Kompetenzen zur Steigerung der Leistung und Motivation Ihrer Mitarbeiter nutzen wollten. Doch als mir die Anfrage dieses Hauses ins Auge fiel, erinnerte ich mich an einen ehemaligen Klienten und an die junge Frau, die dort arbeiten sollte.«

»Sie waren neugierig, wer ich bin.«

»Und wie es Ihnen heute ergeht. Zumal ich damals wusste, dass Steve bald aus dem Gefängnis kommen würde.«

Ich beiße mir auf die Unterlippe und mein Blick wandert

Richtung Fenster. »Was wollen Sie von mir?«

»Ich möchte Ihnen helfen. Ich war neugierig, wie Sie mit der Konfrontation mit Steve zurechtkommen und ich war gespannt, wie sich Steve in Ihrer Nähe verhalten wird.«

»Was hat er Ihnen über mich erzählt?«

»Vieles. Steve war in unseren Sitzungen sehr gesprächsbereit.«

»Alles, was er mir in der Zeit anvertraut hat?«

»Er hat mir viel über Ihre Vergangenheit erzählt. Sie haben eine starke Persönlichkeit und Willenskraft. Wissen Sie das?«

Ich ignoriere sein Lob. Er hat also keine Ahnung, was in der Lagerhalle passiert ist. Zum Glück. »Also geben Sie zu, dass ich diese Gespräche mit Ihnen nicht brauche.« Er überschlägt seine Beine und grinst mich an. Ich fasse es nicht. »Wieso besuche ich Sie dann? Sogar öfter als meine Kollegen?«

»Reine Neugierde, wie Sie mit mir als Rätsel zurechtkommen.«

»Wieso sollte ich es lösen wollen?«

»Weil Sie genauso begierig auf das Unbekannte sind wie ich. Besonders, wenn sich hinter dem Rätsel ein Abenteuer verbirgt, von dem Sie schon längere Zeit eine Vorahnung haben.«

Mir schießt seine Bemerkung zum Fall durch den Kopf. »Ein Abenteuer ähnlich wie einen Kannibalen zu jagen?«

»Richtig.«

»Sind Sie der Kerl, den wir suchen?«

»Ich möchte, dass Sie sich bewusst werden wer ich bin«, sagt er und ich frage mich, was das soll. Verdutzt schaue ich ihn an. »Wer bin ich, Lila?«

»Sie sind Prof. Dr. Fell. Der Psychologe, der unserem Team zugeteilt worden ist.«

»Und als ihr Psychologe ist es mir ein leichtes Ihnen das zu nehmen, was Ihnen am wichtigsten ist.«

»Meinen Job.«

Er schmunzelt. »Ihre psychische Instabilität aufgrund Steves Entlassung kommt mir geradezu recht.«

»Meine was?« Droht er etwa mir eine falsche Diagnose anzuheften?

»Und Ihren Einsatz bei den Undercover Ermittlungen zum Red-Smile-Mörder konnten Sie bedauerlicherweise ebenso noch nicht gänzlich verarbeiten. Sie haben Dr. Coleman etwas vorgespielt, damit er Sie wieder als arbeitsfähig deklarierte, aber mich können Sie nicht täuschen, Lila.«

Ich streife mir mit meinen Händen über mein Gesicht und atme tief durch. Dieser Mann könnte Jack alles erzählen, nur um mich im schlechten Licht stehen zu lassen. »Wissen Sie, was ich Ihnen damit sagen möchte?«

Konzentriert schaue ich ihn an. »Sie drohen mir, weil Sie mir Ihr wahres Ich offenbaren, aber dafür nicht belangt werden wollen. Wieso mir?«

»Weil Ihre Gedanken Sie sonst auffressen werden. Dann wissen Sie endlich, mit wem Sie es zu tun haben. Ist das nicht reizvoll?«

Natürlich ist es das. Ich möchte endlich Klarheit in meinen

Gedanken – ich will die Wahrheit wissen.

Allerdings weiß ich auch, dass ich nicht darauf eingehen sollte, da das nur eine weitere Phase seines Spiels ist. Er kennt meine Neugier, meinen Drang nach Wahrheit, doch nun darf er Bekanntschaft mit meinem Spürsinn machen. Er erkauft sich vielleicht meine Verschwiegenheit, doch liefert mir mit jedem Wort aus seinem Mund Hinweise, mit denen ich ihn zur Strecke bringen kann. Es ist ein Versuch wert!

»Nun erzählen Sie schon.«

Er lehnt sich entspannt zurück. »Wieso vermuten Sie, dass ich der Kannibale bin?«

»Sie sind anders als alle anderen in diesem Gebäude. Und dann Ihre Bemerkungen. Ich schätze, Sie sind nur in meiner Gegenwart so. Mac hätte bemerkt, wenn Sie gefährlich wären.«

»Oh, Mac«, er macht eine kurze Pause. »Glauben Sie mir, er vermutet etwas. Er schaut mich mit dem gleichen misstrauischen Blick an wie Sie, wenn wir uns begegnen. Nur verbirgt er seine Nervosität besser.«

»Wie sind Sie zum Kannibalismus gekommen?«

»Ich war zehn. Meine Eltern waren arm und es kam auf den Tisch, was vor unserem Haus war. Rehe, Kaninchen, Hunde, Vögel, Spaziergänger.«

Ich höre gespannt zu. Er erzählt, als wäre es keine große Sache.

»Meine Eltern haben es mir vorgelebt und ich muss sagen, dass menschliches Fleisch besser schmeckt als jedes andere. Also, wieso sollte ich auf diese Delikatesse verzichten, wenn ich es mir einfach besorgen kann? Wieso aufhören, wenn sowieso niemand weiß, wer der Kannibale ist?«

»Und Sie sind Psychologe geworden, um die Menschen besser zu verstehen, bevor Sie sie essen?« Das ist ein verstörender Gedanke, meine Nackenhaare stellen sich auf.

»Ich bin Psychologe geworden, um Menschen zu helfen, die es verdient haben.«

»Und wenn das nicht der Fall ist, dann ...?«

Er strahlt mich an. »Stehen sie auf meinem Speiseplan.«

Vor diesem Hintergrund erhält seine Einladung zum Abendessen einen beängstigenden Beigeschmack.

»Und Steve hatte Ihre Hilfe verdient?«

»Steve erzählte mir von seinem Problem. Er hatte Angst jemanden zu töten. Also half ich ihm. Seine Wahl fiel auf Sie. Sie waren sein Schlüssel in ein neues, befreites Leben. Er war vernarrt in Sie und ich habe mich schon damals gefragt, was Sie so speziell macht. Ihr Denken, Ihr Wesen, Ihre Gewissheit, sterben zu müssen? Das alles brauchte er.«

Ich studiere ihn für einen schweigsamen Moment. »Sie sind neugierig darauf, wie ich mit diesen Informationen umgehen werde und wie Steve reagiert. Wollen Sie sich zwischen ihn und mich drängen? Fragen Sie sich, ob Steve wieder rückfällig wird und möglicherweise seinen ersten Mord begeht? Wie viele haben Sie umgebracht?«

»Was schätzen Sie?«

»Wie viele, Prof. Dr. Fell?«

»Zweiundsiebzig.«

»Und Sie haben sie alle gegessen?«

Er schmunzelt. »Nur die besten Teile.«

Ich kaue auf meiner Unterlippe. Mein Instinkt lag genau richtig. »Wieso findet man keinen Beweis? Wieso haben Sie für eine Zeit aufgehört?«

Prof. Dr. Fell verzieht wie ein missbilligender Lehrer den Mund. »Ich kann aufhören und anfangen wann ich will, weil ich die Expertise und den Willen dafür besitze, Lila. Und wie Sie selbst wissen, gibt es genügend Beweise, nur führen die zu anderen Tätern.«

»Also sitzen Unschuldige im Gefängnis?«

Er lacht auf. »So grausam bin ich nicht. Jeden, den ich hinter Gitter gebracht habe, hatte es auch verdient.«

Bitte was? Meiner Meinung nach macht ihn das alles mehr als nur grausam.

»Kann ich davon ausgehen, dass Sie uns die Organe des Opfers als drei Gänge Menü kredenzen?« Ich kann mir die Frage nicht verkneifen.

»Lassen Sie sich überraschen.«

Ich hasse Überraschungen. »Was ist Ihre Absicht?«

»Freundschaft.«

»Natürlich«, sage ich sarkastisch.

»Sobald ich merke, dass Sie jemandem von meinen Tätigkeiten erzählen, werde ich Sie als Gefahr für sich selbst deklarieren und eine Zwangseinweisung auf eine psychiatrische Station empfehlen.«

»Gut, meine Lippen sind versiegelt, Mr. Fell. Mit diesem Wissen kann ich Sie allerdings nicht mehr als meinen Psychologen anerkennen.«

»Tatsächlich.«

»Ein Patient sollte seinem Arzt vertrauen. Das tue ich nicht.«

»Sie werden weiterhin zu mir kommen müssen, um den Anschein zu wahren.«

»Dessen bin ich mir bewusst. Wenn Sie mich nun entschuldigen würden. Ich müsste dem Anschein nach weiterarbeiten, um den Kannibalen zu identifizieren und einzusperren«, erwidere ich und stehe auf.

Prof. Dr. Fell streckt mir seine Hand zur Verabschiedung entgegen. »Vergessen Sie unsere Vereinbarung nicht.«

»Wie könnte ich das jemals?« Ich schüttle seine Hand und lasse mich von ihm zur Tür geleiten.

Toll. Noch so ein Irrer. Habe ich etwa eine Anziehungskraft für solche Menschen?

Ich habe schon den Türgriff in der Hand, als mir ein Gedanke kommt. »Sind Sie in Therapie, Mr. Fell?« Ich wende mich ihm zu.

»Ja, bei einer ausgezeichneten Psychologin.«

»Weiß Sie von Ihrem Geheimnis?«

»Sie kann sich denken, dass ich gefährlich bin.«

»Interessant.« Ich stehe ihm direkt gegenüber. »Wenn Mac Sie bereits verdächtigt, wird er schnell bemerken, dass ich mich anders verhalte. Was passiert, wenn er mir seinen Verdacht anvertraut und er der Wahrheit entspricht? Er wird sofort merken, wenn ich ihn anlüge.«

»Sie alle haben keinen einzigen Beweis, der auf mich deutet. Es würde dann zum einen Aussage gegen Aussage stehen und zum anderen wären Sie schneller in einer psychiatrischen Einrichtung, als Sie glauben. An Ihrer Stelle würde ich dafür sorgen, dass so wenige wie möglich Ihre Hirngespinste kennen.« Er legt seine Hand auf meine Schulter und geleitet mich zur Tür hinaus.

Am nächsten Morgen sitze ich in der Cafeteria und gönne mir einen Kaffee, um meine Gedanken zu ordnen und die Müdigkeit zu vertreiben. Die halbe Nacht saß ich an meinem Computer und habe unzählige Kannibalen Morde studiert. Wir haben nicht einmal annähernd zweiundsiebzig Fälle dem Kannibalen zugeordnet.

Er ist der Mörder und mir sind die Hände gebunden. Ich kann nur abwarten, bis er einen Fehler macht oder Beweise hinterlässt. Aber wird das jemals passieren? Er hat bereits zweiundsiebzig Menschen das Leben genommen und jeder Hinweis führte in eine Sackgasse oder zu einem falschen Täter.

Meine Hände umfassen die warme Tasse. Jetzt kenne ich den Kannibalen und kann dennoch nichts tun, außer weiterhin meine Augen offen halten. Strahle ich eine magische Anziehungskraft auf gefährliche Personen aus, die ihr Leben ändern wollen? Hat sich deswegen Prof. Dr. Fell mir gegenüber geöffnet? Damit er sich ändern kann? Ha – wohl kaum, dafür ist er zu vernarrt in sein Spiel! Er kannte mich bisher nur aus Steves Blickwinkel. Wer weiß was er ihm alles von mir erzählt hat. Ich frage mich, woher Steve all diese Informationen über mich herbekommen hat.

Ohne einen weiteren Schluck zu trinken, drehe ich die Tasse zwischen meinen Händen. Verzweifelt klammere ich mich daran, dass ich die Situation zu meinen Gunsten nutzen kann. Mit der Gewissheit, wer der Kannibale ist, wird es womöglich leichter, Beweise zu finden. Dann würde er im Gefängnis sitzen, bevor er mir ein falsches Gutachten auferlegen kann. Welch absurder Gedanke. Ihm gelang in zweiundsiebzig Fällen ein perfekter Mord. Vielleicht würde er mich dafür bestrafen, dass ich ihn hinter Gittern gebracht habe. Ein Gefängnisausbruch oder das Engagieren eines Auftragsmörders sind für ihn ein Kinderspiel.

»Manchmal wünsche ich mir, in deinen Kopf blicken zu können.«

Ich sehe auf. Mac steht mit seiner Kaffeetasse vor meinem Tisch. Ich schmunzle bei seinen Worten, da ich weiß, dass er es lieber lassen sollte. Er setzt sich zu mir und ich blicke auf meine Tasse. Der Milchschaum ist unlängst verschwunden.

»Was hat sich verändert?«, fragt Mac.

»Was meinst du?«

»Hm, ich weiß es nicht«, spricht er sanft weiter. »Du hast dich verändert nach deinem letzten Gespräch mit dem Psycho-Doc. Du gehst mir seit gestern aus dem Weg. Du redest weniger.«

»Das bildest du dir nur ein.«

Er lacht, lehnt sich auf den Tisch und flüstert: »Du bist eine sehr schlechte Lügnerin.« Er zwinkert mir zu und lehnt sich wieder zurück.

»Ich weiß, aber ich kann dir nicht sagen, was sich verändert hat«, gestehe ich.

»Weil dich sonst jemand töten wird?«, spottet Mac.

»Nein, aber jemand würde mir das nehmen, was mir am meisten bedeutet.«

Die warme Tasse gibt mir Sicherheit und ich umklammere sie immer fester, als wäre sie der Fels in der Brandung, der mir den letzten Halt vor dem nahenden Tod bietet.

»Prof. Dr. Fell?«, fragt Mac und ich nicke, ohne meinen Blick von der Tasse zu nehmen.

»Ist er gefährlich?«

Ich stoße ein Seufzen aus. »Ja, er ist gefährlich.«

»Ist er der Kannibale?«, fragt er im Flüsterton.

»Ja.«

Mac atmet hörbar aus. »Wie viele?«

»Zweiundsiebzig.«

Minuten des Schweigens vergehen und ich nehme einen großen Schluck von meinem Kaffee.

»So viele Leben und kein einziger Beweis.«

»Nur falsche, die andere angeblich gefährliche Personen ins Gefängnis gebracht haben.«

»Das glaubst du ihm?«

Ich räuspere mich. »Keine Ahnung.«

»Aber wieso erzählt er dir das?«

Ich lächle schief. »Weil mich meine Gedanken sonst durchdrehen lassen und damit hat er auch vollkommen recht. Aber jetzt will ich es nicht mehr wissen. Hast du auch seine Einladung zum Essen erhalten?«

»Ja.«

»Ich bin gespannt, was auf der Speisekarte stehen wird.«

»Für ein Drei-Gänge-Menü braucht man mehr Fleisch, als ein Organ hergibt.«

»Du meinst, er wird uns tatsächlich menschliches Fleisch vor die Nase setzen? Ich glaube nicht. Damit würde er uns die Beweise auf dem Silbertablett servieren. So dumm ist er nicht.« Ich nehme den letzten Schluck aus meiner Tasse.

»Da wir keinen Beweis gegen ihn haben, würde vor Gericht Aussage gegen Aussage stehen.«

»Richtig.«

Macs Telefon klingelt und er geht ran. Ich stehe auf und räume meine leere Tasse in die Geschirrrückgabe.

Mac tritt zu mir. »Komm, wir haben einen Mord.«

Der Tatort liegt dieses Mal in einer dunklen Gasse im Zentrum von Detroit. Uns erwarten ekelerregend stinkende Mülltonnen, zwischen denen unser Opfer liegt. Sie ist blond, hat langes, glattes Haar und lehnt an der Hauswand. Ihren aufgeschlitzten Bauch erkenne ich schon aus einigen Metern Entfernung. Vermutlich die Todesursache. Dave und Zake eilen herbei und untersuchen die Frau. Wir stehen um die beiden herum und warten gespannt auf erste Informationen.

»Nun, meine lieben Kollegen«, sagt Dave. »Wie ihr unschwer erkennen könnt, ist die klaffende Wunde im Bereich des Abdomens die Todesursache. Die Frau starb aufgrund von zu hohem Blutverlust.«

Zake zieht die Hautlappen auseinander, so dass Dave einen besseren Blick auf das Innere der Frau erhält.

»Unser Täter hat mit höchster Präzision die Leber entfernt und den Brustkorb geöffnet, um an das Herz zukommen, welches er ebenso entwendet hat.«

Wir teilen wissende Blicke miteinander. Der Kannibale. Ich presse die Lippen zusammen. Hätte ich etwas– Nein, nicht dran denken. Konzentrier dich!

»Wenn es der ist, an den wir alle denken: Wieso präsentiert er diesen Tatort nicht wie den letzten?«, wendet David ein.

Ein guter Gedanke. Normal töten Serienkiller immer nach dem gleichen Muster.

»Weil er uns verunsichern will«, sagt Mac. »Er hofft, dass wir auf einen Trittbrettfahrer tippen.«

Tony kniet sich vor die Leiche. »Was, wenn es einer ist?«

»Dann wird der Nachahmer hoffentlich einen Beweis hinterlassen haben, der zu seiner Verhaftung führt«, sagt Mac entschieden.

Er hat sein Pokerface aufgesetzt und lässt sich nicht anmerken, dass er mehr Informationen besitzt, als er zugibt. Mich stört es, dass ich den Täter kenne und nichts gegen ihn in der Hand habe. Fest steht, ich werde keine Fleischgerichte bei dem Abendessen von Prof. Dr. Fell anrühren. Oder ich gebe vor zu essen, aber sichere heimlich die Fleischproben, um sie später zu testen. Wobei ich daran zweifle, dass mir diese Aktion gelingt.

Zake und Dave verladen den Leichnam in ihr Auto und wir fahren mit der Tatortsicherung fort. Tony befragt die Gaffer und Bewohner des Hauses. Vielleicht haben sie etwas gesehen oder gehört, das uns weiterbringt.

Nach stundenlanger Arbeit und der Übergabe des Tatortes an das zweite Spurensicherungsteam kehren wir mit dem ersten Material zum Präsidium zurück. Alecia wartet bereits mit startbereitem Labor.

»Da seid ihr ja endlich. Was habt ihr alles für mich?«

David stellt die schwere Kiste mit den gesicherten Spuren auf den steril silberglänzenden Tisch ab und schnauft durch. Mir fallen direkt die vielen Pflanzen in ihrem Labor ins Auge. Wie ich finde, haben sie eine sehr beruhigende Wirkung.

»Einiges«, sage ich und übergebe ihr einzelne Beutel. Alecia beäugt den Inhalt der Kiste und legt alle Beweisbeutel nebeneinander auf dem Tisch. Dabei ordnet sie alles der Größe nach.

»Puh – das wird eine Weile dauern«, stellt sie fest.

»Wenn du willst kann ich dir helfen.« David stützt sich auf die Tischkante ab, während Alecia noch immer die Beweisbeutel begutachtet.

»Okay.« Sie schiebt die eine Hälfte der Beutel auf eine Seite und lässt so eine Trennung entstehen. »Du untersuchst diese Hälfte und ich widme mich der anderen.« Sie zieht sich weiße Einweghandschuhe an und nimmt den ersten Beweisbeutel in die Hand. Ich beschließe die beiden in Ruhe arbeiten zu lassen und gehe wieder nach oben zu meinem Schreibtisch. In ihrem Labor würde ich nur im Weg stehen und wirklich Ahnung von all den Maschinen habe ich auch nicht.

Es vergehen mehrere Stunden, bis Macs Telefon klingelt. Die gedämpfte Stimme am anderen Ende kann nur Alecia gehören.

»Gut, danke«, sagt Mac und legt auf. »Was wissen wir über unser Opfer Mrs. Rattlif?«

Wir versammeln uns um den großen Bildschirm.

Ich rufe das Bild des Führerscheins der Toten auf. »Mrs. Rattlif ist zweiunddreißig Jahre alt und erfreute sich bester Gesundheit. Sie arbeitete tagsüber als Chefredakteurin der Tageszeitung Detroit News und jobbte nachts als Barkeeperin im The Keep, eine Bar die gegenüber der Gasse liegt, in der sie gefunden worden ist.«

»Sie lässt einen Mann zurück und eine Tochter; fünf Jahre alt«, sagt David bedrückt.

Ich überreiche Tony die drahtlose Maus und er ruft ein Foto ihres Ehepartners auf. »Er arbeitet bei der Kanalreinigung der Stadt und ist fünfunddreißig Jahre alt. Als Jugendlicher ist er in einem Einfamilienhaus eingebrochen.«

»Tony, Lila, ihr bringt den Ehemann her«, befiehlt uns Mac. »Ich will ihn im Verhörraum eins.«

Mac strahlt pure Gewissheit aus. Weiß er mehr? Da Mac ihn im Verhörraum haben will, wird Mr. Rattlif eher verdächtigt, als dass er uns bei der Aufklärung helfen soll. In dieser Situation heißt es, ihm zu vertrauen und nicht zu hinterfragen. Mac setzt sich an seinen Schreibtisch und wir beide greifen nach unseren Sachen und rüsten uns mit einer Waffe und unserer Marke aus.

»Tut mir leid, Doc, aber Lila hat einen Auftrag«, sagt Mac.

Ich drehe mich erschrocken um. Prof. Dr. Fell steuert entschlossen auf unser Team zu. Ich sehe Mrs. Rattlif vor mir.

»Mörder!«, schreie ich ihn in Gedanken an und verabscheue sein ruhiges Auftreten.

»Ich möchte auch nicht mit Lila sprechen, sondern mit Ihnen, Mac. Falls Sie ein paar Minuten für mich opfern können.«

Mac verdreht die Augen, kommt seiner Aufforderung aber nach und erklimmt mit schnellen Schritten die Treppe.

»Ein neuer Fall?«, fragt Prof. Dr. Fell.

Ich gehe an ihm vorbei. »Ja.« Vielleicht bemerkt er meinen verachtenden Blick. Ich sehe ihn jedenfalls schmunzelnd vor meinem inneren Auge.

Tony und ich treten in den Aufzug und fahren zu den Einsatzwägen in der Tiefgarage.

»Darf ich fahren?«, frage ich Tony. Ich brauche eine Beschäftigung.

»Klar«, sagt Tony und wirft mir die Autoschlüssel zu. Zu meiner Überraschung fange ich die Schlüssel. Wir steigen in den Wagen und machen uns auf den Weg.

Kurze Zeit später lenke ich den Wagen durch eine Siedlung, bis wir an der Hausnummer zweiundvierzig ankommen. Wir steigen aus und gehen auf das Haus unseres Opfers zu. Der Ehemann müsste mit seiner Tochter zu Hause sein. Eine weiße Limousine steht in der Einfahrt.

»Meinst du, er wird mitkommen?«, frage ich Tony leise.

»Wenn wir ihm die Sache schmackhaft machen, dann schon.«

Tony besitzt nach Mac die meiste Erfahrung im Team. Ich überlasse ihm das Reden, um von ihm zu lernen und die Sache nicht zu vermasseln. Wir stehen vor der Tür und ich drücke auf die Klingel. Ein leises Ding-Dong ertönt und wenige Sekunden später öffnet uns Mr. Rattlif die Tür. Seine Augen sind gerötet. Er muss geweint haben, was vollkommen verständlich ist.

»Guten Tag Mr. Rattlif, mein Name ist Detective Tony Martinelli, das hier ist Detective Lila Baker, wir sind vom DPD und haben einige Fragen an Sie, die wir Ihnen gerne auf dem Polizeipräsidium stellen würden. Hätten Sie Zeit, uns bei der Aufklärung des Mordes an Ihrer Frau zu helfen?«

Der Mann schaut uns an. Tränen steigen ihm in die Augen, die er wegblinzelt. »Lillie!«, ruft er in das Haus und ein kleines Mädchen kommt zu der Tür. »Zieh dich an, wir müssen der Polizei helfen.«

Gemeinsam fahren wir wieder zurück. Weiß Mac tatsächlich mehr oder führt er nur eine Farce für Prof. Dr. Fell auf? Ich verkneife mir ein Schmunzeln. Gut gespielt, Mac, denn Tony scheint nichts aufgefallen zu sein. Wie ich, verlässt sich Tony auf unseren Boss, glaubt der im Raum stehenden Vermutung, dass der Ehemann etwas damit zu tun hat, aber ködert ihn damit, dass wir auf seine Hilfe angewiesen sind. Wie aus dem Lehrbuch.

Etwas später wird Mr. Rattlif von Mac in den Verhörraum

geführt, während seine Tochter bei uns wartet. Für diesen Fall haben wir immer eine Kiste voller Spielsachen im Schrank stehen, die die Wartezeit für die Kinder verkürzen soll. Schüchtern begutachtet sie den Inhalt und setzt sich vor die Kiste auf den Boden. Ihre geröteten Augen erinnern mich an die meines Bruders. Ich knie mich neben sie.

»Hey, Lillie, möchtest du einen Snack oder etwas anderes?«, frage ich.

»Ich hätte gerne etwas zu trinken«, sagt sie mit ihrer dünnen Stimme.

»Natürlich, was hättest du denn gern?«

»Gibt es Limonade? Mit Zitronengeschmack?«

»Klar. Warte hier, ich bin gleich zurück.«

Und schon springe ich auf, bevor ich David signalisiere, dass er sie im Blick behalten soll.

Ich gehe um die Ecke zu dem Getränkeautomaten und verfluche mein verdammtes Glück. Heiße Wut kocht in mir auf. Wenn ich diesen Mann nur auf der Stelle erwürgen könnte.

Prof. Dr. Fell steht vor dem Automaten und wirft eine Münze in den Schlitz ein. Ich stelle mich an und bohre meinen Blick so lange in seinen Rücken, bis er sich herumdreht.

»Lila, haben Sie auch Durst?«, fragt er mich.

»Nein, aber die kleine Tochter von der Frau, die bei uns in der Pathologie ohne Leber und Herz liegt, schon«, erwidere ich schnippisch.

»Ach, die kleine Lillie? Sie ist hier?«

»Ja«, antworte ich ihm, während er sein Getränk aus dem

Automaten nimmt und mir platzmacht. Woher kennt er ihren Namen?

»Ich schätze, ihr Vater wird gerade verhört.«

Er steht direkt neben mir und beobachtet, wie ich die Münzen einwerfe.

Ich sehe mich um. Wir sind allein. »Sie waren es, nicht wahr?« Ich schlucke meinen Zorn herunter. »Ich hoffe für Sie, dass Sie die Beweise nicht so ausgelegt haben, dass die kleine Lillie auch noch ihren geliebten Vater verliert.«

Er beugt sich nach vorn und greift nach der Flasche. »Ich bin kein Unmensch, Lila.« Er gibt mir die Zitronenlimonade und grinst mich an.

»Da bin ich mir absolut nicht sicher, Mr. Fell«, antworte ich und lasse ihn stehen.

Lillie sitzt noch immer auf dem Boden und tüftelt an einem Puzzle.

»Hier, deine Limo«, sage ich und reiche ihr die Flasche, die sie sofort aufschraubt.

Wie gefühllos muss Prof. Dr. Fell sein? Er kennt den Namen der Tochter, demnach hat er sich über die Familie informiert, bevor er die Mutter umgebracht hat. Kaltherzig nimmt er in Kauf, dass ein kleines Mädchen ohne Mutter aufwächst. Wird er auch so gefühllos sein und ihr den Vater nehmen? Ich hoffe es nicht.

Ich schließe für einen Moment die Augen und richte danach meinen Blick auf die Spielsachen. Wir haben echt viele hier. Ich erspähe ein Brettspiel, mit dem ich früher meinen Bruder Wuttränen in die Augen getrieben habe. Das perfekte Spiel, um mich und die Kleine abzulenken.

»Sag mal, kennst du Mensch ärgere Dich nicht?«

»Au ja, kannst du das mit mir spielen? Bitte, bitte, bitte!«

Darauf habe ich gehofft. Ich schnappe mir das Spiel und zeige ihr unsere Cafeteria. Gemeinsam vertreiben wir uns die Zeit. Ich hole uns einen leckeren Tee und stürze mich mit Lillie ins Würfelabenteuer. Als ich das nächste Mal aufblicke zeichnet sich am Himmel der Abend ab. Keine fünf Minuten später gesellen sich Tony und David zu uns.

»Na, wer gewinnt?«, fragt David Lillie, die sofort freudig an ihren Fingern ihre Gewinne abzählt. Tony zieht mich währenddessen zur Seite und außer Lillies Hörweite.

»Du hast die Kleine gern, oder?«

»Na klar. Ich mag Kinder. Wieso fragst du?«

»Nun, keine Ahnung wieso, aber Mac hat dich mit der Kleinen spielen lassen, obwohl sich auf deinem Schreibtisch die Arbeit stapelt. Mac ist seit fünfzehn Minuten mit dem Verhör des Vaters fertig und lässt ihn nur noch im Verhörraum schmoren, damit du deinen Spaß haben kannst.«

»Was?! Wieso ist er nicht hergekommen, um Lillie zu holen?«

Er lehnt sich an die Wand und lächelt mich verschmitzt an. »Ich dachte, du könntest mir das verraten.«

»Ich weiß nicht, was in Macs Kopf vor sich geht.«

»Ich schon. Er will dich beschützen.«

Ich horche auf. Hat Tony bereits etwas bemerkt? »Aber wovor?«

Er sieht mich mit einem schiefen Blick an, als ob er in mein

Innerstes schauen könnte. »Das scheinen nur du und Mac zu wissen. Es sei denn, du sagst es mir.«

Guter Versuch, doch ich habe vor, ihn im Dunkeln zu lassen. »Mac braucht mich vor nichts und niemanden zu beschützen. Ich kann selbst auf mich aufpassen. Was ist eigentlich mit Lillies Vater? Darf er gehen?«

»Ja, er wird nicht mehr verdächtigt. Die gefundene DNA an seiner Frau stimmte mit seiner überein, aber er hat ein Alibi. Während ihr beiden euch amüsiert habt, haben David und ich seinen Zwillingsbruder hergebracht. Der Antrag für einen Durchsuchungsbeschluss läuft und wenn wir Glück haben, finden wir in seiner Wohnung Beweise, die für eine Verurteilung reichen«, erklärt mir Tony.

Ich schüttle den Kopf. Oh, Tony, Lillies Onkel hat nichts damit zu tun. Mac weiß es ebenso, aber was können wir schon tun, wenn wasserdichte Beweise vorliegen?

»Hat der Onkel irgendwelche Vorstrafen?«

»Komischerweise nicht, aber die Beweise lügen nicht.«

»Was ist mit ihrem Vater?«

»Er weiß es. Ende gut, alles gut. Besser wäre es natürlich, wenn sie ihre Mutter noch hätte«, sagt Tony und schaut zu David und Lillie hinüber, die eine neue Runde Mensch ärgere Dich nicht anfangen. »Hey, ihr beiden. Habt ihr noch Platz für einen weiteren Mitspieler?«, ruft er ihnen zu.

»Na klar doch. Komm her!«, sagt Lillie. »Spielst du auch nochmal mit?«, fragt sie mich, als ihr Vater zu uns stößt.

»Gern, aber ich habe noch einiges zu tun. Du hast bereits zwei ehrwürdige Gegner. Mach sie platt!« Ich schenke ihrem Vater ein Lächeln und bin froh ihn in Freiheit zu sehen.

»Na Lillie, haben dich diese Detectives gut beschäftigt?«

Lillie springt von ihrem Stuhl auf und umarmt ihren Vater.

Mac sitzt an seinem Schreibtisch und studiert die Akten. Das sollte ich jetzt auch machen, nur geht mir Tonys Bemerkung nicht aus dem Kopf. Ich setze mich an meinen Platz, aber drehe mich zu meinem Boss.

»Wieso hast du mich nicht geholt, als du mit ihrem Vater fertig warst?«

Mac legt seinen Stift zur Seite. »Ich habe euch beide gesehen. Zu unserer Arbeit gehört nicht nur der Schreibkram, Verhöre, Verhaftungen oder Befragungen. Das, was du heute getan hast, ist viel mehr wert als dieser Aktenstapel auf deinem Schreibtisch.«

Macs Direktheit bringt mich aus dem Konzept. Überfordert starre ich auf meine Hände. Mich um Lillie zu kümmern … wie hätte ich es nicht tun können?

»Und ich wollte, dass du abgelenkt bleibst«, fährt Mac fort. »Du verdienst glückliche Momente. Frei von all deinen Gedanken.«

»Wie gehst du damit um?«, frage ich Mac.

»Womit?«

»Zu wissen, dass man die falsche Person verhaftet hat und der wahre Mörder noch frei herumläuft?«

»Ich denke nicht darüber nach. In dem Fall bin ich leider gezwungen, den Beweisen zu folgen.«

Wo er recht hat, hat er recht. Mac scheint es zu akzeptieren, mir fällt es wesentlich schwerer, damit umzugehen.

»Ich will wissen, inwiefern der Onkel schuldig sein soll.«

»Die Antwort kann dir nur einer geben.«

Ich springe von meinem Schreibtisch auf und laufe hoch zu Prof. Dr. Fells Büro. Ich weiß, dass er noch da ist und höchstwahrscheinlich an Berichten arbeitet oder seine eigenen Sitzungen evaluiert. Ich stehe vor seiner Tür. Will ich wirklich da rein?

Ohne zu klopfen betrete ich sein Büro und schließe die Tür hinter mir. Wie ich es mir schon dachte, sitzt er an seinem Schreibtisch und schreibt etwas auf Papier. Er legt seinen Füllfederhalter beiseite und betrachtet mich. Seine Miene ist bar jeder Überraschung. Natürlich weiß er, wieso ich hier bin.

»Treibt die Neugier Sie zu mir?«

»Das kann man wohl so sagen«, antworte ich ihm und schaue mich in seinem Büro um, in das sich mehr und mehr Dekor verirrt. Er ist Kunstliebhaber. Viele Gemälde bekannter Künstler zieren seine Wände. Auf dem einen Bild erkenne ich eine kleine Stadt und darüber einen dunkelblauen Himmel mit vielen gelben Kreisen, die sicherlich die Sterne und den Mond darstellen sollen. Ein weiteres zeigt einen sitzenden Feldhasen und daneben hängt ein Portrait einer betrübten Frau mit Kopftuch.

»Sind das alles Originale?«, frage ich, während ich durch den Raum gehe.

Er klappt sein Buch zu und steht auf. »Ich bin kein Freund von Kopien.«

»Manche Bilder haben sicherlich ein Vermögen gekostet.«

»Eher ein kleines. Ich habe hier keine Mona Lisa hängen. Und selbst wenn, würde sie morgen sicherlich nicht mehr hier sein.«

»Misstrauen Sie den Angestellten hier im Haus, Mr. Fell?«

»Ich vertraue fast niemanden.« Er stellt sich neben seinen Schreibtisch.

»Wieso haben Sie sich den Onkel als Sündenbock ausgesucht?«, frage ich und bewundere immer noch die Gemälde.

»Wer sagt, dass ich ihn ausgesucht habe?«

»Mr. Fell«, ich sehe ihn mit hochgezogener Augenbraue an. »Niemand hört uns.«

Er schmunzelt. Vielleicht soll ich mich besonders geschätzt fühlen, da ich – zusammen mit Mac – die Einzige bin, die von seinem Geheimnis weiß.

»Er hat es verdient.«

»Wieso?« Ich gehe auf ihn zu. Er hat meinen vollen Respekt, aber Angst habe ich nicht vor ihm.

»Er ist ein Vergewaltiger. Einer von denen, die noch nicht aufgefallen sind.«

Natürlich. »Aber Ihnen ist er aufgefallen?«

»Ich habe überall meine Augen und Ohren.«

Ich gehe an ihm vorbei und betrachte sein großes Bücherregal. Ich finde viele Bücher über die Anatomie und die Psyche des Menschen sowie ein paar Kunst- und Geschichtsbücher.

»Sie interessieren sich sehr für die Vergangenheit?«

»Geschichte hat es mir angetan.«

»Und darum wollen Sie gern Ihre eigene schreiben?«

Er bleibt mir eine Antwort schuldig. Als sich die absolute Stille im Raum in meine Sinne gräbt, drehe ich mich alarmiert um. In diesem Moment drückt er seinen Unterarm gegen meinen Hals und schiebt mich rücklinks gegen das Bücherregal. Mit beängstigender Präzision fängt er meine Arme ein und presst seinen Körper gegen meinen. Ich bin bewegungsunfähig und meine Gewissheit, dass er mir nichts antun wird, schwindet dahin. So nah war ich ihm noch nie. Ich kann jede einzelne Pore in seinem Gesicht erkennen und spüre seinen Atem auf meiner Haut. Er schaut mir tief in die Augen.

»Ich schreibe nicht meine Geschichte, ich lebe sie. Hegte Mac selbst die Vermutung oder haben Sie es ihm verraten?«

Er verringert den Druck auf meinem Hals. »Er hatte die Vermutung«, krächze ich kleinlaut.

»Und bereitwillig haben Sie es ihm anvertraut?«

Ich räuspere mich. »Sie wissen, dass ich meinem Boss nichts vormachen kann.«

Mein Körper ist wie gelähmt, aber ich klammere mich noch immer an seine Worte, dass er mir nichts antun wird.

Plötzlich lässt er von mir ab, geht einen Schritt zurück und ich falle zu Boden. Er reicht mir seine Hand, ich ergreife sie und stehe auf. Er betrachtet mich mit ernster Miene.

»Ich weiß, dass Sie Mac nicht anlügen können.«

»Was sollte das dann?«

»Können Sie sich das nicht denken, Lila?«

Ich schweige. Natürlich kann ich. Er geht genauso vor wie Steve. Zuerst lenkt er mich in eine Notsituation und errettet mich aus dieser. Er will, dass ich eine Beziehung zu ihm aufbaue – Freundschaft. Ich finde ihn interessant, aber nur, weil ich ihn hinter Gittern sehen will. Ich will Gerechtigkeit.

»Ich hoffe, Sie und Ihr Team werden morgen Abend zu meinem Essen erscheinen«, erinnert er mich, während er seinen Schreibtisch aufräumt.

»Natürlich.«

»Ich bitte Sie, Lila, dass Sie zwanzig Minuten eher da sind als die anderen.«

»Damit Sie mich noch einmal bedrohen können?«

Er lacht leise auf und wendet sich mir zu. »Nein. Ich möchte Ihnen mein Haus zeigen.«

»Damit ich mit Ihnen sympathisiere, sodass ich in Zukunft eine Freundschaft in Erwägung ziehe?«

»Ich habe von Anfang an gesagt, dass Sie einzigartig sind. Sie durchschauen mich, Lila. Das können die Wenigsten.«

»Wer kann Sie außer mir noch durchschauen?«, frage ich und bin mir unsicher, ob er meine Fähigkeiten nicht überschätzt.

»Meine Psychologin«, antwortet er. »Wenn Sie nichts dagegen haben, würde ich jetzt gern mein Büro verlassen und nach Hause gehen. Ich habe morgen viel zu tun.«

Gemeinsam gehen wir eine Etage tiefer.

Mac sitzt immer noch an seinem Schreibtisch und sieht auf, als ich die Treppen, gefolgt von Prof. Dr. Fell, hinunterkomme.

»Alles gut?«, fragt mich Mac.

Ich setze mich an meinen Schreibtisch und nicke ihm zu.

»Ich fahre nach Hause«, sagt Mac. »Wir sehen uns sicherlich morgen zum Dinner.«

»Das will ich doch sehr hoffen«, mischt sich Prof. Dr. Fell ein und steht vor meinem Platz, als wären wir schon die besten Freunde. Als ob er auf mich warten müsste, um das Gebäude verlassen zu dürfen.

Mac sieht ihn misstrauisch an. »So eine Gelegenheit dürfen wir nicht verpassen, nicht wahr, Lila?«

Mac liegt richtig. Wir werden wahrscheinlich nie wieder so nah an das Privatleben eines Kannibalen und Serienkillers kommen wie morgen Abend.

»Bis morgen, Mac. Ich bleibe noch etwas«, antworte ich ihm und öffne die Suchmaschine, um über den angeblichen Vergewaltiger zu recherchieren. Mittlerweile ist es morgens um 02:00 Uhr.

7

Ich schwebe zwischen Traum und Wachsein. Ich bin eingesperrt in einem dunklen Raum, die Stille lähmt mich. Stinkende Süße dringt in meine Nase – verwesendes Fleisch – und mir fehlt die Orientierung, bis ich dumpfe Schritte höre. Ein Schlüssel rattert im Schloss, doch als die Tür knarzend aufgeht, reißt es mich aus meinem Traum.

Ich blinzle und reibe mir den Schlaf aus den Augen. Wie spät ist es? Ich werfe einen Blick auf die Uhr. 12:20 Uhr! Mein gestriger Tag war lang. Kein Wunder, dass ich so lang schlafe. Zum Glück ist heute Samstag und ich muss nicht zur Arbeit. Die letzten Tage scheinen mich mehr mitgenommen zu haben, als ich es dachte.

Wie gerädert schleppe ich mich zu meinem Kleiderschrank. Heute ist der große Tag. Das Drei-Gänge-Menü mit einem Kannibalen. Ein absurder Gedanke. Da können die Gäste gleich die Mahlzeit sein.

Ich frage mich, was meine Kollegen anziehen werden. Ich tippe auf schicke Abendkleidung und entscheide mich für ein blaues Strickkleid und eine schwarze Strumpfhose kombiniert mit grauen Stiefeln, in denen ich eine kleine Waffe verstecke. Beides hänge ich auf einen Kleiderbügel an meiner Schlafzimmertür und stelle mir die Schuhe bereit. Ich ziehe mich an, gehe ins Wohnzimmer und schaue aus dem Fenster auf das Treiben in den Straßen. Ob jemand dort unten auch solche chaotischen Tage hinter sich hat? Wohl kaum. Spätestens bei einer Begegnung mit Prof. Dr. Fell habe ich die Nase vorn.

Als mein Magen knurrt, blicke ich missmutig zum Herd. Mir steht nicht der Sinn danach, selbst die Pfanne in die Hand zu nehmen, und beschließe, essen zu gehen. Ich schnappe mir eine kleine Tasche, in die etwas Geld passt, sowie meine Schlüssel und verlasse meine Wohnung. Draußen auf der Straße überlege ich, wohin ich gehen könnte. Mein Herz schickt mich in mein Lieblingscafé und trotz der Möglichkeit, Steve hier zu begegnen, folge ich ihm. Ich will mich nicht verstecken.

Ich bestelle mir einen grünen Smoothie und einen Bagel mit Avocado. Da der Tag wunderbar warm ist, suche ich mir draußen einen Platz, zu dem ich alles trage. Genüsslich beiße ich in meinen Bagel, während mir die Sonnenstrahlen ins Gesicht scheinen und eine angenehme Brise über meinen Nacken streicht. Die letzten Tage schiebe ich beiseite. Ich nehme mir Zeit für mich und genieße jede einzelne Sekunde.

Nachdem ich aufgegessen habe, bringe ich mein Geschirr zurück in das Café und beschließe, eine Runde durch den Stadtpark zu spazieren. Von dem Café aus laufe ich gemütlich los und nach zehn Minuten weht mir der frische Geruch der Natur entgegen. Das Gras ist frisch gemäht und rechts von mir plätschert ein kleiner Bach. Die Geräusche der Natur beruhigen mich und ich folge dem angelegten Weg, der mich tiefer in die Natur führt. Schmetterlinge in den schönsten Farben und Vögel fliegen an mir vorbei, als ich an einer Parkbank vorbeikomme. Ich lege mich hin und schließe meine Augen. Meine Gedanken sind nicht bei der Arbeit, nicht bei Steve Rich, nicht bei Prof. Dr. Fell und seinem Abendessen. Meine Gedanken sind ausschließlich bei mir und ich höre in mich hinein – nehme meine Atmung bewusst wahr. Mein Brustkorb hebt und senkt sich, von Kopf bis Fuß entspannen sich meine Muskeln. Ich muss gähnen. So entspannt war ich lange nicht mehr. Ich schaue auf meine Uhr. Es ist 15:00 Uhr. Nun muss ich leider nach Hause, um rechtzeitig bei Prof. Dr. Fell zu sein. Ich stehe auf und mache mich widerwillig auf den Weg.

Wie würde er wohl reagieren, wenn ich zu spät komme? Zeigt er seine Verärgerung oder wahrt er seine Fassung? Ich weiß schließlich, zu was er fähig ist. Auch wenn er überhaupt nicht aussieht, als könnte er ein Serienmörder, geschweige denn ein Kannibale sein. Bei jeder Begegnung bleibt er stets freundlich und vornehm. Gut, abgesehen von dem gestrigen Vorfall. Vielleicht ist das ein Vorgeschmack, falls ich mich ihm widersetze. Will er mich dominieren? Das kann er vergessen. Und dennoch hat er mich am Haken. Ich hasse dieses abgefuckte Spiel.

Fertig umgezogen und gestylt setze ich mich in mein Auto,

gebe die Adresse in mein Navigationssystem ein und starte den Motor. Nachdem ich dreißig Minuten gefahren bin, biege ich in eine kleine Allee und mir wird verkündet, dass sich auf der rechten Seite mein Ziel befindet. Ich suche nach dem Haus mit der Nummer acht und parke mein Auto zwischen zwei Bäumen vor seinem Haus. Mit einem Blick auf die Uhr steige ich aus. Ich bin sogar fünfundzwanzig Minuten früher da.

Das Haus sieht von außen sehr groß aus und ich frage mich, ob ihm wirklich alles gehört. Von vorn erkenne ich drei Stockwerke mit vielen Fenstern. Ich gehe die Stufen hinauf und finde nur eine Klingel neben der Tür. Das heißt, er lebt tatsächlich allein hier. Ich drücke auf den Knopf und wenige Sekunden später öffnet er mir.

Prof. Dr. Fell trägt einen dunkelblauen Anzug, mit passender Krawatte und einem weißen Hemd darunter. Er sieht vornehmer aus, als auf Arbeit.

»Guten Abend. Kommen Sie herein.« Er hält mir die Tür auf.

»Ein großes Haus haben Sie«, sage ich, während ich eintrete und er die Tür hinter mir wieder schließt. Jetzt bin ich mit ihm allein in seinem Reich, in dem ich mich nicht auskenne. Zumindest gehe ich davon aus. Angesichts seines Lebensstils erwarte ich weder Frau noch Kinder an seiner Seite.

»Und ein schönes noch dazu. Kommen Sie, wir gehen die Treppen nach oben und ich zeige Ihnen alles.«

»Wieso ist es Ihnen so wichtig, dass ich Ihr Haus kenne?«

»Ich zeige nur meinen Freunden mein Haus«, sagt er und setzt ein Schmunzeln auf.

»Freundschaft sollte auf Gegenseitigkeit beruhen, doch unsere Freundschaft ist sehr einseitig, Mr. Fell.« Er steht schon auf der ersten Stufe der Treppe und blickt wartend auf mich herab. »Es grenzt schon fast an einer Obsession«, ergänze ich.

»Auch das bringt mich nicht von meinem Vorhaben ab. Jetzt kommen Sie schon.«

Wir gehen die dunklen Holztreppen nach oben, die in die erste Etage führen. Die Stufen sind mit einem beigen Teppich bedeckt, der im gesamten Treppen- und Flurbereich ausliegt.

»Hier sind wir im obersten Bereich meines Hauses angekommen, der für Sie zugänglich ist.«

Wie ominös. Ob ich wissen möchte, was sich über uns in der zweiten Etage befindet?

Wir gehen zuerst in das hinterste Zimmer – sein Schlafzimmer! Wieso schließt er das in seine Führung ein? Ich sehe mich aufmerksam um. Für meinen Geschmack ein zu großer Raum, der durch eine Schiebetür getrennt ist. In dem hinteren Teil befindet sich ein Ankleideraum und in dem vorderen Bereich steht ein großes Bett mit Nachttisch.

Es ist ein seltsames Gefühl, in dem intimsten seiner Zimmer zu stehen. Das Bett zu sehen, in dem er nachts schläft. In dem Raum zu stehen, in dem er sich kleidet.

Auf seinem Bett liegt eine helle Tagesdecke und alles sieht sehr ordentlich aus. Es gibt keine Ablage für getragene

Kleidung, die man noch einmal anziehen kann. Alles ist anscheinend in seinem begehbaren Kleiderschrank verstaut. Von seinem Schlafzimmer aus führt er mich in das daneben liegende Gästezimmer. Darin steht auch ein Bett, ein Nachttisch mit Lampe und ein Kleiderschrank. Alles wirkt etwas urig. Gegenüber davon befindet sich ein prachtvolles Bad mit Dusche und einer großen Wanne. Hellgrüne und graue Fließen schmücken die Wände und der Fußboden glänzt in einem wunderschönen Anthrazit. Auf der Fensterbank steht ein kleiner Kaktus. Bei seinem Anblick muss ich schmunzeln. Maddie-Jane liebt Kakteen für ihr Leben gern. Ich gestehe es mir ungern ein, doch ich bin begeistert von dem modernen Bad.

Wir gehen weiter und hinter der letzten Tür der Etage verbirgt sich eine Bibliothek. Unzählige Bücher erstrecken sich hier in die Höhe des Raumes, der bis in die zweite Etage reicht und dort rechts weiter geht. Drei verschiebbare Leitern sind an den Regalen befestigt, damit man jedes Buch erreichen kann.

»Ich hoffe, Sie besitzen eine Kartei für ihre Minibibliothek«, spotte ich, da er sich ohne unmöglich zurechtfinden kann.

»Ich kenne jedes Buch und weiß, wo es steht. Keine Angst«, sagt er und wir verlassen den Raum.

Nun gehen wir zurück zum Eingangsbereich. Er hat die Tür nicht verschlossen. Ein möglicher Fluchtweg? Da ich einige seiner Morde kenne, zweifle ich daran, dass ich es bis zur Tür schaffen würde. Also verwerfe ich diesen Gedanken.

Neben der Eingangstür befinden sich die Garderobenhaken. Meines Erachtens auffällig viele – oder hat er einen großen Freundeskreis, der ihn regelmäßig besucht? Kaum vorstellbar.

Von dem offenen Eingangsbereich aus kann ich nach rechts direkt in das Wohnzimmer sehen. Er hat es sich hier sehr gemütlich eingerichtet. Eine große graue Couch steht an der Außenwand unter den Fenstern, davor ein runder Holztisch auf einem Teppich und an der gegenüberliegenden Wand hängt ein Fernseher inmitten einer holzfarbenen Wohnwand. Nur im Bad habe ich den Kaktus entdeckt. In keinem der anderen Zimmer sind Pflanzen, dafür gibt es prachtvolle Gardinen, die immer farblich auf die Wände, den Fußboden oder die Inneneinrichtung abgestimmt sind. Seine Einrichtung im gesamten Haus wirkt sehr unauffällig und zeugt absolut nicht von seinen kannibalistischen Zügen.

Ich gehe in das Wohnzimmer, setzte mich auf die Couch und schaue mich genauer um. Die Wände sind auf dieser Etage im unteren Drittel mit dunklem Holz verkleidet, in das filigrane Muster geschnitzt sind. Die Vertäfelung harmoniert mit der beigen Farbe der darüber sichtbar werdenden Wand.

»Sie sind sehr still heute«, sagt er.

Ich erwidere nichts und muss schmunzeln. Wozu meine Luft verschwenden, wenn ich weiß, dass er mich besser kennt, als ich es anfangs für möglich gehalten habe. Aber dafür kenne ich jetzt sein Geheimnis und bin die ganze Zeit auf der Suche nach möglichen Beweisen, die ihn mit den Kannibalen-Morden in Verbindung bringen, aber Fehlanzeige.

Er geht in einen anderen Raum und kommt mit zwei Sektgläsern wieder.

»Hier, trinken Sie. Zur Begrüßung ein kleiner Champagne Armand de Brignac«, verkündet er stolz und drückt mir das Glas in die Hand.

»Champagner?« Ich ziehe meine Augenbraue nach oben. »Das klingt sehr extravagant.«

»Für meine Gäste nur das Beste.«

Er hebt sein Glas und wir stoßen auf den Abend an. Ich bin gespannt, wo dieser uns hinführen wird. Ein Dinner mit einem Kannibalen – der Gedanke ist so grotesk und doch sitze ich hier! Ich werfe Prof. Dr. Fell einen unauffälligen Blick zu, als er die Flasche abstellt. Dieser Mann will eine Freundschaft mit mir. Was erhofft er sich davon? Vorteile jedenfalls nicht, da ich ihn hinter Gitter bringen werde, sobald mir ein nützlicher Beweis in die Hände fällt. Natürlich ist ihm das bewusst. Aber vielleicht braucht er das Gefühl, gefasst zu werden … und warum, um alles in der Welt, zeigt er mir nicht die zweite Etage? Steht dort seine Schlachtbank?

»Worüber denken Sie nach?«

Seine Frage reißt mich aus meinen Gedanken. Er hat mittlerweile neben mir auf der Couch platzgenommen und beobachtet mich. Ich nehme einen kräftigen Schluck des teuren Champagners. »Über viel zu viele Dinge, Mr. Fell.«

»Sie brauchen sich nicht anzustrengen. Sie werden hier keinerlei Beweise finden.«

»Also gibt es noch ein anderes Haus?«, frage ich seelenruhig.

»Sie sind sehr neugierig. Das kann Ihnen zum Verhängnis werden.«

»Dann schlage ich vor, dass Sie auswandern und mich in Ruhe lassen.« Dann hätte ich ein Problem weniger.

»Dafür ist es mittlerweile zu spät. Sie wissen bereits zu viel.«

»Und Sie haben keine Angst, dass ich heute Abend die Bombe platzen lasse? Mein gesamtes Team wird hier sein.«

Ich mustere Prof. Dr. Fell, doch er legt sein Pokerface nicht ab. »Das stimmt, aber werden alle Ihren wilden Spekulationen Glauben schenken?«

»Mac würde nicht zögern mich zu unterstützen.«

Er schmunzelt, als hätte er noch einen Plan B, wie er aus dieser Lage herauskommen würde.

»Wie ist Ihr heutiger Tag bisher gewesen?«, wechselt er das Thema.

»Entspannt.«

»Was haben Sie gemacht?«

»Überlegt, wie ich Sie ins Gefängnis bringen kann«, flunkere ich.

»Sie sind eine schreckliche Lügnerin«, sagt er und stellt sein Glas auf den Tisch ab. Das Klingeln an der Tür beendet unser Gespräch.

»Guten Tag, Tony, schön, dass Sie gekommen sind.«

»Zu einem Drei-Gänge-Menü sage ich nicht nein.«

Ich beschließe, mich mit zu den beiden zu gesellen. »Hallo Tony.«

»Hey Lila.«

»Ich schlage vor, dass wir es uns auf der Couch noch etwas bequem machen, bis die anderen eingetroffen sind«, sagt Prof. Dr. Fell und wir folgen seiner Aufforderung. Er bringt Tony noch ein Glas des köstlichen Champagners und schon klingelt es wieder an der Tür.

Es ist 18:00 Uhr und pflichtbewusst erscheinen auch Mac, David, Alecia, Dave und Zake pünktlich zum Dinner. Alle gemeinsam versammelt im Haus des Mörders, den wir suchen. Ich schaue zu Mac, aber er lässt sich nichts anmerken. Er besitzt ein eisernes Pokerface und ich eifere ihm nach.

Prof. Dr. Fell zeigt uns allen nun die Räume des Erdgeschosses und wir folgen ihm mit unseren Champagnergläsern. Rechts neben der Wohnwand befinden sich zwei hintereinander gelegene Schiebetüren, die in der Wand verschwinden und uns den Weg in ein helles Esszimmer freigeben. Ein großer Tisch steht in der Mitte des Raumes und daran stehen acht Stühle. Auch hier ist alles farblich abgestimmt. Die Wände tragen dieselbe hellbeige Farbe wie im Wohnzimmer, ebenso wie die Gardinen. Die hölzerne Vertäfelung gibt es nicht, dafür ist der Boden in dem dunkelbraun gehalten. Nichts ist dem Zufall überlassen worden. Ich frage mich, ob er das ganze Haus selbst gestaltet oder ob er Designer dafür engagiert hat. So wie es hier überall aussieht, hat er auf jeden Fall keine Geldsorgen. Er muss schließlich kein teures Fleisch kaufen, da es in seinem Fall auf den Straßen herumläuft und darauf wartet, auf seinem Teller zu landen. Ein grausamer Gedanke, der mir ein Schaudern beschert.

Eine weitere Tür führt uns in die Küche von Prof. Dr. Fell, in der schon die verschiedensten Speisen angerichtet stehen. Die Küche sieht sehr modern aus. Auch hier hat er nicht an Geld gespart.

Wir nehmen im Esszimmer Platz und Prof. Dr. Fell serviert uns den ersten Gang.

»Ich darf Ihnen als Vorspeise präsentieren: eine Kürbismousse-Praliné mit Walnuss und etwas Salat. Guten Appetit.«

All unsere Teller ziert eine vielleicht einem Inch große Praline, geschmückt mit einer halben Walnuss und umgeben von einem geschwungenen Balsamicostrich. An der Seite liegen junge Salatblättchen. Ich nehme den ersten Bissen und schließe vor Genuss meine Augen. Das Mousse schmeckt so grandios, wie es aussieht und harmoniert perfekt mit den anderen Zutaten.

Im Hauptgang erwartet mich eine Roulade, zwei Kartoffeln garniert mit frischen Kräutern und daneben in Butter geschwenkte Karotten. Das Gericht sieht appetitlich aus, aber der Gedanke, dass das Fleisch nicht von einem Tier stammen könnte, verdirbt mir meinen Appetit. Mein Magen grummelt und es fühlt sich an, als würden meine Gedärme einen Knoten binden.

Prof. Dr. Fell serviert den letzten Teller und setzt sich an die Stirnseite des Tisches. Von dort kann er jedem Gast auf den Teller sehen. Am liebsten würde ich das Fleisch nicht anrühren, aber das würde nur zu unschönen Fragen führen.

»Das Fleisch stammt von einem Landwirt der Region, die Kräuter und das Gemüse wurden heute Morgen in meinem Garten frisch geerntet. Ich hoffe, es wird Ihnen schmecken. Guten Appetit.«

Alle greifen flink zu ihrem Besteck und probieren die ersten Stücke. Von einem Landwirt der Region, hm? Das hätte ich an seiner Stelle auch gesagt. Widerwillig nehme ich mein Besteck in die Hände. Ich schneide ein Stück der Roulade ab. Es schmeckt nach ... Rind. Irritiert kaue ich weiter. Was sagte Fell zu mir? *Wie könnte er auf diese Delikatesse verzichten?* Menschenfleisch muss also einen eigenen Geschmack besitzen. Beruhigt stecke ich mir nun eine Gabel nach der anderen in den Mund und jeder meiner Geschmacksnerven schwebt im siebten Himmel. Vielleicht ist Prof. Dr. Fell auch Koch. Wer weiß schon, welche Geheimnisse er noch in sich trägt.

Ich tupfe meine Lippen mit der Serviette ab und lasse meinen Blick schweifen. Wir sind zu siebt und ich trage eine Waffe im Stiefel. Was würde passieren, wenn ich die Kannibalenbombe platzen lasse? Würde er uns alle sofort umbringen oder würde es ihn amüsieren, wenn alle über ihn Bescheid wüssten und niemand es beweisen kann? Ob Mac auch bewaffnet ist? Zusammen können wir es – Nein,

Unsinn. Ohne Beweise bleiben es nur wilde Anschuldigungen.

Prof. Dr. Fell sammelt die leer gegessenen Teller wieder ein, um Platz für das Dessert zu schaffen. Kurzerhand stehe ich auf und nehme Tonys und meinen Teller.

»Lassen Sie mich Ihnen helfen«, sage ich, als Prof. Dr. Fell seine Hand austreckt, um mir die Teller abzunehmen. Ich will mit ihm sprechen. Unter vier Augen.

»Gerne, kommen Sie.«

Ich folge ihm in die Küche und stelle die Teller auf der Arbeitsplatte ab.

»Ein riskanter Schachzug, Lila«, sagt er, als wir allein sind.

»Meinen Sie?«

Er steht vor dem offenen Kühlschrank und stellt das Dessert heraus. Ich trete hinter ihn, doch er verzieht keine Miene, als er sich herumdreht.

»War das wirklich Rind?«, frage ich misstrauisch.

»Hat es Ihnen geschmeckt?« Er geht an mir vorbei und stellt die zwei Desserts ab.

»Es hätte mir besser geschmeckt, wenn ich wüsste, ob das Fleisch von einem Tier stammt.«

»Ich habe nicht gelogen.«

Ich atme auf, auch wenn mein Misstrauen nicht verfliegt. Es waren wenigstens keine Innereien, die bei den letzten Opfern des Kannibalen entfernt worden sind.

»Hier, wenn Sie mir helfen wollen, dann müssen Sie auch den Anschein wahren.«

Prompt drückt er mir zwei Desserts in die Hände, zwinkert mir zu und kehrt zu seinen Gästen zurück. Ich folge ihm und stelle die Desserts ab. Prof. Dr. Fell verschwindet nochmals in die Küche, um die restlichen Nachspeisen zu holen. Ich setze mich wieder.

»Das Essen ist richtig gut«, flüstert mir Tony zu.

»Oh ja«, bestätige ich.

Vor jedem steht ein Gläschen und daneben liegt ein Löffel. Der geschichtete Nachtisch sieht köstlich aus.

»Nun folgt der letzte Gang. Ich hoffe, Sie haben noch etwas Platz in Ihren Mägen. Vor Ihnen steht eine Panna Cotta mit Himbeergelee. Lassen Sie es sich schmecken.«

Und schon löffelt jeder los. Es schmeckt großartig. Die perfekte Mischung aus leichter Süße und Frucht. Ein genussvoller Ausklang für das fabelhafte Essen.

»Wo haben Sie kochen gelernt?«, fragt Mac.

»Ich interessierte mich schon als kleiner Junge für außergewöhnliche Speisen und half meiner Mutter beim Kochen. Damals konnte ich mir erste Tricks und Kniffe abschauen«, erklärt er. »Das Kochen ist für mich ein Ausgleich zu meinem Alltag und so habe ich über die Jahre hinweg verschiedene Kochkurse besucht.«

Ich will mir gar nicht vorstellen, welche Tricks er sich von seiner Mutter abgeschaut hat.

»Hat es Ihnen allen geschmeckt?«

»Es war fantastisch«, lobt Mac und alle stimmen begeistert ein. Prof. Dr. Fell schaut sich in der Runde zufrieden um. Ich hoffe, er ist es auch mit Mac und mir.

»Dann werde ich den Tisch abräumen und Sie können noch etwas plaudern«, verkündet er, sammelt alle Gläschen ein und verschwindet in die Küche.

»Ich wusste gar nicht, dass Prof. Dr. Fell so gut kochen kann. Ihr?«, fragt Zake.

»Also ich hatte keine Ahnung«, antwortet Alecia und nimmt einen großen Schluck aus ihrem Saftglas. »Aber es war fantastisch. Ich habe mich schon seit Ewigkeiten nicht mehr so satt gefühlt.«

»Oh ja, das Essen war perfekt. Nicht wahr, Lila?«, fragt David.

»An dem Essen konnte man absolut nichts aussetzen.«, muss ich zugeben.

»Wer hätte gedacht, dass unser Prof. Dr. Fell so gut kochen kann«, merkt Dave an.

Am liebsten würde ich meine Augen verdrehen. Wenn sie nur alle wüssten … Dieser Doktor schafft es, sich das Vertrauen meiner Kollegen, mit seinen Kochkünsten, zu erkaufen.

»Wer weiß welche Geheimnisse noch in ihm stecken«, sagt Mac und lächelt amüsiert in die Runde. Ich kann mir ein Lächeln nicht verkneifen.

»Und seinen Job macht er auch sehr gut«, meint David, der sein Glas erhebt, als Prof. Dr. Fell aus der Küche zurückkehrt. »Auf dem besten Psychologen den wir je hatten.«

Zu meinem Überraschen greifen alle zu ihren Gläsern und heben sie in die Luft. Widerwillig mache ich mit und stimme in den Tost ein, obwohl ich absolut nicht der Ansicht bin, dass ein Kannibale ein guter Psychologe sein kann. Meine Kollegen hingegen scheinen hin und weg von diesem Mann zu sein. Solange bis sie irgendwann die Wahrheit über ihn erfahren, denke ich mir. Ich fühle mich etwas unwohl in einem Raum, in dem jeder begeistert von ihm ist.

»Oh, vielen Dank«, sagt er und sieht geehrt und ebenso verlegen aus. »Mit Sicherheit hatten Sie ebenso gute Psychologen wie mich in der Vergangenheit gehabt.«

Er macht mir den Anschein, als stände er nicht gern im Mittelpunkt. Komisch. So hätte ich ihn absolut nicht eingeschätzt oder spielt er uns etwas vor? Wir stoßen miteinander an und trinken einen Schluck.

Dave erhebt sich vom Tisch. »Nun, ich werfe einen Blick auf Ihre Bücher, die ich im Wohnzimmer entdeckt habe. Entschuldigt mich bitte.«

»Warte«, sagt Alecia, »ich komme mit. Das wird spannend.« Die beiden lieben Bücher und hoffen sicherlich auf alte Geschichts- oder Medizinbücher. Prof. Dr. Fell belächelt beide und geht wieder in die Küche.

»Leute, wisst ihr, wo die Toilette ist?«, fragt Zake.

»In der ersten Etage die zweite Tür auf der linken Seite«, sage ich.

»Super. Danke.«

Schon springt Zake auf und macht sich auf den Weg. Prof. Dr. Fell kommt einen Moment später zurück.

»Schaut sich Zake ebenso meine Bücher an? Ich hoffe, niemand hat sich nach Hause geschlichen«, scherzt er.

»Zake ist zur Toilette gegangen.«

Tony beugt sich zu mir und flüstert: »Was ist los mit dir?«

Ich schaue ihn verdattert an. Verhalte ich mich etwa verdächtig anders? Er greift meinen Arm und schleift mich an Dave und Alecia vorbei hinaus ins Freie, wo uns niemand hören kann.

»Als Detective ist es mein Job zu merken, wenn etwas nicht stimmt, und du verhältst dich seit ein paar Tagen anders als sonst.«

»Vielleicht liegt es daran, dass wir nicht arbeiten.«

Tony schüttelt den Kopf. »Das kaufe ich dir nicht ab. Auch auf Arbeit verhältst du dich neuerdings seltsam. Seit wann bist du eigentlich schon da? Dein Champagnerglas war fast leer, als ich zehn Minuten zu früh aufkreuzte. Und woher wusstest du, wo die Toilette ist?«

»Ich weiß nicht, was dein Problem ist. Ist es verboten überpünktlich zu sein und auf Toilette zu müssen?«

»Na schön.« Tony funkelt mich an. »Du willst es mir also nicht sagen. Ich wette mit dir, dass Mac etwas bemerkt hat, und er wird dich ausquetschen wie eine saftige Zitrone.«

Wenn du nur wüsstest, denke ich. »Können wir jetzt wieder rein gehen?«

»Ich habe noch eine Frage.« Ein besorgter Blick breitet sich in Tonys Gesicht aus. Gespannt warte ich. »Läuft da was zwischen Fell und dir?«

Ich starre ihn fassungslos an. Wie kommt er nur darauf?

»Fell will ständig mit dir sprechen, aber du gehst nicht zu Mac, um dich zu beschweren.«

Damit habe ich nicht gerechnet. Wie kann er nur denken,

dass ich und Fell …

»Drum dachte ich–«

»Nein, Tony. Da läuft nichts. Er findet mich interessant, darum bin ich ständig zu einem Gespräch geladen und weil …« Soll ich ihm sagen, dass er Steve kennt? Das würde meine ständigen Gespräche erklären.

»Ja?«

»Er war früher Steves Therapeut. Er kannte mich schon, bevor er zu uns kam, und war neugierig, wer sich hinter Steves Erzählungen verbirgt.«

»Seit wann weißt du das?«

»Seit es mir Steve im Verhörraum gesagt hat und daraufhin habe ich Fell zur Rede gestellt.«

»Wie geht es dir damit?«

»Es ist komisch, aber ich komme klar.«

»Also holt er dich nur zu sich, um sich mit dir über Steve zu unterhalten?«

Ich muss schmunzeln. Tony macht sich Sorgen. Berechtigt. Nur kennt er den wahren Grund nicht. »Nicht nur über Steve. Auch über die Arbeit.«

Ich wünschte, ich könnte ihn einweihen und gemeinsam mit ihm auf Beweissuche gehen. Eigentlich könnte ich das tun, aber je mehr Leute davon wissen, umso größer ist die Wahrscheinlichkeit, dass Fell mir dieses falsche Gutachten aufbrummt. Ich hasse es, meinem Team etwas zu verheimlichen. Das ist nicht meine Art und führt nur zu einem Netz voller Lügen, in dem ich mich verplappere. Tony schweigt und denkt nach.

Plötzlich geht die Tür auf und Prof. Dr. Fell schaut uns fragend an. »Wollen Sie uns nicht Gesellschaft leisten?«

»Tut mir leid, aber wir mussten etwas Persönliches besprechen«, sagt Tony.

»Sollte ich etwas wissen, Lila?«, fragt Fell gefährlich ruhig.

»Es ist alles in Ordnung«, sage ich rasch. Prof. Dr. Fell bedeckt mich mit einem nachdenkenden Blick, schaut zu Tony und geht wieder in sein Haus. Vor meinem inneren Auge sehe ich ihn bereits mit einem falschen Gutachten stehen. All die Lügen und Gedanken, die mich belasten, fressen mich auf. Ich versuche, die Tränen zurückzuhalten, doch da kullert bereits die erste meine Wange hinunter.

Tony, streckt beunruhigt eine Hand nach mir aus.

»Du würdest nur ständig zu ihm gehen, wenn du Vorteile für dich siehst«, sagt Tony. »Was weißt du, was wir nicht wissen?«

Ich wische mir über die Augen. Nicht nur Fells blutiges Geheimnis brachte mich zum Durchdrehen, sondern auch die Verheimlichung seiner Natur vor meinem Team. Ich hatte Tony die perfekte Begründung geliefert und dann kam Fell und plötzlich wurde ich so emotional.

Ich atme tief durch, ehe ich zu sprechen beginne. »Ich habe etwas herausgefunden.« Ich schaue zu Tony, der mich gespannt mustert. »Mr. Fell ist der Kannibale, den wir suchen«, flüstere ich.

»Was?«, schreit Tony und ich halte ihm sofort den Mund zu.

»Scht! Es soll nicht gleich die ganze Welt wissen. Hast du mich verstanden? Schreie bitte nicht los!«

Tony zieht vorsichtig meine Hand weg. »Wer weiß noch davon?«

»Mac.«

»Seit wann?«

»Einen Tag nach mir. Er hat mich abgefangen und ausgequetscht, wie du es sagtest. Er hat sofort gemerkt, dass mich etwas beschäftigt.«

»Natürlich. Dem Boss kann man nichts verschweigen.«

»Was haben wir gegessen?«

»Rind.«

»Und du glaubst ihm?«

»Er wird kaum so dumm sein und uns die Beweise auf unseren Tellern präsentieren.«

Tony starrt nachdenklich an mir vorbei. »Darum gehst du freiwillig zu den vielen Gesprächen. Du suchst Beweise.«

»Genau. Auch wenn die Wahrscheinlichkeit sehr gering ist, dass ich fündig werde.«

Wir gehen wieder in das Haus hinein. Wie schon erwartet merkt Mac sofort, dass etwas nicht stimmt. Ich sehe ihn tuschelnd mit Tony in einer Ecke des Wohnzimmers stehen. Kurz darauf kommt Mac zu mir.

»Wir gehen jetzt zu dir«, flüstert er mir entgegen. Bestimmt haben sich die beiden über Fell unterhalten.

Wir verabschieden uns von allen.

Gemeinsam betreten wir kurze Zeit später meine Wohnung.

Eine Prämiere, denn keiner meiner Kollegen hat mein persönliches Reich bisher zu Gesicht bekommen.

»Macht es euch bequem. Möchtet ihr einen Tee oder etwas anders?«

»Einen Tee bitte«, sagt Tony.

»Egal welchen?«

»Überrasch mich.«

Tony setzt sich auf die Couch, während Mac meine Inneneinrichtung begutachtet und ich verschwinde in die Küche. Was wäre jetzt am besten? Entspannung vielleicht. Ich schalte den Wasserkocher an, öffne den Schrank zu meinem Teelager und suche eine passende Sorte. Guten-Abend-Tee. Hört sich gut an. Ich hänge drei Beutel in die Kanne, das Wasser sprudelt bereits und ich gieße es über die Teebeutel.

Tony sitzt regungslos da und starrt auf den schwarzen Bildschirm meines Fernsehers. Mac hat sich neben ihn gesetzt. Ich stelle die Teekanne und drei Tassen auf dem Couchtisch ab.

»Alles in Ordnung?« Ich gieße uns eine Tasse ein.

»Wie hast du es herausgefunden?«

Ich setze mich. »Ich spürte seit meiner ersten Begegnung mit ihm, dass irgendetwas nicht stimmt. Die Art und Weise, wie er mich ansieht ... wie er praktiziert. Er ist anders als andere Psychologen und immer dieses Schmunzeln und siegessichere Grinsen.«

»Wieso habe ich es nicht gesehen?«

»Weil er mit dir anders umgeht. Er ist auf mich fixiert, da

ich ein Teil von Steves Therapie war.«

»Was meinst du damit?« Er richtet seinen Fokus von dem Bildschirm zu mir und lehnt sich zurück. Auch Mac schenkt mir einen neugierigen Blick.

»Prof. Dr. Fell war sein Therapeut, da Steve mit plötzlich aufkommender Aggression verzweifelt kämpfte. Er suchte mit ihm Wege zur Besserung seines Verhaltens und darum war Steve damals in der Fabrik gewesen, als ich auch dort war. Prof. Dr. Fell leitete ihn an, eine Beziehung aufzubauen, bevor er zu jemanden aggressiv wird.«

Tonys Blick liegt sorgenvoll auf mir. »Und …«

»Er hat sich mich ausgesucht.«

»Also bist du ihm bereits begegnet, bevor das in der Lagerhalle passierte?«, fragt Mac.

»Ja, in einem Café. Eine vermeintlich zufällige Begegnung und wir kamen ins Gespräch.« Ich muss lachen. »Damals hätte ich nie gedacht, dass er mich bald bedrohen würde. Ich habe mir sogar gewünscht, ihn wiederzusehen.«

»Du wolltest was mit Steve anfangen?!« Entgeistert starrt Tony mich an.

»Ehm, ja. Damals schon, aber als er mich in der Fabrik schnappte …« Gefühle sind kompliziert.

»Du stehst auf ihn, nicht wahr?«

»Das ist nicht der Punkt. Fakt ist, dass ich Thema in Steves Therapie war. Prof. Dr. Fell wollte wissen, wer ich bin. Erst recht jetzt, da Steve wieder frei ist. Nur wegen seiner Neugierde auf Steves und meiner Reaktion hat er den Job bei uns angenommen. Er will, dass wir wissen, wer er ist und will uns machtlos sehen. Er weiß genau, dass wir nichts gegen ihn in der Hand haben.«

»Aber irgendwann wird er einen Fehler machen«, meint Mac.

»Das hoffe ich auch. Ich sollte heute auch eher bei ihm sein.« Endlich kann ich alle Lügen gegenüber Tony ausräumen.

»Wieso das?«, fragt Mac.

»Er wollte mir sein Haus zeigen. Vielleicht, damit ich weiß, dass dort keinerlei Beweise zu finden sind.« Ich zucke mit den Schultern.

»Er baut eine Beziehung zu dir auf«, stellt Mac fest.

»Oh ja, er will, dass wir befreundet sind.«

Tony sieht mich irritiert an.

»Das sind seine Worte. Der Typ ist krank.«

»Du weißt aber, dass Mann und Frau nie befreundet sein können.« Tony schaut mich mit einem verschmitzten Lächeln an.

»Vielleicht in deiner Welt. Was meinst du, was wir sind?«

»Kollegen.«

»Keine Freunde?«

»Es ist eine kollegiale Freundschaft.«

Ich schmunzle. »Natürlich, rede dir das nur weiter ein.«

Tony nimmt sich die Tasse und auch ich trinke einige Schlucke. Ich komme endlich wieder zur Ruhe. Mac hingegen scheint von dem Tee unbeeindruckt zu sein.

»Wie auch immer«, erzähle ich weiter. »Er weiß, dass ich ihn verhaften will, aber es nicht kann und das macht mich wahnsinnig.«

Tony starrt wieder vor sich hin und räuspert sich.

»An was denkst du?«, will ich wissen.

»Ich habe euch immer beobachtet, wenn ihr euch unterhalten habt.«

Ich schaue ihn verdutzt an. »Und was haben deine Argusaugen gesehen?«

»Wir sind ja alle hier nicht blind, Lila.« Er schaut zu Mac und anschließend wieder zu mir.

»Das soll heißen?«

»Schau dich doch an. Vor mir sitzt die hübscheste Frau der Stadt und sie ist auch noch meine Kollegin.«

»Du redest völligen Schwachsinn. Er ist mein Psychologe, du mein Kollege.«

»Oh glaub mir, wären wir nicht Kollegen, dann ...«

Mit diesem Kommentar erntet er sich einen tiefgründigen Blick von Mac. »Ich sage hier nur die Wahrheit«, verteidigt er sich schnell.

»Du würdest auch jede nehmen. Daraus machst du schließlich kein Geheimnis.«

»Du bist etwas Besonderes und so, wie dich Fell immer ansieht.« Tony verzieht sein Gesicht.

»Er hegt eine gewisse Neugier mir gegenüber. Natürlich sieht er mich anders an als dich.«

»Erinnere dich an meine Worte.«

»Sicherlich«, sage ich voller Sarkasmus. Tony denkt viel zu weit.

»Also was passiert, wenn du als Zeuge gegen Fell aussagen würdest?« Endlich stellt Mac die richtige Frage und bringt uns zum eigentlichen Thema zurück.

»Er würde mir ein falsches Gutachten ausstellen und mich daraufhin in eine psychiatrische Anstalt einweisen lassen. Somit wären alle Anschuldigungen aus meinem Mund nur Hirngespinste, denen niemand glauben schenkt.«

»Sobald wir etwas sagen, stände Aussage gegen Aussage«, sagt Mac.

»Aber irgendeine Verbindung muss es doch zwischen den Kannibalen-Fällen und Prof. Dr. Fell geben. Er muss doch irgendwo einen Fehler gemacht haben. Zweiundsiebzig Morde und das ohne einen Beweis ... das ist unmöglich«, meint Tony.

Ich schüttle meinen Kopf. »Er hat es aber geschafft.«

»Wir nehmen uns im Stillen alle Fälle nochmal vor«, schlägt Mac vor und nimmt die warme Teetasse in die Hand. »Erstellen ein Bewegungsmuster von Fell über die letzten Jahre und vergleichen es mit den Morden des Kannibalen.«

»So hätten wir endlich etwas handfestes in den Händen, dass Fell mit den Morden in Verbindung bringen könnte.« Ich bin begeistert von dem Vorschlag.

»Das wäre aber noch lange kein Beweis«, wendet Tony ein und bremst meine Euphorie. »Aber es wäre ein Anfang. Bisher haben wir absolut nichts gegen ihn in der Hand.«

»Dann machen wir es so. Tony und ich erstellen ein Bewegungsmuster der Morde des Kannibalen.«

»Und ich befasse mich mit Prof. Dr. Fells Vergangenheit.« Wie gut habe ich schon etwas vorgearbeitet.

Mac nickt mir zu. »Dann bis Montag.« Er steht auf und verabschiedet sich von Tony und mir.

»Na dann, fährst du mich auch nach Hause?«

»Nur, wenn du niemanden von Fell erzählst.«

Er nimmt Daumen und Zeigefinder zusammen und zieht einen unsichtbaren Reisverschluss über seinem Mund zu. »Meine Lippen sind versiegelt und meine Augen weit geöffnet. Versprochen.«

»Sehr gut. Dann komm. Bringen wir dich nach Hause.«

Meine Nacht war kurz. Ständig bin ich aufgewacht und musste über Prof. Dr. Fell und seine perfekten Morde nachdenken. Auf meinem Wecker sind die Ziffern 07:50 Uhr abgebildet. Am liebsten würde ich mich noch einmal herumdrehen, aber ich weiß, dass ich sowieso nicht einschlafen würde. Nachdem ich meine morgendliche Routine erledigt habe fahre ich ins Präsidium. An einem Sonntagmorgen ist kaum jemand auf Arbeit und somit habe ich meine Ruhe. Ich setze mich an meinen Schreibtisch und führe meine Recherche über Prof. Dr. Fells Vergangenheit fort.

8

Auf meinem Schreibtisch liegt ein Strauß roter Rosen. Komisch. Wer mag mir die dort hingelegt haben und sind die überhaupt für mich? Ich schaue mir das Bouquet näher an und finde eine Karte.

Eine kleine Überraschung für dich. Steve

Nachdenklich schiebe ich die Karte zurück in das Kuvert. Steve ist nach wie vor für eine Überraschung gut. Hat er sich wirklich geändert? Prof. Dr. Fells Vorgehen scheint bei ihm zu funktionieren. Gut für ihn. Aber ich kann mir denken, dass Steve mehr will, als ich ihm geben möchte. Ich bin froh darüber, dass seine Gewalttaten ein Ende gefunden haben. Umso schwerer fällt es mir zu glauben, dass Prof. Dr. Fell es geschafft hat, einen zukünftigen Killer aus dem Verkehr zu ziehen, bevor er seinen ersten Mord begehen konnte. Vielleicht sah er Steve als vermeintlichen Konkurrenten?

Ich krame in meiner Tasche nach einem USB-Stick, auf dem ich die Daten meiner gestrigen Nachforschungen gespeichert habe und lege ihn wortlos auf Macs Schreibtisch ab. Ein kurzer Blickkontakt reicht aus, um ihn über den Inhalt in Kenntnis zu setzen.

»Von wem sind die?«, fragt Tony mit langgestrecktem Hals.

»Was glaubst du?« Ich setze mich schmunzelnd an meinen Schreibtisch.

»Fell?«

Ich muss laut lachen. »Wieso sollte er mir Rosen schenken?«

»Tja, ich weiß nicht wie weit eure Freundschaft bereits gewachsen ist.«

Ich schaue auf und sehe Macs fragenden Blick und schüttele meinen Kopf. »Tony, du bist unmöglich. Die Blumen sind von Steve.«

Er schneidet eine Grimasse. »Wieso schickt er dir Blumen und dann auch noch rote Rosen?«

»Als Überraschung, schreibt er.«

Tony setzt eine grüblerische Miene auf. Ich will gar nicht wissen, worüber er nachdenkt.

»Schicke Blumen«, begrüßt mich David und setzt sich an seinen Schreibtisch.

Wenigstens einer ohne lästige Fragen. Ich strahle ihn an. »Vielen Dank.« Ich beuge mich unter meinen Schreibtisch, um meinen Computer zu starten. Als ich mich aufrichte, steht Steve Rich mit einer Vase in der Hand vor Tonys Schreibtisch.

»Oh, da bin ich doch etwas zu spät gewesen.« Er kratzt

sich verlegen an der Schläfe. »Dein Kollege von nebenan hat mich in Empfang genommen und eigentlich wollte ich weg sein, bevor ihr alle da seid.« Er läuft auf meinen Schreibtisch zu, stellt den Strauß behutsam in das frische Wasser und die Vase auf einen freien Platz, bevor er die einzelnen Stängel arrangiert. »Ein perfekter Strauß für eine perfekte Frau«, merkt er an und fängt meinen Blick ein.

Hitze schießt mir in die Wangen. Im Moment weiß ich nicht, wie ich darauf reagieren soll und lächele ihn verlegen an. Es ist mir peinlich, dass meine Kollegen alles mithören.

»Ich hoffe sie gefallen dir?«

»Ehm, ja«, fische ich nach Worten. »Der Strauß sieht wunderschön aus, aber wieso schenkst du mir rote Rosen?«

»Wieso nicht?«

»Ein bezauberndes Bouquet. Ist es von Ihnen, Steve?« Prof. Dr. Fell schlendert zu uns.

»Ich dachte erst, der Strauß sei von Ihnen, Doc«, wirft Tony ein.

»Tatsächlich?« Ein wissendes Lächeln breitet sich auf seinen Lippen aus. »Wieso sollte ich Lila Rosen schenken?«

»Jetzt hören Sie auf zu schmunzeln, gehen Sie nach oben und machen Sie Ihre Arbeit«, fordere ich ihn auf. Ich will, dass er geht. Die Situation ist schon komisch genug.

»Ein sehr vorlautes Mundwerk haben Sie zum frühen Morgen. Ich mache bereits meine Arbeit und Sie können mir gern Gesellschaft leisten. Es sei denn, Sie möchten noch

Zeit mit Steve verbringen?«

Ich blicke zu Steve. Ob das eine gute Idee ist? Ich denke ein weiteres Gespräch hilft mir diesen Mann besser kennenzulernen, um ihn zu durchschauen.

»Gern, ich denke ein Gespräch am Morgen kann nicht schaden.«

Wenigstens komme ich dann von Steve weg, aber will ich das überhaupt? Ein Teil in mir *will* mehr Zeit mit ihm verbringen. Falls er so ist, wie er sich mir die letzten Tage gezeigt hat, wieso sollte ich mich dann nicht auf ihn einlassen? Ich wollte es schon damals in dem Café, nur verschwand er dann plötzlich. Was ist nur los mit mir?! Er ist gefährlich – nach wir vor – und hat mich tagelang festgehalten! Ich darf mich nicht von seinem Charme einwickeln lassen.

»Dann kommen Sie«, säuselt Prof. Dr. Fell.

Ich stehe auf und stelle mich vor Steve. »Vielen Dank für die wundervollen Rosen.« Ich grinse ihn an und mache mich auf den Weg zu Prof. Dr. Fells Büro.

»Nehmen Sie Platz.«

Ich setze mich in den Sessel, den ich gemütlicher finde, als ich vermutlich sollte, und Prof. Dr. Fell bringt für uns beide Tee. Er setzt sich ebenfalls und schlägt seine Beine übereinander.

»Wie geht–«

Ich unterbreche ihn. »Wie finden Sie es, dass mir Steve Rosen geschenkt hat?« Fell will mit mir befreundet sein.

Wie wird er reagieren, wenn er merkt, dass Steves Chancen darauf höher sind?

»Er ist aufmerksam und strengt sich an, Ihnen zu zeigen, dass er sich geändert hat. Was denken Sie über das Geschenk?«

»Dass er das, was er mir angetan hat, nicht wiedergutmachen kann. Dafür müsste er die Zeit zurückdrehen. Er will mein Vertrauen zurückgewinnen, aber das kann er sich nicht mit Geschenken erkaufen.«

»Dafür kann er es mit seinem Verhalten wieder aufbauen. Ich habe Steve als einen sehr netten und charmanten Menschen kennen gelernt, der durch viele Schicksalsschläge geformt worden ist. Geben Sie ihm eine zweite Chance.«

»Ich bin dankbar dafür, dass er sein aggressives Verhalten ablegen konnte, aber dennoch darf ich mir einen Partner selbst aussuchen. Nur weil er sich mich ausgesucht hat, heißt es nicht, dass ich mich auch für ihn entscheiden würde.«

»Das ist Ihr gutes Recht, aber so wie Sie ihn ansehen …«

»Was ich allerdings noch interessanter finde«, sage ich und wechsle das Thema, »ist, dass Sie derjenige waren, der ihn dahin gebracht hat.«

»Somit bleibt mehr für mich«, sagt er kühl.

Ich muss innerlich triumphierend auflachen. Ha – ich hatte also recht! »Wie ich es mir gedacht habe.«

»Das beweist, wie gut Sie mich kennen.«

»Ich wage zu behaupten, dass ich Sie besser kenne als

der Rest der Welt.«

»Und damit haben Sie auch mehr Verantwortung als der Rest der Welt.«

Stimmt. Sobald ich einen Beweis gegen ihn in der Hand habe, ist er weg vom Fenster.

»Sie brauchen den Druck im Nacken, dass Sie eingesperrt werden, sobald ich einen Beweis gefunden habe, oder?«

Er setzt sich schief in seinen Sessel und stützt sein Kinn auf seine Hand. »Sie werden keinen finden.«

»Wieso sind Sie sich so sicher? Irgendwann müssen Sie einen Fehler machen. Vielleicht haben Sie das bereits getan.«

Er schüttelt seinen Kopf. »Das habe ich nicht.«

Ich beäuge ihn kritisch und kann mir nicht vorstellen, dass er in so vielen Fällen perfekt vorgegangen ist.

»Wieso haben Sie es ausgerechnet mir erzählt? Einem Detective.«

Er schmunzelt. »Es spielt keine Rolle wem ich etwas sage. Nicht einmal der erfahrenste Detective konnte etwas gegen mich finden und da werden Sie und ihr Team erst recht nicht fündig werden. Ich habe es Ihnen gesagt, da Sie mir gefallen. Ich wollte mich Ihnen gegenüber öffnen, etwas auf Risiko spielen. Das macht die Sache etwas interessanter.«

»Die Sache?«

»Ja, mein Plan mit einem Hauch Zwischenmenschlichkeit.« Er beherrscht sein Mienenspiel perfekt.

»Ich werde keine Ruhe geben, bis ich Sie hinter Gittern sehe.«

»Ich weiß«, gibt er kühl zu. »Ihr Ehrgeiz spornt mich an noch perfekter vorzugehen.«

»Sie können mir jederzeit ein fälschliches Gutachten ausstellen und mich in einer psychiatrischen Einrichtung einweisen. Macht es Ihnen nichts aus, dass Sie mir damit mein gesamtes Leben zerstören?«

Er lacht auf. »Ich werde Sie nicht töten, nur wegsperren lassen. Das zerstört nicht ihr Leben.«

»Natürlich. Meine Träume und Wünsche würden sich in Luft auflösen.«

»Sie werden nicht für immer dort sein.«

»Dennoch für eine Weile und sobald ich dort raus bin, habe ich sicherlich kaum eine Chance in meinem Beruf einzusteigen und in der Gesellschafft wäre ich abgestempelt, als die, die in einer Psychiatrie war.«

»Was wünschen Sie sich?«

»Nun, ich möchte irgendwann eine Familie gründen, Freunde besuchen und noch vieles mehr. Sie können mich nicht einfach wegsperren lassen. Gibt es keine andere Möglichkeit? Mit so einem Gutachten würden Sie alles zerstören, was ich mir aufgebaut habe.«

»All Ihre Wünsche könnten Sie sich dennoch erfüllen.«

»Als ob ein Mann mit einer Frau, die in einer Psychiatrie war, in einer Beziehung sein möchte.«

»Sie machen sich viel zu viele Gedanken, wissen Sie das?«

»Natürlich weiß ich das. Lieber spiele ich alle Eventualitäten in meinen Gedanken durch, als unvorbereitet zu sein. Sie könnten auch all meine Freunde töten und mich darunter leiden lassen.«

»Und es macht Ihnen Angst, dass ich Ihre Freunde auf meinen Teller legen könnte?«

»Ja.«

»Nun Lila, das habe ich nicht vor. Auch wenn die Überlegung sehr verlockend ist.« Er grinst mich an. »Ich verspreche Ihnen, dass Ihre Kollegen unversehrt bleiben.«

»Und mein Bruder? Und Steve?«

»Sie auch.« Sein Grinsen weicht nicht von seinem Gesicht. »Es freut mich zu hören, dass Sie sich auch um Steves Wohlergehen sorgen.« So genau habe ich es noch nicht betrachtet. »Aber um alles einmal auf den Punkt zu bringen: Es geht hier nicht um Ihr Wohlergehen, Lila, sondern um meines.« Er sieht mir tief in die Augen. »Sie sollten besser dafür sorgen, dass so wenige wie möglich von meinem kleinen Geheimnis erfahren.«

»Natürlich, Mr. Fell.« Wieso sollte er auch auf mich Rücksicht nehmen? Er will mich schließlich damit bestrafen.

Jemand klopft an die Tür. Es ist Mac. Ich richte mich sofort auf. Normalerweise stört er nie ein Gespräch, wenn es nicht wichtig ist.

»Lila, schnapp dir deine Sachen«, sagt er und wendet seinen Blick zu Prof. Dr. Fell. »Wir haben einen Mord.«

So schnell, wie er aufgetaucht ist, verschwindet er wieder. Ich schaue Mac hinterher, anschließend zu Prof. Dr. Fell. Er hat wieder getötet. Provokant lächelt er mich an, während ich ihn mit meinem Blick erwürge.

Wir sind in einem Waldgebiet abgelegen der Stadt und die Detectives haben bereits das Gelände gesichert, in dem die Leiche gefunden wurde. Mac besorgt sich die ersten Informationen von dem Detective, der den Fund gemeldet hat. Ich stehe da, mit der Spiegelreflexkamera in der Hand und bin mir sicher, eines von Prof. Dr. Fells Werken vor mir zu sehen. Bei dem Gedanken, dass er das mit meinem Team machen würde, läuft es mir eiskalt den Rücken hinunter.

»Alles in Ordnung?«, fragt Tony hinter mir und legt seine Hand auf meine Schulter.

Ob er bereits vermutet, dass Fell dahintersteckt? Ich darf mir nichts anmerken lassen. David weiß schließlich nichts von Fell und das soll auch so bleiben.

»Ja, lass uns unsere Arbeit machen«, sage ich und nähere mich der Leiche.

Vor mir lehnt eine Frau mit dem Rücken an einem dicken Baumstamm. Ihr Kopf ist geneigt, ihre Hände liegen offen im Schoß. Wie ein Vorhang verdecken die langen braunen Haare ihr Gesicht.

Ein mulmiges Gefühl macht sich in mir breit. Ich fotografiere die Leiche von jeder Seite, darf sie jedoch erst bewegen, wenn unser Gerichtsmediziner Dave hier ist. Ich fotografiere in der Zwischenzeit das umliegende Gelände, als Dave und Zake herbeigeeilt kommen und uns begrüßen.

Das Team versammelt sich um das Opfer.

»Was haben wir denn hier, Mac?«, will Dave wissen.

»Eine junge Frau, zwei Wanderer haben sie hier entdeckt und uns informiert.«

Dave nähert sich dem Opfer, begutachtet den Fundort und die Position der Leiche. Zake steht neben ihm und führt Protokoll. Mit einem Stift in der Hand schiebt Dave das dunkle Haar zur Seite.

Mir bleibt der Atem in der Kehle stecken, als ich ihr Gesicht mit den heraushängenden Augäpfeln sehe.

Maddie. Das ist Maddie-Jane …

Ich starre die Leiche an. Wie kann Fell ihr das nur antun?

»Lila! Kennst du sie?«, fragt mich Mac, der plötzlich neben mir steht.

Ich schlucke einmal, öffne meinen Mund, aber es kommen keine Worte heraus.

Deswegen hat Fell mich so provokant angelacht. Nicht um zu zeigen, dass Mac mit seiner Vermutung, dass er der Täter ist, richtig liegt, sondern aus purer Vorfreude darauf, wenn ich die Leiche sehe.

»Lila!«, ertönt Macs Stimme scharf.

»Mad-mad- Mad-die-Jane«, stammele ich. »Das, das, da-da-das ist Mad-Maddie-Jane.«

»Das tut mir leid, Lila«, ertönt Tonys Stimme.

Mac legt seinen Arm um meine Schulter, dreht mich von der Leiche weg und wir gehen zum Einsatzwagen. Der Kofferraum ist noch offen und wir setzen uns hinein. Mac gibt mir ein paar Sekunden, um mich zu sammeln.

»Deswegen hat er so gelacht«, sage ich und kann immer noch nicht glauben, was hier passiert.

»Wer war sie?«

»Eine alte Schulfreundin.«

»Standet ihr euch nah?«

»Damals schon, aber wir haben uns aus den Augen ver–«
Ich breche ab. Heiße Tränen rollen mir über die Wangen. Aus den Augen verloren, beende ich meinen Satz in Gedanken. Fell ist ein Scheusal.

»Wie-wie-wieso n-n-nur?«, frage ich Mac mit dem Wissen, dass er mir diese Frage nicht beantworten kann.

»Schon gut. Irgendwann macht er einen Fehler«, sagt er und nimmt mich in den Arm.

Meine Tränen laufen über meine Wangen und versickern in Macs Sakko. Ich schluchze auf. Aber genau das will Fell doch. Reiß dich zusammen, sage ich mir, schlucke die Tränen hinunter und schiebe das Gefühl, das mir das Herz zusammendrückt, mit aller Kraft beiseite. Es gibt jetzt Wichtigeres. Wir müssen Spuren sichern. Jeder noch so kleine Hinweis zählt. Ich befreie mich aus Macs Umarmung, wische mir die Augen trocken und schaue ihn entschlossen an.

»Sprechen Tony und David mit den beiden Wanderern?«

»Ja, sie sind schon dabei«, versichert mir Mac, der mich besorgt ansieht.

»Gut«, antworte ich und gehe zurück zu dem Tatort.

Dave tritt zu mir. »Das tut uns sehr leid. Tony hat uns erzählt wer sie war.«

»Mir auch«, antworte ich kalt. »Wie ist sie gestorben?«, frage ich.

Er wechselt einen unsicheren Blick mit Mac, der neben mir steht und Dave ein Zeichen gibt, meine Frage zu beantworten.

»Nun, sie zeigt keine Abwehrverletzungen, also gehe ich davon aus, dass sie betäubt worden ist. Näheres kann euch unsere gute Alecia später sagen. Der Täter hat sie mit einem präzisen Schuss ins Herz getötet. Derjenige wusste, was er tat.«

»Sind alle Organe noch vorhanden?«, fragt Mac.

»Die Leber fehlt, aber wieso er ihr die Augäpfel herausgenommen hat, kann ich euch nicht sagen. Das geschah post mortem.«

»Vielleicht hat sie etwas gesehen, was sie nicht sollte«, meint David.

Das Team schweigt für einen Moment. Die betretenen Blicke meiner Kollegen brennen auf meiner Haut. Wenn ich ihnen nur sagen könnte, wieso ich jetzt nicht trauern kann.

»Gut, danke Dave. Verladet die Leiche und sichert den Tatort«, fordert Mac.

Auf der Rückfahrt traut sich niemand, ein Gespräch anzufangen. Wut lodert derweil durch meine Adern. Ich will Prof. Dr. Fell in unseren Verhörraum zerren und ihm seine eigenen Augäpfel zum Fraß vorwerfen.

Zurück im Polizeipräsidium sitzen wir alle an unseren

Schreibtischen.

»Ihr standet euch nah?«, fragt David und traut sich, das Schweigen zu brechen.

»Wir haben uns nachmittags oft getroffen und gemeinsam etwas unternommen. Wir waren in Cafés, im Kino oder sind schwimmen gegangen. Wir hatten immer etwas vor, hatten keine Geheimnisse voreinander, aber im Laufe der Zeit haben wir uns immer seltener gesehen. Sie ist mit ihrer Familie weggezogen, nachdem wir die Schule abgeschlossen hatten. Anfangs hatten wir noch Kontakt, haben uns ständig angerufen, aber das wurde vor ungefähr drei Jahren immer weniger.«

»Wann hast du das letzte Mal von ihr gehört?«, fragt Mac.

»Vor einigen Wochen hatte ich einen verpassten Anruf und eine SMS von ihr auf meinem Handy. Seitdem haben wir etwas geschrieben. Bis vor einigen Tagen.«

»Hast du eine Ahnung, wieso ihr weniger Kontakt hattet?«, fragt Tony.

»Ich dachte, sie möchte keinen Kontakt mehr zu mir. Ich kann mir zwar nicht vorstellen warum, aber ich habe es akzeptiert. Umso glücklicher war ich, als ich wieder von ihr las.«

»Leute, Leute, Leute!«, ruft Alecia, die aus ihrem Labor zu uns kommt. »Also, womit fange ich immer an, wenn ich eine Leiche vor der Nase habe?«

»Du untersuchst sie, wie immer«, sagt Mac.

Sie zeigt mit ausgestrecktem Zeigefinger auf ihn. »Richtig, und auf was untersuche ich die Leiche zuerst?«

Sichtlich genervt von dem kleinen Rätsel antwortet ihr Mac: »Auf Fingerabdrücke.«

»Genau, und jetzt dürft ihr raten, wessen Daumenabdruck ich auf dem Schuh der Frau gefunden habe.«

Sicherlich nicht von der Person, die sie umgebracht hat, auch wenn jede Faser meines Ichs darauf hofft, dass Alecia gleich den Namen mit vier Buchstaben sagen wird.

Ich schaue zu Mac, der erwartungsvoll Alecia ansieht, die sich die Fernbedienung schnappt und zu dem großen Bildschirm geht. Alecia liebt es, Erfolge mit einem großen Auftritt zu präsentieren. Wir alle stehen von unseren Schreibtischen auf und versammeln uns um Alecia, die endlich den Knopf der Fernbedienung drückt.

Der Bildschirmschoner verblasst und zu Tage tritt das Bewerbungsfoto von Prof. Dr. Fell.

Ein riesiges Grinsen breitet sich auf meinem Gesicht aus. Mein Herz springt mir fast aus der Brust. Ich kann es nicht fassen. Wir haben einen Beweis. Natürlich ist das alles geplant, dessen bin ich mir bewusst, aber im Moment ist es mir egal. Nie würde er den Fehler machen und seinen Fingerabdruck an einen Tatort hinterlassen.

Etwas klimpert neben meinem Ohr. Ich drehe mich zu Mac um, der mir Handschellen hinhält. Mit Freuden nehme ich sie entgegen.

»Durchsucht das gesamte Haus. Sichert alle Ein- und Ausgänge«, weißt uns Mac an.

Ich gehe die Treppen hoch zu Fells Büro. Mac folgt mir. Ich bin mehr als bereit, Prof. Dr. Fell seine Rechte zu verlesen, ihm Handschellen anzulegen und abzuführen. Wir treten ein, doch er sitzt nicht an seinem Schreibtisch. Wir schauen uns im gesamten Raum um, aber er ist nicht da. Da entdecke ich einen Zettel auf seinem Schreibtisch.

Gut gemacht, Lila! Sie können stolz auf sich sein.
Alles Liebe, Prof. Dr. Fell

»Er ist nicht mehr da«, sage ich und halte den Zettel hoch. Wütend verlassen wir den Raum und schicken ein Team der Spurensicherung in Fells Büro. Mac weist ein weiteres Team an, Fells Haus zu durchsuchen und Spuren zu sichern.

9

Seit Tagen bin ich auf Macs Anweisung hin zu Hause. Zwangsurlaub. Puh – als ob ich den brauche. Aber vielleicht ist es gut, Abstand von dem Fall zu bekommen. Nur langweile ich mich zu Tode. Am liebsten würde ich in Fells Haus einbrechen, um selbst nach Spuren zu suchen, aber mit Sicherheit wimmelt es dort noch von den Leuten des Spurensicherungsteams. Die letzten beiden Tage habe ich damit verbracht, meine Wohnung von oben bis unten zu putzen und Wäsche zu waschen. Gestern Abend bin ich allein im Kino gewesen, weil mein Team rund um die Uhr nach Prof. Dr. Fell sucht und sobald sie eine freie Minute Pause haben, sind sie zu erschöpft, um noch etwas mit mir zu unternehmen. Mein Bruder ist zwar auf Weltreise, aber dank der tollen Technik war es uns möglich zu skypen. So haben wir uns wenigstens wieder einmal gesehen. Er hatte sogar einen DVD-Spieler in seinem Hotelzimmer und da er, ebenso wie ich, ein Filmliebhaber ist, hat er immer ein paar Discs einstecken. Trespass war der Film, den wir uns zusammen angeschauten haben. Nun, solang man das als zusammen bezeichnen kann. Ich saß auf meiner gemütlichen Couch, während er tausende Kilometer entfernt seinen Tag vergeudete. Viel besser hätte er den Tag nutzen können, um das wunderschöne Frankreich zu erkunden.

Mac würde mich sicherlich von dem Parkplatz des Polizeipräsidiums prügeln, sobald ich nur einen Fuß darauf setze.

Gelangweilt liege ich auf meinem Bett und starre Löcher in die weiße Decke. Ein Blick auf meine Armbanduhr verrät mir, dass es 16:00 Uhr ist und ich weiß nichts mit mir anzufangen. Die Sonne scheint, aber ich habe keine Lust, in den Park oder die Stadt zu gehen. Ich sehne den Abend herbei, damit ich endlich ins Bett verschwinden kann, ohne dafür Rechenschaft ablegen zu müssen. Hoffentlich wird Fell bald gefunden, damit er bestraft wird, für das was er Maddie-Jane angetan hat.

Das Klingeln an meiner Tür lässt mich widerwillig aufstehen. Ich erwarte niemanden und die Post dreht in meiner Gegend vormittags ihre Runde. Für eine irrationale Sekunde sehe ich Fell vor meiner Wohnungstür stehen und schüttle den Kopf. Das wagt er nicht. Dennoch nehme ich vorsichtshalber meine Waffe von meinem Nachttisch und klemme sie mir im Rücken in meinen Hosenbund. Ich schaue durch den Türspion und erkenne einen muskulösen Mann mit einem riesigen Geschenk in der Hand, das sein Gesicht verdeckt.

»Wer ist da?«, frage ich.

»Eine weitere Überraschung«, bekomme ich als Antwort.

Meine letzte Überraschung bekam ich von Steve. Ich öffne die Tür und erkenne hinter dem Berg von Geschenkpapier Steves Gesicht.

»Was willst du hier?«, frage ich schroff. »Und was soll das mit den Geschenken? Ich will nichts von dir. Du bist mir nichts schuldig und falls du mich nochmal bedrohen willst, dann sei ehrlich und sage es mir jetzt. Ich habe keine Lust auf irgendwelche Spielchen.«

»Misstrauisch wie immer.« Er lächelt mich an. »Ich dachte mir nur, dass du, jetzt, wo du Urlaub hast, etwas Gesellschaft brauchst.«

»Woher weißt du das? Und wieso sollte ich ausgerechnet auf deine Gesellschaft aus sein?«

Er zwinkert mir zu. »Ich habe immer noch meine Quellen.«

Vielleicht möchte er mehr über meine Sitzungen mit Prof. Dr. Fell erfahren? Um ehrlich zu sein, möchte ich keinen einzigen Gedanken an Fell verschwenden, aber Steve legt sich mächtig ins Zeug. Vielleicht sollte ich ihm eine Chance geben.

»Ach, was soll's – komm rein.«

Ich weiß nicht, ob das eine gute Idee ist, aber ich werde ja sehen, wohin sie führt. Etwas Gesellschaft an meinem langweiligen Tag wird mir nicht schaden.

Steve tritt überrascht in meine Wohnung. Und schon wieder bin ich mit einem Irren allein in einem Raum. Wieso komme ich nur ständig in solche Situationen?

Er zieht seine Schuhe aus und überreicht mir das riesige Geschenk.

»Was ist da drin?«

»Mach es auf.«

»Wird es explodieren? Mir die Hand abhacken?«, frage ich misstrauisch.

Steve lacht mit zurückgeworfenem Kopf laut auf. »Lila, ich bin nicht hier, um dir weh zu tun. Ich bin hier, um Zeit mit dir zu verbringen und dir meine Dankbarkeit zu zeigen. Ich wette, kein anderer Detective hätte das damals mitgemacht.«

»Blieb mir eine Wahl? Du hast mir meine Waffe abgenommen und mich an der kurzen Leine gehalten.«

»In den letzten Tagen habe ich dir mehr Freiheiten zugestanden und du hast dich nicht gegen mich gewehrt. Ich frage mich schon die ganzen Jahre, was du gemacht hättest, wenn dein Team uns nicht gefunden hätte. Hast du bemerkt, dass der Strom an dem Tag aus war?«

Wir laufen ins Wohnzimmer, ich stelle sein Geschenk auf den Couchtisch ab und wir setzen uns auf das Sofa.

»Soll das heißen, du wusstest nicht, dass mich mein Team an diesem Tag befreit?« Ich runzle die Stirn.

»Ich hatte keine Ahnung. Und nicht ausweichen: Hattest du nun bemerkt, dass der Strom aus war?«, bohrt er nach.

»Das war das Erste, was mir an dem Tag auffiel, aber da Mac direkt vor meiner Schlafzimmertür stand, dachte ich, es war dein Plan, sie herein zu lassen.«

»Oh, wenn es nach mir gegangen wäre, hätte ich dich nie

172

gehen lassen, aber ich wusste, dass ich dich nicht ewig einsperren kann.«

Unweigerlich frage ich mich, was passiert wäre, wenn mein Team nicht aufgetaucht wäre: Er war an diesem Morgen duschen, was schon etwas merkwürdig gewesen war, da er die Tage zuvor nur abends geduscht hat. Ich hätte mich hinausschleichen können. Er hätte nicht einmal bemerkt, dass ich gegangen wäre. Er wollte, dass ich gehe!

»Ich habe mich zwar darüber gewundert, dass der Strom aus ist, aber mein Plan war, dass ich mir in der Küche einen Kakao mache. Nur wurde er von meinem Team zerstört.«

»Du hattest nicht vor, zu gehen?«

»Ich hatte absolut nicht damit gerechnet, dass du mich gehen lassen würdest. Ich dachte, der Strom kommt jede Sekunde wieder und wenn ich ehrlich bin, hatte ich mich in den letzten fünf Tagen an die Situation gewöhnt.«

»Dir hat also meine Gesellschaft gefallen?«

Oh, oh, in welche Richtung läuft dieses Gespräch gerade?

»Steve«, ich seufze, »ich hatte damals keine Wahl.«

»Aber jetzt hast du sie.«

»Richtig, also kann ich dich, wann ich will, auch wieder vor die Tür setzen.« Ich springe von meiner Couch auf. »Was ist denn in diesem mächtigen Geschenk?« Aus meiner Schreibtischschublade hole ich eine Schere, um das Geschenkband durchzuschneiden. Ich muss zugeben, dass mich die Neugier gepackt hat. Was hat er sich diesmal überlegt?

Behutsam löse ich das Geschenkpapier. Zum Vorschein kommen zwei Kartons. Der untere ist kleiner als der obere und ich schaue Steve fragend an.

»Na los, pack schon aus.«

Wie ein kleiner Junge, der selbst vor einem Berg Geschenke hockt, sitzt er auf meiner Couch und schaut mir gebannt dabei zu, wie ich sein Geschenk auspacke. Ich setze den oberen Karton neben dem Kleineren ab und öffne ihn. Licht strömt in die Verpackung und ich glaube meinen Augen kaum. Es ist eine prachtvolle Torte. Ich öffne den Karton an den Seiten, damit ich die Torte unbeschadet aus der Verpackung nehmen kann.

»Nein, das …« Ich suche nach Worten. »Wow, wie wunderschön. Zu schön, um sie zu essen, und viel zu viel.«

Eine fünfzig Zentimeter hohe und in weißen Fondant gehüllte Etagentorte steht auf dem Tisch. Die Ränder jeder einzelnen Etage sind mit goldener Farbe bemalt und festlich verziert worden. Auf der mittleren Etage der Torte steht in malerischer Schrift: *I'm so sorry*.

»Gefällt sie dir?«

Er will also, dass ich ihm verzeihe. Ob das wirklich seine ehrlichen Absichten sind? Oder hat er einen ausgewieften Plan mit diesem Fell erarbeitet, um mit mir dieses kranke Spiel zu spielen?

»Ja, sie sieht atemberaubend aus. Vielen Dank, aber du musst mir nicht diese ganzen Geschenke machen. Das brauchst du nicht.«

»Ich will es aber.« Er streckt eine Hand nach meiner aus,

aber zieht sie zurück, bevor wir uns berühren. »Lila, ich bin so, wie du mich damals in den letzten Tagen kennengelernt hast. Das war ich und das bin ich auch heute noch. Davor habe ich dich schlecht behandelt und du hast jedes Recht, mich dafür nie wiedersehen zu wollen, aber ich kann dieses Bild, das du von mir hast, nicht so stehenlassen, weil ich das nicht bin. Und all die Schmerzen, die ich dir zugefügt habe …« Er schaut betrübt nach unten und ringt um seine Fassung. »bereue ich zutiefst. Ich habe meine Zeit im Gefängnis abgesessen und nun eine Chance das Leben zu führen, das ich gern hätte.«

»Es ist ein Teil von dir. Und jeder hat gute und schlechte Seiten an sich. Das ist normal. Nur deine Taten an mir …«

»Ich weiß, dass ich die Zeit nicht zurückdrehen kann. Leider. Wenn ich könnte, würde ich es sofort tun.« Er schweigt.

»Dann wären wir uns bestimmt nicht wieder begegnet."

»Das kann gut sein. Aber waren die ersten Tage etwa normal für dich?«

Ich lasse die Frage unbeantwortet und weigere mich, an die Zeit zu denken.

»Los, mach das zweite Päckchen auf«, fordert er mich auf und verlangt keine Antwort von mir.

Ich stelle mich neben die Couch, um an den Karton zukommen. Dann greife ich nach dem Deckel, um ihn zu öffnen, aber Steve legt seine Hand darauf.

»Lass mich den Deckel öffnen und du ertastest, was sich darin befindet.«

»Ehm, okay«, sage ich und harre gespannt aus.

Steve greift mit beiden Händen nach dem Deckel. »Bereit?«, fragt er und ich nicke.

Er öffnet den Karton einen kleinen Spalt und ich greife hinein. Ja, ich vertraue ihm, dass ich nicht gleich meine Hand verlieren werde.

»Was kannst du ertasten?«

»Etwas Flauschiges.«

»Und was könnte das sein?«

Ich muss überlegen. Das könnte vieles sein. »Vielleicht etwas zum Anziehen?«

»Nein.«

Ich taste weiter. »Mm, vielleicht ein Kissen?«

Und schon hebt er den Deckel an und gibt die Sicht frei. Ich halte ein flauschig weißes Kissen in der Hand. Ich lege meinen Kopf darauf, um den weichen Stoff auf meiner Haut zu spüren und drücke einen Moment später meine Nase tief in das Kissen. Der Duft! Ich schließe meine Augen. Steves Parfüm … die Lagerhalle … Seine Hand, wie sie zärtlich …

»Vielen Dank, Steve. Das Kissen passt perfekt auf die Couch«, sage ich rasch, setze mich neben ihn und lege das Kissen zwischen uns ab.

»Es freut mich, dass dir alles gefällt.«

Ein Kribbeln nistet sich in meinem Bauch ein. Ich fühle mich wieder wohl in seiner Nähe. Wie damals …

»Die Geschenke sind wunderschön, aber ich möchte nicht, dass du mich weiter damit überhäufst. Ich will nicht, dass du dein ganzes Geld für mich ausgibst.«

Er setzt sich schräg auf die Couch, winkelt ein Bein an

und stützt sich auf der Lehne ab. »Nicht jede Überraschung muss man bezahlen. Ich könnte dich auch wieder besuchen und das ganz ohne ein Geschenk.«

Er zwinkert mir zu und ich muss lächeln. Ich schließe meine Augen, um meine Gedanken zu ordnen. Bilder blitzen vor meinen Augen auf. Steve und ich damals eng nebeneinander sitzend auf der Couch, während er mir durchs Haar streicht … Schnell öffne ich meine Augen, bevor ich mich weiter in dieser Erinnerung verliere.

»Du weißt, was ich meine.« Ich mustere ihn kritisch.

»Okay! Ab sofort gibt es nur noch zwei Geschenke im Jahr. Eins zu deinem Geburtstag und eins zu Weihnachten. Einverstanden?«, fragt er und streckt mir seine Hand entgegen.

»Einverstanden«, sage ich und greife nach seiner Hand. Ich möchte seine Hand wieder loslassen, aber sein Griff festigt sich. Ich halte ruhig und hoffe, dass er mich bald wieder loslässt. Er schaut mir tief in meine Augen. Was hat er vor?

»Du wehrst dich nicht.«

»Sollte ich das?«

»Nein, dazu besteht kein Grund«, antwortet er und entlässt meine Hand aus seiner.

»Hat dir Fell vieles über die menschliche Psyche beigebracht?«, frage ich.

»Er hat mir erzählt, wie wir alle so ticken.«

»Dann weißt du, dass Berührung Vertrauen schafft.«

»Ja, aber ich glaube, du hast mir schon vor dem Handschlag mehr vertraut als vor einer halben Stunde.«

Ich beiße auf meine Unterlippe. Er durchschaut mich. Wie macht er das nur?

»Es wäre schade, die Torte nicht zu probieren, auch wenn sie so hübsch aussieht«, gestehe ich.

»Glaube mir, sie wird genauso fabelhaft schmecken, wie sie aussieht.«

»Hast du schon heimlich ein Stück probiert?«

»Das nicht, aber ich esse des Öfteren in der Konditorei, die die Torten anrichten und auch ein Kleinformat anbieten.«

»Tatsächlich, Mr. Rich?« Ich stehe auf und hole aus der Küche zwei Teller, zwei Kuchengabeln, ein großes Messer und einen Tortenheber. Ich schneide die Torte an und reiche Steve ein großes Stück und lege auch mir eins auf den Teller. »Lass es dir schmecken.«

»Danke, ebenso.«

Ich nehme die erste Gabel und genieße jeden Bissen. Der leichte Tortenboden mit Haselnussnote schmeckt köstlich und dazwischen ist eine fantastische Nougat-Buttercreme. Das Fondant klebt an meinen Zähnen, aber das stört mich nicht.

»Die Torte ist himmlisch. Aber ich kann sie unmöglich allein aufessen.«

»Das hört sich an, als hätte ich jetzt einen Grund, dich jeden Nachmittag zu besuchen«, sagt Steve und lädt sich mit einem charmanten Grinsen selbst ein.

»Oh nein, Mr. Rich. Immer schön langsam mit den wilden Pferden. Ich werde meinen Kollegen etwas mitnehmen und so gefräßig wie wir immer auf der Arbeit sind, wird die

Torte schnell alle sein.«

Steve hebt die Gabel wie ein Dirigent, der um Achtung bittet und schluckt den Bissen hinunter. »Und du glaubst, Mac lässt dich zur Arbeit?«

»Ich werde Essen mitbringen. Er hat keine andere Wahl.«

»Was wirst du ihnen sagen, warum du ihnen diese Torte mitbringst?«

»Natürlich die Wahrheit. Ein Fremder klingelte an meiner Tür und brachte mir eine riesige Torte, auf der *I'm so sorry* steht«, scherze ich.

»Ein Fremder?«

»Keine Angst, ich werde sagen, dass sie ein Geschenk von dir ist und ich sie allein nicht aufessen kann.«

Er schiebt sich sein letztes Stück Torte in den Mund. An seinem Oberlippenbart hängt ein Klecks Buttercreme. Ich starre ihn an und muss daran denken, wie er in der Lagerhalle hinter mir stand und ich nur seine Lippen an meinem Ohr spürte.

»Habe ich irgendwas im Gesicht?«

Ich schaue verlegen zur Seite. »In deinem Bart …« Ich deute mit dem Finger auf die Stelle in seinem Gesicht.

»Und das sagst du mir erst jetzt?« Er schüttelt den Kopf, stellt seinen leeren Teller auf dem Tisch ab und wischt sich mit einem Taschentuch die Buttercreme aus dem Bart.

»Tut mir leid, ich war in meinen Gedanken versunken.«

»Wie des Öfteren«, bemerkt er. »Darf ich wissen, woran du gedacht hast?«

Ich beiße verlegen auf meine Unterlippe und stelle meinen

leeren Teller ebenso auf dem Tisch ab. »Kennst du das, wenn Bilder oder Erinnerungen urplötzlich vor deinem inneren Auge aufblitzen und du nichts dagegen tun kannst?«

»Ich weiß, was du meinst.«

»Ich musste eben an eine Situation in der Fabrik denken.«

»An welche?«, fragt er und schaut mich bedrückt an.

»Als du mich gewürgt hast und ich noch nicht wusste wer du bist. Als ich deinen Bart und deine Lippen an meinem Ohr gespürt habe.«

»Ist das eine gute oder schlechte Erinnerung?« Ausgezeichnete Frage.

»Da ich jetzt hier lebendig neben dir sitze und keine Angst vor dir habe ... vielleicht eine gute.«

»Aber eine Erinnerung an Schmerzen«, sagt er betrübt.

»Man vergisst die Intensität der Schmerzen mit der Zeit.«

»Das ist gut. Möchtest du noch etwas essen?«

»Nein danke, ich bin satt.«

Und schon springt er auf, schnappt sich meinen und seinen Teller und verschwindet in die Küche.

Wow. Ich bin beinahe begeistert von diesem neuen Steve. Ich schaue auf meine Uhr. Es ist mittlerweile 18:00 Uhr. Die Torte ist so sättigend, da brauche ich heute kein Abendbrot. Ich stelle die Torte zurück in den Karton und zur Seite, damit ich sie morgen zur Arbeit transportieren kann. Den kleineren Karton werde ich morgen entsorgen. Ich setze mich wieder auf die Couch, als Steve in dem Türrahmen steht. Er betrachtet mich.

»Ich möchte mich dir nicht aufzwingen. Wenn du willst, gehe ich.«

»Bitte bleib.«

Er schmunzelt. Vielleicht freut er sich, dass ich ihn nicht weggeschickt habe. Er geht zu meiner Wohnwand und betrachtet die Vitrine. Auf den verschiedenen Ebenen steht viel Deko. Unter anderem meine kleine bronzene Justitia Figur umgeben von künstlichen Blütenblättern und ein kleiner Engel, der meinen Schutzengel symbolisieren soll. Darunter befindet sich meine Blu-Ray Sammlung.

»Darf ich?«, fragt er.

»Nur zu.«

Er öffnet die Tür und schaut sich die Titel an. »Hast du Lust, einen Film zu schauen?«

»Klar, such' dir einen aus.«

»Mm, da bin ich bei einer Frau zu Hause und sie hat keinen einzigen Liebesfilm hier stehen«, scherzt er.

Ich stoße ein Lachen aus. Das war so klar, dass ihm das auffällt. »Ich stehe nicht so auf Schnulzen. Action und Horror sind eher mein Ding.«

»Horror? Na, mal schauen.«

Ich ahne Schlimmes. Ich habe zwar jeden Film meiner Sammlung bereits gesehen, aber Horrorfilme geben mir immer wieder den Rest. Manche sind so gruselig, dass ich nachts nicht schlafen kann.

Steve greift nach der Fernbedienung und schaltet zuerst den Fernseher und anschließend den Blu-Ray Spieler an.

»Verrätst du mir, welchen Film wir schauen?«

»Nein«, flötet er und legt einen Film ein.

Nein? Na gut. Um ihm nicht den Spaß zu vermiesen, vermeide ich einen Blick zur Vitrine. Die Lücke in der Sammlung verrät mir sonst den Film.

»Ist eine Überraschung«, sagt er und grinst mich frech an. »Brauchst du Popcorn, das du durch das Zimmer wirfst, sobald du dich erschreckst?«

Ich muss schmunzeln. »Nein, danke.« Bestimmt ist es ein Horrorfilm.

Er zieht die Vorhänge zu, schließt die Tür und verdunkelt den gesamten Raum.

»Muss das so dunkel sein?«

»Hast du etwa schon Angst?«

»Nein, habe ich nicht«, verteidige ich mich schnell.

»Keine Sorge, ich bin hier und beschütze dich vor den bösen Monstern«, scherzt er und setzt sich neben mich auf die Couch. Zwischen uns liegt noch immer das flauschige Kissen. Mit einem Finger an meinem Kinn dreht er mein Gesicht zu sich und versperrt mir mit seiner Hand die Sicht zu dem Bildschirm.

»Bist du bereit für den Film?« Er hält die Fernbedienung in der anderen Hand, sein Daumen schwebt über der Playtaste.

»Wenn ich wüsste, welchen Film wir schauen, dann könnte ich es dir sagen.«

Er drückt die Taste, legt die Fernbedienung auf den Tisch und gibt mir den Blick frei.

Die ersten Bilder zeigen sich und ich weiß sofort, welcher

Film es ist. Er hat einen der schlimmsten Horrorfilme eingelegt, die sich in meiner Sammlung befinden. Conjuring 2. Schon jetzt stellen sich mir all meine Nackenhaare auf.

»Oh nein«, gebe ich kleinlaut von mir.

»Eine gute Wahl?« Er legt seinen rechten Arm auf die Couchlehne hinter mir.

»Eine schlechte Wahl, wenn ich heute Nacht allein bin.«

»Noch bist du es nicht.«

Von jetzt an schweigen wir und nur die Soundanlage erfüllt den Raum mit Klängen, Konversationen und gruseliger Musik. Ich kann meinen Blick vor Spannung nicht von dem Fernseher abwenden. Ich merke, dass mich Steve beobachtet, aber das bringt mich nicht davon ab, meine Aufmerksamkeit weiter dem Film zu schenken. Als die Dämonen Macht über das kleine Mädchen ergreifen zucke ich zusammen. Erschrocken schaue ich zu den zugezogenen Fenstern und zu der Tür, um mich zu vergewissern, dass alle noch geschlossen sind und niemand hereinkommt. Steve wirft mir einen kuriosen Blick zu und lacht leise. Ich verkneife mir meinen schnippischen Kommentar, denn ich weiß, dass er das alles hier geplant hat. Die Frage ist, will ich mich darauf einlassen? Soll ich ignorieren, was Steve mir angetan hat? All die Qualen?

Mein dummes, dummes Herz sagt ja …

Ich schnappe mir das Kissen, was er mir geschenkt hat, umklammere es und setze mich so nah an Steve wie es möglich ist.

Er nimmt seinen Arm von der Lehne und legt ihn um mich.

»Besser?«

»Ja.« Ich schmiege mich an seine Seite und wir schauen den Film weiter an.

Der Abspann des Filmes beginnt und Steve greift sich die Fernbedienung. Er stoppt den Film und schaltet den Fernseher aus. Plötzlich ist alles dunkel und ich taste nach ihm, bis ich sein Bein finde. Klappernd landet die Fernbedienung wieder auf dem Couchtisch, bevor er meine Hand auf seinem Bein ergreift. Er hält sie fest und streckt sie hoch in die Luft über meinen Kopf. Seine andere Hand findet meine Schulter und wandert zu meinem Rücken. Meine Waffe steckt immer noch in meinem Hosenbund und er zieht sie heraus.

»Ich glaube, die brauchst du heute nicht mehr.«

Er legt die Waffe auf den Couchtisch und drückt meine Hand über meinem Kopf immer weiter nach hinten. Mein Körper hat keine Chance und muss meiner Hand folgen, bis ich auf der Couch liege und er seitlich neben mir. Er lässt meine Hand los und legt seine auf meinem Bauch ab. Wie erstarrt lasse ich es zu. Mein Herz rast. Will ich das?

»Hat dir der Film gefallen?«

»Ja, er war gut gemacht«, sage ich nervös.

»Und beängstigend?«

»Das auch.«

»Glaubst du, du kannst jetzt schlafen?«

»Allein?«

»Wir können auch zusammen schlafen.«

Er beginnt leise zu lachen, als ich ihm eine Antwort schuldig bleibe.

»Das war ein Scherz, Lila.«

»Danke für den Hinweis.«

Ich spreche nicht gleich weiter und lasse diesen Moment auf mich wirken.

»Ich möchte nicht, dass du gehst«, sage ich leise.

»Kein Problem, dann bleibe ich hier.«

Meine Augen haben sich an die Dunkelheit gewöhnt und ich erkenne seine Umrisse. Er bewegt sich nicht und schaut mich nur an.

»An was denkst du gerade?«, frage ich ihn.

»Daran, dass ich öfter mit dir einen Horrorfilm anschauen sollte.«

»Wirklich?«

Er streicht mir eine Haarsträhne aus dem Gesicht, legt seine Hand wieder auf meinen Bauch und schaut zu dem Fernseher.

»Es ist erst viertel vor neun. Wir könnten noch einen schauen.«

»Bitte nicht. Dann werde ich die Nacht nicht überleben.«

»Na gut.«

Ich starre zur Decke. »Ist das hier nicht alles etwas komisch?«

»Nein, ich hab' mich noch nicht schlapp gelacht.«

»Oh Steve, wie kannst du mich nur so manipulieren?«

»Habe ich das etwa?«

»Du hast ja keine Ahnung.«

»Erklär es mir«, flüstert er.

»Ich hätte dich heute fast nicht hereingelassen und jetzt, nur weil ich Angst bekommen habe und du so gut aussiehst und mich charmant um den Finger wickelst, liegen wir auf meiner Couch.«

»Du findest mich attraktiv?«, neckt er mich.

»Oh, habe ich das laut gesagt?« In Gedanken verfluche ich mein Mundwerk.

»Manchmal würde ich gern deine Gedanken lesen wollen. Willst du dich lieber hinsetzen?«

»Nein, nein. Es ist alles in Ordnung, nur … nur hätte ich heute Morgen nie gedacht, dass mein Tag so verlaufen würde.«

»Fühlst du dich wohl? Abgesehen von der Angst.«

Ich lausche in mich hinein und nach einem Moment sage ich: »So wohl, dass es wieder beängstigend ist, wenn ich mich an unsere gemeinsame Zeit erinnere.«

»Hat dir schon mal jemand gesagt, dass du zu viel nachdenkst?«

»Das muss mir niemand sagen, das weiß ich. Doch in manchen Situationen denke ich an alles, nur nicht an das, was passieren wird.«

»Wie zum Beispiel heute?«

Ich nicke. »Oder auch vor drei Tagen.«

»Was ist passiert?«

»Ich darf es dir im Grunde nicht erzählen, da es eine laufende Ermittlung ist.« Und er kennt mit Sicherheit nicht Fells kleines Geheimnis. Vielleicht ist es besser, ihm nichts davon zu sagen.

»Du hast dich gefragt, woher ich wusste, dass du Urlaub hast. Meine Quelle ist dein Boss. Ich wollte dich heute Morgen besuchen und bin mit dem Detective, der mich empfangen hat, mitten in eine Teambesprechung geplatzt. David hat sofort den Bildschirmschoner eingeblendet, aber mir entging nicht was ich darauf gesehen habe.«

»Ist Mac nicht sauer geworden, als er dich gesehen hat?«

»Und wie.« Er lacht auf, aber wird sofort wieder ernst, öffnet seine Hand und legt sie flach auf meinen Bauch. »Ich habe das Opfer gesehen und wie sie an dem Baum lag. Das tut mir sehr leid, Lila. Ich weiß, ihr habt euch sehr nah gestanden.«

»Woher weißt du das? Wir kannten uns damals noch nicht.«

»Ich weiß alles über dich, Kleines.«

Es fühlt sich wie eine Ewigkeit an, als er mich das letzte Mal so nannte.

»Jedenfalls habe ich auch gesehen, wen ihr verdächtigt.«

»Und ich hätte es von Anfang an wissen sollen. An dem Tag war er anders als sonst. Wieso habe ich ihn nicht gleich mitgezerrt? Als Alecia diesen Beweis gefunden hatte, wollten wir ihn sofort festnehmen, aber er war nicht mehr im Haus. Er kann überall sein.«

Steve brummt nachdenklich. »Wenn man ihn und seine Interessen kennt, dann kann man schlussfolgern, was er vorhat und wo er sein könnte.«

»Und du kannst dir vorstellen, wo das wäre?«, frage ich.

»Wir beide«, sagt er düster. »Für was interessiert er

sich?«

»Gutes Essen.«

»Ich meine, für was interessierte er sich vor allem in euren Sitzungen?«

»Er besitzt eine perfide Neugier für uns beide.«

»Ganz genau, wir sind wie kleine Schachfiguren, die er in seinem kranken Spiel hin und her setzt. Am Ende sind wir die beiden letzten Figuren, die noch stehen werden, weil er uns als Freunde und nicht als Bedrohung sieht. Und welcher Ort verbindet uns am meisten?«

»Die Lagerhalle.«

Er nickt, schließt langsam seine Augen und öffnet sie zaghaft. »Genau.«

»Meinst du, er wartet dort auf mich?«

»Darauf würde ich alles verwetten, was ich besitze.«

»Das ist ein hoher Einsatz. Was, wenn du verlierst?«

»Mm«, er zuckt mit den Schultern, »ich glaube, ich habe mittlerweile jemanden gefunden, der mir eine Unterkunft versorgen könnte.«

»Wirklich, wer ist es?«

Er lehnt sich näher. Seine harten Bartstoppeln reiben über meine Wange und sein Atem streift über mein Genick. Sein verführerisches Parfüm umgarnt mich. Ich schließe meine Augen und er beißt mir sanft in mein Ohrläppchen.

»Das bist du«, flüstert er mir ins Ohr und ich atme hörbar aus.

»Und du bist dir ganz sicher, dass ich dir helfen werde?«, flüstere ich zurück.

Er hebt seinen Kopf. »Ich glaube schon.«

»Bitte geh nicht weg, Steve.«

»Das werde ich nicht, Kleines. Und ich werde nicht zulassen, dass du wieder gehen willst.«

»Wie kommst du darauf?«

»Ich kann mich gut daran erinnern, dass du in den ersten Tagen mehrfach gehen wolltest.«

»Aber danach nicht mehr.«

»Rede dir das nur weiter ein.«

Er steht auf, stellt sich vor mich und hebt mich hoch. Ein erschrockenes Kreischen fährt mir über die Lippen.

»Wo bringst du mich hin?«

»Ins Bad. Ich hoffe, du hast eine Zahnbürste für mich. Sonst muss ich deine benutzen.«

Er trägt mich die Tür hinaus, macht das Licht überall an und schließt die Badtür hinter uns, bevor er mich wieder auf meine Füße stellt. Ich krame in einer Schublade und finde noch eine unbenutzte Zahnbürste.

»Hier, bitte.« Ich reiche ihm die Zahnbürste bereits mit Zahncreme.

»Danke.«

Wir putzen uns die Zähne und stellen die Zahnbürsten zum Trocknen in meinen Becher.

»Ziehst du dich hier um?«, fragt er.

»Eigentlich ziehe ich mich immer im Schlafzimmer um.«

»Okay, kann ich dich für einen Moment hier allein lassen, oder bekommst du so viel Angst, dass du wieder paranoid wirst?«

Ich schnaufe. »Geh ruhig.«

»Nicht bewegen!«

Er zwinkert mir zu und verschwindet in mein Schlafzimmer. Was macht er da nur? Ich nutze die Zeit und gehe schnell auf Toilette.

Er klopft zweimal an die Tür, als er wieder zurückkommt.

»Darf ich hereinkommen?«

»Ja.«

Er öffnet die Tür und versteckt etwas hinter seinem Rücken.

»Was hast du da?«

»Etwas aus deinem Kleiderschrank.«

»Kennst du den etwa auch genauso gut wie mich?«

»Leider nicht, sonst hätte ich jetzt nicht so lange gesucht, um etwas zu finden, dass ich gern beim Schlafen an dir sehen würde.«

»Hast du eben zugegeben, dass du mich im Schlaf beobachten willst?«

»Ich weiß absolut nicht, wovon du da redest«, scherzt er und bringt das Kleidungsstück hinter seinem Rücken hervor. Es ist das eine Shirt, das ich von Steve habe. Er gab mir damals seine Kleidung, damit ich nicht vollkommen verdreckte. Die Sachen, die ich am Tag meiner angeblichen Befreiung trug, hängen bis heute in meinem Kleiderschrank.

»Um ehrlich zu sein, hätte ich nicht gedacht, dass du das Shirt noch hast.«

Ich nehme ihm das Shirt ab.

»Zieh es bitte an. Sag Bescheid, wenn du fertig bist.« Er

dreht sich um und schaut zur Tür hinaus.

Ich tue ihm den Gefallen, ziehe meine Sachen aus und sein Shirt an. Es riecht mittlerweile nach meinen Kleidungsstücken. Zu schade.

»Fertig«, verkünde ich und er dreht sich zu mir um.

»Wunderschön.«

»Danke, aber etwas zu groß.«

»An dir ist es perfekt«, sagt er mit Ehrfurcht.

Er betrachtet mich noch eine Weile, dann schnappt er sich mich wieder. Geschickt löscht er das Licht, transportiert mich in mein Schlafzimmer und schließt die Tür. Sanft legt er mich in mein Bett ab. Nur die Nachttischlampe spendet uns Licht. Ein Fenster ist gekippt. Wie immer. Ich lege mich auf die Seite, als hinter mir das Bett nachgibt und Steve näherrollt. Seine Hände umfassen meine, als sich sein straffer Oberkörper gegen meinen Rücken presst und sein Atem über mein Ohr streift.

»Danke für diesen wunderschönen Tag und dass du mir eine Chance gibst.«

»Versprechen Sie nur das, Mr. Rich, was Sie auch halten können.«

»Das tue ich immer, Miss Baker.«

Er beugt sich über mich, um das Licht der Nachttischlampe zu löschen. Da er kein Shirt anhat, gehe ich davon aus, dass er nichts als seine Unterhose trägt. Er löscht das Licht und legt sich wieder hinter mich.

»Haben Sie noch Angst?«

»Zurzeit ist meine einzige Angst immer noch Ihnen geschuldet.«

Er fährt mit seinen Fingern durch mein Haar und trennt immer und immer wieder einzelne Strähnen ab.

»Vor was fürchten Sie sich, Miss Baker?«

»Vielleicht vor der Klarheit meines zukünftigen Lebens?«

Er kommt meinem Ohr sehr nah und flüstert: »Dieser Tag heute braucht nichts mit Ihrer Zukunft zu tun zu haben.«

»Aber was ist, wenn ich es gern hätte?«, flüstere ich zurück.

»Dann steht dem nichts entgegen«, sagt er und gibt mir einen Kuss auf mein Haar. »Versuchen Sie zu schlafen, entspannen Sie sich und träumen Sie gut.«

»Ich hoffe für Sie, dass Sie morgen, wenn ich aufwache, noch hier sind. Vergessen Sie nicht, dass ich ständig eine Waffe bei mir trage und ich keine Scheu davor habe, sie einzusetzen.«

»Drohen Sie mir, Miss Baker?«

»Tue ich das, Mr. Rich?«

»Ich glaube schon.«

Ich drehe mich zu ihm. »Gute Nacht, Mr. Rich.«

»Gute Nacht«, flüstert er und in seiner Stimme schwingt ein Lächeln.

10

Am nächsten Morgen liegen wir immer noch da, wie wir eingeschlafen sind. Nur ist seine Hand unter mein Shirt gewandert und hält meinen Bauch fest. Ich möchte aufstehen und richte mich auf, aber komme nicht weit. Steve hält mich fest und zieht mich zurück auf die Matratze. Er schläft und murmelt: »Nein, nein, nicht weg gehen.«

Von was träumt er nur? Mit einem ergebenen Seufzen drehe ich mich in seiner Umarmung, bis ich sein Gesicht sehen kann. Er möchte tatsächlich mein Vertrauen zurückgewinnen und … mehr als nur Freundschaft.

Aber was will ich?

Ich weiß es nicht. Mein Job ist mein Ein und Alles. Darum habe ich mich nie um mein Privatleben gekümmert, weil es meiner Arbeit im Weg stehen würde. Eine Beziehung macht angreifbar und bringt manchmal die Person in Gefahr, die man liebt. Allerdings reden wir hier von Steve Rich. Ich denke, er wüsste sich zu verteidigen. Er hat mich misshandelt, mir weh getan und mich gegen meinen Willen festgehalten.

Dank seines Geständnisses, meiner Aussage und den Spuren an mir hat er zwar seine gerechte Strafe bekommen und sie im Gefängnis verbüßt, aber kann ich ihm einfach verzeihen? Was mache ich hier eigentlich nur? Lasse zu, dass mein Entführer in meiner Wohnung ist und sogar in meinem Bett übernachtet, während ich ihm eigentlich aus dem Weg gehen sollte. Er umgarnt mich mit seinem herrlich dufteten Parfüm und seinen Schmeicheleien. Versucht sich mit seiner netten und höflichen Umgangsweise in mein Herz zu schleichen und irgendwie muss ich mir eingestehen, dass es ihm gelingt. Ich sehne mich zu der Zeit zurück, in der er damals versuchte mich mit kleinen Flirts und langen Gesprächen zurückzugewinnen. Ich muss zugeben, dass ich seine Berührungen für gut empfinde, auch wenn ich mich selbst davor erschrecke. Aber empfinde ich sie so gut, dass ich dafür eine Beziehung riskieren würde? Meine kostbare Zeit, die ich in meinen Job investieren könnte, mit Steve verbringen? Was hatte Maddie mir in ihrer letzten Nachricht geschrieben? Ich soll abwarten und sehen was die Zeit bringt. Ein guter Vorschlag von einer guten Freundin, die viel zu früh gegangen ist. Ich merke, wie sich das Wasser in meinen Augen ansammelt und verdränge meine Gedanken an ihr.

Ich muss mir klar werden, was ich will. Was ist mir wichtiger? Mein Job oder mein Privatleben?

Er schläft noch immer und ich bin unter seinem Arm gefangen. Durch den Spalt zwischen den Vorhängen fällt Licht in das Zimmer. Er hat tatsächlich nichts an, außer seiner

Unterhose. Ich betrachte seinen makellosen und muskulösen Oberkörper, beiße mir auf die Unterlippe und stelle mir vor, wie sich diese Muskeln unter meinen Fingern anfühlen. Ich strecke meine Hand aus. Nur eine Berührung. Ob er davon wach wird? Ich sollte es besser lassen.

»Gefällt dir, was du da siehst?«

Erschrocken ziehe ich meine Hand zurück und schaue ihn an. »Du bist wach.«

»Und du auch.« Er gibt mir einen Kuss auf die Stirn. »Guten Morgen, Kleines. Hast du gut geschlafen?«

»So gut wie noch nie.«

»Ich auch«, sagt er und strahlt mich an.

»Du hast im Schlaf geredet.« Ich muss ihn einfach neugierig machen.

»Tatsächlich? Was habe ich gesagt?«, fragt er und streicht eine Haarsträhne hinter mein Ohr.

»Das bleibt mein Geheimnis.«

»Ach komm. Jetzt will ich es wissen!«

Ich stehe auf, jetzt wo er mich gehen lässt. Er weiß schließlich alles über mich. Dieser Stalker. Also darf ich mir auch mal ein Geheimnis erlauben.

Ich gehe zu meinem Kleiderschrank und nehme mir ein passendes Outfit für den Tag heraus und verschwinde ins Bad, um mich fertig zu machen.

Fertig umgezogen und gestylt öffne ich die Tür, um in der Küche das Frühstück vorzubereiten. Erschrocken bleibe ich im Türrahmen stehen. Steve lehnt gegenüber vom Badezimmer an der Wand. Mittlerweile hat er sich wenigstens eine Hose angezogen. Bewusst schaue ich in sein Gesicht, um mich nicht von seinem restlichen Körper ablenken zu lassen.

»Was habe ich gesagt, Lila?«

»Du weißt schon zu viel über mich. Lass mir wenigstens dieses eine Geheimnis.« Ich schließe die Tür und gehe Richtung Küche, um seinem perfekten Körper zu entkommen.

»War es etwas Schlimmes?«, ruft er mir hinterher.

Ich drehe mich im Türrahmen der Küche um. Was denkt er nur, was er gesagt hat?

»Nein, Steve. Es war eher süß.«

Er sieht beruhigt aus und ich widme mich dem Kühlschrank.

»Hast du Lust auf Omelette?«, frage ich Steve, der mir in die Küche gefolgt ist.

»Gern.«

»Gut«, ich drehe mich zu ihm, »dann zieh dir was an und in zehn Minuten essen wir.«

Er lächelt mich an und begutachtet mich noch ein paar Sekunden, ehe er in der Tür kehrt macht.

Ich schnappe mir eine Pfanne und schütte das gewürzte und verquirlte Ei hinein. Mit einem Deckel bedeckt, lasse ich das Ei garen und lege einige Minuten später Käsescheiben darüber.

Steve kommt zurück in die Küche und setzt sich an den Tisch.

»Was magst du zu deinem Ei?«

»Nichts, außer ein Glas Wasser und dich.« Ich versuche den letzten Teil seines Satzes zu ignorieren, aber merke, wie die Röte in mein Gesicht aufsteigt. Er steht auf, öffnet mehrere Schranktüren bis er die Gläser gefunden hat und nimmt sich eins heraus.

Hoffentlich bemerkt er es nicht. Stur richte ich meine Aufmerksamkeit auf das Ei in der Pfanne und vermeide, ihn anzuschauen. Er füllt sich währenddessen Leitungswasser in sein Glas, während ich mich fange.

»Möchtest du einen Tee?«, fragt er.

»Ja, gern.«

»Egal welchen?«

»Überrasch' mich.«

Ich greife nach meiner Teebox und halte sie ihm lächelnd entgegen. Er nimmt sie und kocht mir einen Tee. Hoffentlich hat er nichts von meiner körperlichen Reaktion mitbekommen. Allerdings steht Steve Rich – mein persönlicher Stalker – in meiner Küche. Normalerweise würde dieser Fakt, wenn ich ihn beweise, bereits für eine Gerichtsverhandlung ausreichen. Ob es überhaupt etwas gibt, das er *nicht* von mir weiß?

Steve steht neben mir und nimmt den Teebeutel aus der Tasse, den er in den Müll wirft. Das Omelett ist auch fertig. Ich teile es in der Mitte, lege es auf beide Teller und serviere unser Frühstück.

»Das sieht gut aus. Wie damals.« Er setzt sich und lächelt mich an. Einmal hatte ich in der Lagerhalle Frühstück gemacht und auch ein Omelett zubereitet.

»Lass es dir schmecken.«

»Danke, du dir auch.« Steve stochert in seinem Ei, bevor er isst. »Wirst du heute zu der Lagerhalle gehen?«

»Ja, ich muss wissen, ob er dort ist.«

»Du wirst mir verbieten mitzukommen, oder?« Er schenkt mir einen ruhigen Blick.

Ich kaue etwas länger als nötig auf dem Bissen. »Es ist besser, du gehst nach Hause. Ich bringe erst etwas Torte zu meinen Arbeitskollegen und dann fahre ich zu dem Fabrikgelände.«

»Okay, ganz wie du willst. Pass auf dich auf.«

»Das mache ich – wie immer.«

Mit der Torte in den Händen trete ich aus dem Fahrstuhl im Präsidium. Es ist 10:00 Uhr und mein Team tummelt sich bei den Schreibtischen.

»Guten Morgen, Leute«, begrüße ich alle.

»Was willst du hier?«, bellt Mac.

Tolle Begrüßung.

Ich stelle den Karton mit der Torte auf meinem Schreibtisch ab und wende mich Mac zu. »Ich bringe Torte mit und verschwinde sofort wieder«, beschwichtige ich ihn.

»Torte?«, sagt Tony mit fragendem Blick.

»Steve hat mich gestern besucht und er hat mir diese bombastische Torte geschenkt. Ich kann sie allein nicht essen und zum Wegschmeißen ist sie mir zu schade. Da dachte ich, dass ihr vielleicht auch probieren möchtet.«

Tony streckt seinen langen Hals über seinen Schreibtisch

und begutachtet kritisch den Karton. Nach ein paar Sekunden steht er auf und stellt sich neben mich. »Steve war also gestern bei dir?«

»Er hat mich besucht, nachdem er in euer Meeting geplatzt ist.«

»Wie lang ist er geblieben?«

Pure Neugier steht in Tonys Augen, aber ich lasse ihn zappeln. »Das geht dich absolut nichts an«, sage ich mit einem strengen Blick.

»So lang etwa?«, fragt er, aber ich ignoriere ihn.

»Es ist eine leckere Fondant-Torte mit einer Buttercremefüllung. Lasst es euch schmecken. Habt ihr Hinweise, wo Fell ist?«, frage ich beiläufig.

Vielleicht verraten sie mir ihre Vermutungen, aber David und Tony schauen zu Mac. Mit Sicherheit hat er ihnen verboten, mir etwas zu sagen und ich sehe Mac fragend an.

Er verschränkt die Arme vor der Brust. »Nein.«

»Okay, dann wünsche ich euch einen erfolgreichen Arbeitstag. Ich genieße weiter meinen wunderschönen Urlaub. Bis bald.« Ich winke in die Runde und gehe Richtung Aufzug.

Meine nächste Station ist die Fabrik. Mir wird flau im Magen und meine feuchten Hände umklammern das Lenkrad immer fester, je näher ich dem Gebäude komme. Ein Feldweg führt mich zu meinem Ziel und ich stelle mein Auto vor der Fabrik auf der Wiese ab. Der Motor meines Autos ist aus und ich atme tief durch. Er wird dir nichts tun, sage ich mir und steige aus. Ich verriegle meinen Wagen und gehe entschlossen auf die Eingangstür des Lagerhauses zu. Diesmal höre ich kein Summen – der Strom ist aus. Ich packe den Türgriff und drücke ihn nach unten. Der muffige Geruch der alten Lagerhalle strömt mir entgegen, als ich die Tür öffne.

Wie vom Blitz getroffen bleibe ich stehen und traue meinen Augen kaum.

Da sitzt er, Prof. Dr. Fell. Er schaut mich an, als habe er jede Sekunde mit mir gerechnet. Ein bestätigendes Grinsen macht sich auf seinem Gesicht breit und ich schließe die Tür hinter mir. Ich gehe auf ihn zu und er steht von der Couch auf.

»Wir haben einen Beweis für Ihre Täterschaft, Mr. Fell.«

»Ich sehe Ihr Team gar nicht.«

»Ich bin allein. Ich habe geahnt, dass Sie hier sind und wollte es erst bestätigt wissen.«

»Und da haben Sie dennoch keine Verstärkung mitgebracht? Interessant. Wie sind Sie darauf gekommen, wo ich bin?«

»Ich hatte etwas Hilfe.«

Er zieht seine Augenbrauen nach oben, als will er noch mehr von mir hören. »Ich schätze, Steve hat Ihnen geholfen. Wie war Ihr gestriger Abend?«

Unglaublich. Woher weiß er das?

»Überraschend.« Ich gebe ihm so wenig Informationen wie möglich und lasse ihn nicht aus den Augen. »Sie haben absichtlich Ihren Fingerabdruck auf der Leiche hinterlassen?«

»Offensichtlich, meinen Sie nicht?«

»Wieso Maddie-Jane?«

»Weil sie zu viel wusste und zu viel gesehen hat. Lass uns plaudern, Lila. Setzen Sie sich. Es gibt einiges, über das wir reden müssen.« Er deutet auf die Couch.

Ich folge seiner Aufforderung und sehe ihn abwartend an.

»Maddie-Jane war eine meiner Patienten. Sie ist in ihrem Leben auf die schiefe Bahn geraten und bat mich um Hilfe, sie verschwinden zu lassen.«

Ich schlucke. »Wieso?«, frage ich leise.

»Sie hatte viele Schulden bei Drogendealern, die sie umbringen wollten. Also täuschten wir ihren Tod vor und sie zog bei mir ein.«

Was für ein Schauermärchen erzählt mir dieser Mann gerade? Maddie-Jane – eine Drogensüchtige? Niemals! Das kann nicht sein.

»Wieso habe ich nie etwas davon gehört oder gelesen?«

»Es wurde nicht in unseren Zeitungen abgedruckt, da sie in einem anderen Land lebte und für einen Medienauftritt war das Delikt zu human.«

»Wann ist das alles passiert?«

»Vor drei Jahren zog sie bei mir ein. Sie hat Ihnen nichts erzählt, um Sie zu schützen.«

Lügt er mich an? Wenn sie angeblich ihren Tod vorgetäuscht hat, dann hätte sie kaum riskiert dadurch aufzufliegen, dass sie mit mir schrieb. Mit wem habe ich also die ganze Zeit Nachrichten ausgetauscht? Sie war in den Fän-

gen dieses irren Doktors. Am Ende habe ich mit ihm geschrieben und natürlich konnte sie da nur so enden.

»Haben Sie ihr auch versprochen, dass sie in Ihrer Nähe
immer bei bester Gesundheit sei?«, spotte ich.

Er schmunzelt.

Ich presse verärgert über mich selbst die Lippen aufei-
nander. Wieso binde ich ihm meine Angst, dass er mir trotz
seiner Zusicherung dennoch etwas antut, nicht direkt auf die
Nase?

»Nein, Lila, denn dann hätte ich mein Versprechen gebro-
chen und das werde ich nie.«

»Sie lebte drei Jahre mit Ihnen? In Ihrer Wohnung?«

»Darum durfte niemand in die zweite Etage.«

Sie war da? Zu unserem Abendessen? Die ganze Zeit bin
ich ihr so nah gewesen und hatte keine Ahnung? Der Kaktus
im Bad kommt mir wieder in den Sinn. Die einzige Pflanze
in seinem Haus und ausgerechnet ihre Lieblingspflanze.
Das war kein Zufall. Das war ein Hinweis. Ich balle meine
Hände zu Fäusten.

»Hatten Sie eine Beziehung mit ihr?«

Er lächelt mich provozierend an. »Sein Sie nicht so pro-
fan.«

Ich knirsche bei seinem Ton mit den Zähnen. Wenigstens
hat er sich ihr nicht aufgedrängt, versuche ich mir einzure-
den.

»Wieso haben Sie sie kaltblütig getötet?«

»Sie hat von meinen Nebentätigkeiten erfahren und wollte
Sie anrufen, Lila. Obwohl ich ihr Handy gut versteckt hatte,

hat sie es wiedergefunden. Das konnte ich leider nicht zulassen. Ich habe ihr ein Beruhigungsmittel injiziert und hatte
genügend Zeit, um sie in den Wald zu transportieren. Ich
wusste, dass Sie und Ihr Team den Fall übernehmen werden und dass die gute Alecia schnell den Beweis finden
würde.« Er macht eine kurze Pause, ehe er weiterspricht.
»Kaltblütig? Ein Schuss ins Herz ist eine Gnade. Sie hat
nicht gelitten und war sofort tot.«

Es brodelt in mir. Dazu musste es aber nicht kommen! Ich
habe es damals allerdings zugelassen, dass der Kontakt
zwischen uns weniger wurde. Hätte ich mich nur mehr be-
müht den wahren Grund dafür zu finden, dann hätte ich sie
aus den Fängen dieses Irren befreien können. Zornerfüllt
starre ich ihn an und bin mehr als bereit, diesem Mann meine Faust ins Gesicht zu schlagen.

»Wieso sind Sie verschwunden? Wieso wollen Sie, dass
ich hier bin und wieso haben Sie absichtlich einen Beweis
hinterlassen?« Ich stehe auf, ziehe meine geladene Waffe
aus dem Holster und richte sie auf ihn.

Unbeeindruckt neigt er seinen Kopf. »Ich war neugierig,
ob Sie mich mit oder ohne Steves Hilfe finden würden.«

Ich lege meinen Finger um den Abzug. Nach dem, was er
mit Maddie-Jane gemacht hat, hat er das mehr als verdient.

»Sie werden jetzt aufstehen und zu der Wand hinüber
gehen«, sage ich und er folgt meiner Aufforderung.

»Sie werden mich nicht erschießen. Dafür kennen wir einander zu gut.«

Ich ignoriere seine Feststellung. Ich will sie nicht hören. Er hat Maddie-Jane getötet!

»Hände an die Wand und Beine auseinander.«

Er lacht.

Wieso lacht er nur? Ich drücke ihm die Waffe an seinen Rücken.

»Wieso lassen Sie sich fassen, Mr. Fell?«

»Werden sie sich in Sicherheit wiegen, wenn ich im Gefängnis bin und nicht mehr töten kann? Sie erschießen mich nicht, ganz gleich wie viel Wut in Ihnen steckt. Sie sollten besser lernen, es zu akzeptieren.«

Ich presse ihm die Waffe in den Rücken. »Wir ähneln einander, Lila, mehr als Sie es wahrhaben wollen. Sie fühlen sich zu mir in einer gewissen Art hingezogen. Egal wie das hier ausgeht, ich werde für immer in Ihrem Bewusstsein wandern.«

»Das glauben Sie? Gehen Sie lieber noch ein paar Semester studieren«, lenke ich unbeholfen ab.

»Ich habe recht, nicht wahr? Wir werden uns öfters begegnen, als Sie glauben. Sie kommen nicht von mir los.«

»Wohl kaum.«

Wieso glaubt dieser Mann das? Will er mich verunsichern? Ich könnte abdrücken, aber diese *Gnade* hat er für das, was er anderen und vor allem Maddie-Jane angetan hat, nicht verdient. Der Tod ist eine zu milde Strafe.

Ich krame die Handschelle aus meiner Hosentasche und lege sie ihm an seinem rechten Handgelenk an.

Rasant fährt er herum und schlägt mir meine Pistole aus der Hand.

Schmerz schießt mir bis in die Schulter.

Ich schreie auf, als ein zweiter Schlag mich zu Boden schickt.

Fell steht über mir, ein Messer in der Hand.

Schnell rapple ich mich benommen auf und taumle ein paar Schritte von ihm weg.

»Es sieht so aus, als würden Sie Ihr Versprechen doch nicht halten.«

»Oh, sagen Sie nicht so etwas, Lila. Sie sind auch dann bei bester Gesundheit, wenn Sie ein paar kleine Kratzer haben.« Er bewegt sich auf mich zu.

Ich gehe um die Couch herum, um meiner Waffe näherzukommen. Ich wage einen Blick in ihre Richtung ...

Ein Fehler.

Fell rammt mir ein Messer in meinen Unterbauch.

Ich falle zu Boden.

Benommen liege ich auf der Seite und starre mit stotterndem Atem auf das Messer in meinem Leib. Mit verschwommenem Blick sehe ich mich um.

Fell ist nicht weit ... und direkt vor meiner Nase liegt meine Waffe.

Ich ergreife sie, drehe mich auf den Rücken und schieße Fell in seine Schulter. Er stolpert nach hinten und geht zu Boden.

Mit meiner letzten Kraft stehe ich auf und schleppe mich zu ihm. Rasch drehe ich ihn auf seinen Bauch, um ihm die Handschelle auch um das linke Handgelenk anzulegen. Um ihn daran zu hindern aufzustehen, setze ich mich auf seinen

Rücken.

»Wir werden uns öfter in Ihrem Leben begegnen, als Sie es für möglich halten.« Erschöpft zücke ich mein Handy und ignoriere seine Bemerkung. Mit meinen letzten Kräften rufe ich Mac an.

»Lila?«

»Kommt zur Lagerhalle der Fabrik. Schickt zwei Krankenwagen.«

Die Ränder meines Sichtfeldes werden immer dunkler und größer. Ich kippe nach hinten, schlage auf dem kalten Betonboden auf und das Letzte, das ich spüre, ist etwas Schweres, das auf meinen rechten Unterschenkel fällt.

Ich wache auf und blinzele gegen die Helligkeit an. Ich bin nicht mehr in dem Lagerhaus. Langsam gewöhnen sich meine Augen an den hellen Raum. Ich schaue mich um: Die Wände sind mit weißer Farbe bestrichen, links von mir strömt das meiste Licht durch ein Fenster herein und vor mir befindet sich ein kleiner Fernseher, der an der Wand befestigt ist. Ein Krankenhauszimmer. Rechts neben mir steht ein kleiner Tisch und darauf stehen rote Rosen. Wie die, die mir Steve vor einigen Tagen geschenkt hat. Ich möchte mich aufrichten, doch ich sacke sofort wieder zusammen. Ein brennender Schmerz zieht durch meinen Bauch und ich erinnere mich an die Fabrik und Fell. Ich atme den Schmerz weg und versuche, eine bequemere Position zu finden, als ich mit meinem Fuß auf etwas Hartes an meinem Bein stoße. Vorsichtig lege ich die Decke zur Seite und zum Vorschein kommt ein Gips.

Was um alles in der Welt ist in der Lagerhalle noch passiert? Ich lege meinen Arm über meine Augen und versuche, mich zu erinnern. Ich entsinne mich dunkel an Schmerzen in meinem Unterschenkel, danach ... ein riesengroßer Filmriss.

Wer hat mich hergebracht? Bestimmt mein Team, oder war mir Steve gefolgt? Ich hätte Fell erschießen sollen. Wieso konnte ich es nur nicht? Ob er auch hier ist?

Ich nehme den Arm von meinen Augen und sehe durch das Glasfenster der Tür, dass zwei Gestalten davorstehen. Besucher? Die Tür öffnet sich. Steve, gekleidet in schwarzer Jeans, schwarzen Schuhen, einem blauen Hemd und darüber eine offene Jacke, tritt leise ein. In der Hand hält er einen Becher und konzentriert sich, die Flüssigkeit nicht zu verschütten, während er die Tür wieder schließt. Ich beobachte ihn und schweige, damit ich ihn nicht erschrecke.

Er stellt den Becher vorsichtig auf dem Beistelltisch ab und schaut zu mir. Ein Strahlen macht sich auf seinem Gesicht breit. »Hey, du bist wach. Wie geht es dir?« Er setzt sich auf den Rand meines Bettes und nimmt meine Hand in seine.

»Abgesehen davon, dass ich mich nicht bewegen kann und ich einen riesigen Filmriss habe, ganz gut.« Ich bin froh, dass er hier ist, und schaue von den roten Rosen zu ihm. »Hatten wir nicht vereinbart, dass du mir nichts mehr schenkst, außer zu meinem Geburtstag und zu Weihnachten?«, scherze ich.

Sein Strahlen wandelt sich zu einem frechen Grinsen. »Ich dachte mir, dass wir bei einem Krankenbesuch eine Ausnahme machen können.«

»Wieso lächelst du mich die ganze Zeit an?«

»Weil ich froh bin, dass er dich am Leben gelassen hat und du wieder aufgewacht bist.«

»Wir wissen doch, dass er mich nicht töten kann.«

Er nickt nur und schaut zu dem Fenster. Seine Miene wird ernst, als er mir wieder seine Aufmerksamkeit schenkt. »Und du konntest ihn auch nicht töten.«

Fell hat also überlebt. Was sagt das jetzt über mich aus?

»Ich will, dass er für den Rest seines Lebens im Gefängnis ist.«

Und ein Teil in mir *kann* ihn nicht töten. Auch wenn ich mich dagegen sträube, aber ich kenne ihn besser, als mir lieb ist, und es fällt mir umso schwerer ihn zu töten. Dieser Kannibale wird mich für immer beschäftigen.

»Ich weiß, wie es sich anfühlt, jemanden töten zu wollen, den man gut kennt.«

Kennt Steve etwa auch meine Gedanken?

Zärtlich streicht er mit seiner Hand von meiner Wange zu meinem Kinn und hält es sanft fest. »Es geht nicht.«

»Kannst du mir sagen, was passiert ist, nachdem ich Mac angerufen habe?«

»Ich weiß nicht viel. Tony hat mich angerufen und mich darüber informiert, was passiert ist. Er hat mir nur gesagt, dass du sofort operiert werden musst.«

Ich schaue ihn fragend an. In diesem Moment geht die Tür

auf und ein Mann in einem weißen Kittel betritt den Raum. Das muss der Arzt sein.

»Guten Tag. Schön, Sie nun wach zu sehen Miss Baker«, begrüßt er mich. »Ich bin der Arzt, der Sie operiert hat, Dr. Lang. Wie geht es Ihnen?«

»Ich kann mich nicht beklagen. Ich spüre nur einen brennenden Schmerz, wenn ich mich bewegen möchte.«

»Das kommt von den starken Schmerzmitteln, die wir Ihnen verabreichen.«

Der Arzt schaut zu Steve und danach wieder zu mir.

»Also, erzählen Sie schon. Was ist passiert und was ist mit meinem Bein?«

»Darf Ihr Besucher diese Informationen mithören?«, erkundigt er sich fachgerecht.

»Ja.«

»Sie kamen mit einer Stichverletzung in Ihrem unteren Abdomen und mit einem gebrochenen Schienbein zu uns. Der Bruch ist unkompliziert und bedarf nur Ruhe und Zeit, um vollständig zu heilen. Doch zu meinem großen Bedauern muss ich Ihnen mitteilen, dass wir Ihren rechten Eierstock nicht retten konnten.«

»Das ist nicht wahr«, sage ich langsam.

Der Arzt atmet schwer aus.

Oh, nein. Bitte nicht. Das bedeutet, dass ich keine Kinder auf natürliche Weise zeugen kann. Die ganze Zeit scherte ich mich nicht um mein Privatleben, doch jetzt ist die Wahrscheinlichkeit auf ein Kind noch weiter weg gerückt.

»Sie wissen es wahrscheinlich bereits. Ihre Akte bestätigte unsere Untersuchungsergebnisse. Auf Ihrer linken Seite liegt ein Eileiterverschluss vor.«

Ich starre den Arzt mit weit aufgerissenen Augen an. Jedes Wort, jeder Gedanke bleibt mir im Hals stecken. Ich öffne meinen Mund und kneife meine Augen zusammen. Meine Frauenärztin hat mich vor einigen Jahren darüber in Kenntnis gesetzt, doch glauben will ich diesem Arzt nicht.

Wie kann …

Ich wollte doch … Irgendwann.

Ich schüttle meinen Kopf und atme durch, um einen klaren Kopf zu bekommen. Dennoch brennt die Wut in meinen Augen, als ich Dr. Lang ansehe. »Wir vermuten eine Eileiterentzündung, die oft symptomarm auftritt und somit unbemerkt bleibt, hat Ihren Eileiter verschlossen. Dabei verändert sich das Gewebe, es kommt zu Verwachsungen und somit zu einer Verschließung«, erklärt er.

»Es wäre für mich möglich gewesen, ein Kind zu bekommen, hätte ich noch einen funktionalen Eierstock, richtig?«

»Ja, die Wahrscheinlichkeit für eine Schwangerschaft wäre nur geringer gewesen. Nun haben Sie die Möglichkeit den Verschluss operativ wieder öffnen zu lassen oder eine In-vitro-Fertilisation durchzuführen. Dabei werden Ihnen Hormone verabreicht, die Eizellen heranreifen lassen, welche wir Ihnen entnehmen, um diese mit Spermien zu befruchten. Am zweiten oder fünften Tag der Befruchtung würden wir Ihnen zwei Embryonen in Ihren Uterus transferieren«, antwortet mir der Arzt.

Ich reibe mir mit meinen Händen über das Gesicht, während sich die Worte des Doktors durch meine Eingeweide fressen. Fell muss es gewusst haben. Er hat mir etwas genommen, von dem ich bis heute nicht wusste, wie wichtig es mir ist. Er hat mir meine Zukunft genommen. Oh, wie ich mir jetzt wünsche, ihn erschossen zu haben. Diesen Dreckskerl von Mensch. Immerhin habe ich noch zwei Möglichkeiten Nachwuchs zu zeugen.

»Sie brauchen nun etwas Zeit für sich. Falls die Schmerzen stärker werden oder Sie etwas brauchen, dann klingeln Sie und wir kommen.«

»Warten Sie. Ist sonst noch irgendetwas in mir kaputt?«

»Nein.«

»Okay ... und wie hoch standen meine Überlebenschancen?«

»Zuerst dachten wir, dass Ihr Zustand sehr kritisch ist, aber auf dem OP-Tisch erkannten wir, dass nur der Eierstock und der Darm verletzt war. Ein präziser Stich.«

»Gut, danke.«

»Alles Weitere werde ich mit Ihnen später besprechen. Verarbeiten Sie erst einmal diese Nachricht«, sagt der Arzt und verlässt den Raum.

»Es tut mir leid, Lila.«

»Ändern kann ich es nicht mehr. Es ist endgültig.« Ich schlucke. »Endgültig ...«, wiederhole ich und fühle mich taub.

»Es gibt aber noch Möglichkeiten«, versucht er mir Hoffnung zu geben. »Willst du allein sein? Dann gehe ich.«

Allein sein? Das würde mir jetzt noch fehlen. Dann würden

sich meine Gedanken nur überschlagen. Nein, ich brauche Ablenkung. Viel Ablenkung.

»Bitte bleib. Was hast du gesagt? Tony hat dich angerufen?«

»Ja, ist das merkwürdig?«

»Und wie. Er ist immer noch sehr misstrauisch dir gegenüber.«

Eigentlich müsste ich das auch sein.

»Das wäre ich an seiner Stelle auch. Er hat ja keine Ahnung, was gestern passiert ist.«

Hilflos fallen meine Gedanken zurück in die Fabriklagerhalle und zu Fell. Unglaublich. Erst hat er mir meine beste Freundin genommen und nun noch … Ich möchte es nicht einmal in meinen Gedanken aussprechen. Wieso hat sich mein Eileiter nur entzündet und wieso merkt man das nicht? Meine Mutter ging mit mir nie zu einem Frauenarzt. Wie auch? So besoffen wie sie immer war, konnte sie ja nicht einmal für uns einkaufen. Wie gut bin ich diesen Schritt damals gegangen.

»Was ist in der Halle passiert?«, reißt mich Steve aus meinen Gedanken.

Ich erzähle ihm von der Begegnung mit Fell, während ich auf meine Finger starre, die mit der Bettdecke nesteln. »Du bist ohnmächtig geworden«, sagt eine Stimme hinter Steve. Es ist Mac, der ins Zimmer gekommen ist. Steve springt sofort von meinem Bett auf und stellt sich daneben.

»Hey, Boss. Habt ihr ihn festgenommen?«, frage ich. Mac ignoriert Steve und fixiert mich umso mehr mit seinem Blick. »Das nächste Mal informierst du uns, wenn du dich allein in eine so gefährliche Situation begibst. Wie geht es dir?«

Natürlich gibt er mir keine Antwort. Ich soll mir wohl keine Gedanken machen. Aber in ›keine Gedanken über etwas machen‹, bin ich sehr schlecht.

»Ich kann mich schlecht bewegen, sonst bin ich topfit.«

»Topfit?« Ungläubig stützt er seine Fäuste in die Hüften. »In dir steckte ein Messer. Du wurdest notoperiert, wieder zusammengeflickt und in deinem Bein sind Platten und Drähte verbaut, um alles zu stabilisieren. Du darfst dich keiner hohen Belastung aussetzen und das nennst du topfit?«

Ich zucke mit meinen Schultern. »Was ist passiert, nachdem ich dich angerufen habe?«

»Wir haben sofort die Krankenwagen geordert und sind zu dir gefahren. Als wir ankamen, haben wir dich auf dem Boden liegend mit Fell gefunden. Ihr lagt in eurer gemeinsamen Blutlache. Er hat mehr geblutet als du.«

»Natürlich, er hat extra das Messer stecken gelassen. Er hätte es auch herausziehen können, aber dann wäre ich verblutet.«

»Die Rettungskräfte strömten kurz nach uns herein und brachten euch hierher.«

Ich schaue Mac an. »Also ist Fell hier im Krankenhaus? Wie geht es ihm?«

Mac schaut mich missbilligend an.

»Bestimmt ähnlich wie dir«, sagt Steve.

»Dein Schuss ist ein glatter Durchschuss gewesen. Allerdings zerschmetterte es sein Schultergelenk. Eine Narbe und ein künstliches Schultergelenk werden ihn immer an diesen Tag erinnern«, erklärt Mac. »Er wird sehr gut bewacht und ist an sein Bett gefesselt«, ergänzt er.

Am liebsten würde ich mich anders hinlegen, aber ich traue mich nicht, mich zu bewegen. In mir sitzt die Angst, noch mehr zu zerstören, auch wenn das nicht möglich ist.

»Hier, wir haben dir was Süßes mitgebracht. Vielleicht hast du später Lust darauf.« Mac überreicht mir eine Schachtel Pralinen. Meine Lieblingssorte.

Ich lege sie auf den kleinen Tisch neben mir ab und erzähle ihm das, was mir Dr. Lang erklärt hat. »Wo sind die anderen?«

»Die stehen vor der Tür. Ich rede mit ihnen, damit du nicht alles nochmal erzählen musst.«

Mac lächelt mich an und schaut zu Steve. Seine Blicke sagen immer mehr, als tausend Worte es je könnten, und zu meiner Überraschung fällt dieser positiv aus. Anscheinend ist er zufrieden mit ihm. Er geht vor das Zimmer und ich höre Alecia aufgeregt fragen, wie es mir geht, bevor Mac die Tür schließt und mich mit Steve allein lässt.

»Du warst ganz schön erschrocken, als Mac hinter dir stand«, sage ich zu Steve.

»Er ist schließlich dein Boss.«

»Keine Angst, er wird dich schon nicht erschießen.«

»So sicher bin ich mir da nicht.«

Ich muss lachen, als ich mir es bildlich vorstelle. Mac ist jedoch das geringere Problem. Sie werden bestimmt gleich alle hereinkommen. Wie sie wohl auf Steve reagieren?

»Du solltest dich eher vor Tony und Alecia in Acht nehmen.« Ich zwinkere ihm zu.

»Danke für die Warnung.«

Die Türklinke bewegt sich nach unten und Tony, David, Alecia, Dave und Zake gefolgt von Mac stürmen das Zimmer. Jeder von ihnen hat etwas anderes in der Hand. Sie stellen sich um das Bett und Alecia starrt Steve wütend an.

»Alecia, es ist alles in Ordnung«, versuche ich sie zu beruhigen.

»Nichts ist in Ordnung! Du bist fast gestorben und«, sie wirft Steve einen giftigen Blick zu, »was will der hier?!«

Hysterisch ist kein Ausdruck für ihr Verhalten.

»Alli, bitte«, sage ich. »Es ist vollkommen in Ordnung, dass er hier ist. Ich kenne die Hintergründe seines damaligen Verhaltens und akzeptiere es, solange es nicht wieder so sein wird. Ich möchte die Zeit hinter mir lassen und ein neues Kapitel aufschlagen«, erkläre ich ihr.

»Das wird es nicht«, bekräftigt Steve schnell.

Blankes Misstrauen steht in den Gesichtern meiner Kollegen, außer in dem von Mac. Er trägt ein mildes Lächeln.

Tony tritt an mein Bett. »Hier, den kannst du dir an deinen Schlüsselbund hängen und wenn du darauf drückst, fängt er an laut zu bellen.« Er überreicht mir einen kleinen Plüschhund.

Ein typisches Geschenk, das nur von ihm kommen kann. Ich muss lächeln. Der Hund ist niedlich und erinnert mich etwas an das Plüschtier meines Bruders. Ich drücke darauf und ein lautstarkes Bellen ertönt. Ich reiße meine Augen auf und schaue Tony erschrocken an. Es klingt wie ein echtes Bellen, das jedem Respekt einflößt, der es hört.

»Danke, Tony. Der kommt mit, wenn ich in den Park gehe.«

Tony räumt den Platz für David. »Hier, mach es auf.«

David überreicht mir eine Schatulle und ich klappe sie auf. Darin kommt eine kleine Rosenbrosche zum Vorschein.

»Wow, die sieht wunderschön aus. Danke.«

»Gern«, sagt er, tritt freudestrahlend wieder zurück und überlässt Dave und Zake das Feld. Die beiden halten gemeinsam ein kleines Päckchen in den Händen.

»Wir wünschen dir alles Gute und schnelle Heilung, Lila«, sagt Dave.

»Ja, komme langsam wieder auf die Beine und überanstrenge dich nicht«, rät mir Zake.

Sie überreichen mir das Päckchen. Wieso haben alle Geschenke für mich? Ich fühle mich unwohl, wenn sie mich mit so vielen Geschenken überhäufen. Meiner Meinung nach habe ich das nicht verdient. Es war schließlich unverantwortlich von mir gewesen, dass ich allein zu Fell gegangen bin. Rasch blinzle ich die aufwallenden Tränen weg, bevor sie jemand bemerkt.

Ich öffne das Geschenkpapier und es kommt ein rechteckiger dunkelgrüner Karton zum Vorschein. Ich hebe den Deckel an und entdecke darin ein etwa zehn Zentimeter langes Messer mit einer fünf Zentimeter langen Klinge.

»Das Messer wurde aus einem Knochen eines Bären hergestellt. Das nächste Mal kannst du deinem Gegner das Fürchten lehren«, erklärt Dave.

Auch wenn ich es unpassend finde, mir ausgerechnet ein Messer zu schenken, weiß ich, dass es von Herzen kommt und die beiden sich etwas dabei gedacht haben. Die Knochenschneide ist in einem Griff aus Horn eingearbeitet, der von einem Geweih stammt. Das Messer muss teuer gewesen sein.

Als nächstes tritt Alecia zu mir ans Bett und beäugt Steve zunächst mit einem ›Wieso bist du hier? Ich möchte das du gehst-Blick‹, doch dann wendet sie sich mir zu und überreicht mir ihr Geschenk.

»Hier, bitte. Ich glaube, das ist etwas, was du brauchst und es erinnert dich an mich.«

Gespannt öffne ich die Präsenttüte. Darin befindet sich ein kleiner Nadelbaum, eingepflanzt in einem Blumentopf.

»Hege und pflege ihn gut. Nächstes Jahr kannst du ihn in den Garten pflanzen und erleben, wie er über Jahre hinweg seine wundervolle Schönheit entfaltet.«

Das ist auch ein typisches Geschenk für sie. Alecia ist naturverbunden und so bin ich es auch. Die kleine Kiefer sieht schon jetzt wunderschön aus.

»Hab vielen Dank, Alecia. Danke euch allen für die wunderbaren Geschenke.«

»Gern. Und jetzt ruhe dich aus«, ordnet Mac an und geleitet das Team aus dem Raum. Alecia schaut Steve finster an, als sie das Zimmer verlässt.

»Bleiben Sie noch hier, Steve?«, fragt Tony gelassen.

»Falls ich noch bleiben darf?« Steve schaut mich fragend an.

Tony schenkt mir einen beruhigenden Blick. »Gut, dann bis später, Lila, und … stell nichts Dummes an«, warnt er mich, zwinkert mir zu und verlässt den Raum.

Mit Sicherheit befürchtet er, dass ich zu Fell gehe, sobald es mir besser geht. Damit hat er nicht unrecht. Tony kennt mich mittlerweile gut genug und kann einschätzen, was in mir vor geht. Wie gern würde ich meine ganze Wut an Fell auslassen.

Die Tür fällt ins Schloss und Steve setzt sich wieder auf die Bettkante.

»Wie fühlst du dich?«

»Das hast du mich bereits gefragt.«

»Ja, aber ich meine psychisch. So eine Nachricht ist ein großer Schock.«

Ich atme tief durch, schaue nach draußen, um meine Gedanken zu ordnen. »Natürlich ist es ein Schock, aber ich muss es akzeptieren. Das wird eine Weile dauern, aber immerhin gibt es noch Möglichkeiten für mich Kinder zu bekommen.« Ich atme hörbar aus. »Es wird mehr als eine Weile dauern, vielleicht werde ich das mein Leben lang verarbeiten.«

»Es tut mir sehr leid. Ruhe dich aus, versuche dich abzulenken. Ich wünschte, ich könnte es rückgängig machen.«

»Das kannst du nicht. Das kann niemand, nicht mal Fell.«

»Hier.« Steve gibt mir einen Zettel mit einer Nummer darauf.

»Deine Handynummer?«

»Ja, falls du reden willst oder in der Klemme steckst.«

»Oder ich jemanden brauche, mit dem ich einen Horror-film anschauen möchte?«, scherze ich.

»Genau.« Er lächelt spitzbübisch. »Ich werde jetzt auch gehen und dir etwas Freiraum lassen«, sagt er und steht auf.

»Okay.«

»Ich bin froh, dass du lebst.«

»Falls …«, ich unterbreche mich selbst und sortiere mei-nen Satz um. »Mein Beruf ist sehr gefährlich und falls ich wirklich irgendwann einen Einsatz nicht überleben werde, würde deine aggressive Ader wieder aufleben?«

Er schaut mich entsetzt an. Mit dieser Frage hatte er nicht gerechnet – so wenig wie ich.

»Ich hoffe nicht, dass das jemals passieren wird. Falls doch, dann würde ich dein Andenken aufrechterhalten. Du warst und bist meine Rettung, Lila. Ich brauche es nicht mehr und daran wird sich nie etwas ändern.«

»Gut.« Mir kommen meine Überlegungen zu einer Bezie-hung mit Steve wieder in den Sinn. »Und was wäre, wenn du dazu gezwungen würdest?«

Er schaut mich irritiert an und setzt sich wieder zu mir auf das Bett. »Wieso sollte mich jemand dazu zwingen?«

Ich verstecke mich hinter meinen Händen. »Ich denke viel zu viel nach und–«

»Ich weiß«, unterbricht er mich und lacht auf. »Wie gern würde ich all deine Gedanken lesen.«

»Zum Glück kannst du das nicht. Wenigstens etwas, das du nicht über mich weißt. Jedenfalls muss ich zugeben, dass ich heute Morgen, über die Vor- und Nachteile einer Beziehung mit dir nachgedacht habe.«

Seine Augen funkeln. »Tatsächlich? Das ist äußerst interessant.«

»Ehm, ja. Jedenfalls dachte ich darüber nach, wie sicher ein Mann an meiner Seite ist. Ich habe ständig mit irren Typen zu tun und falls mich jemand leiden sehen will, geht das am besten über meine schwächste Stelle – den Mann, den ich liebe. Also, falls du in so eine Situation kommst, in der du nur lebend herauskommst, wenn du gewalttätig werden musst, könntest du danach wieder aufhören?«

Steve schaut mich ernst an. Er schweigt und ich warte geduldig auf seine Antwort. Muss er tatsächlich so lange darüber nachdenken?

»Es ist wirklich schön zu wissen, dass du eben zugegeben hast, mich zu lieben.« Er beugt sich zu mir und küsst meine Stirn.

»Steve, das habe ich nicht.«

»Wieso sonst würdest du mir diese Frage stellen, wenn ich nicht der Mann wäre, den du liebst?«, fragt er und schaut mich mit hochgezogenen Augenbrauen an.

Ertappt ziehe ich eine Grimasse. »Ich gebe zu, dass ich es in Erwägung ziehen würde. Bist du nun zufrieden?«

»Oh Lila.« Er schüttelt seinen Kopf. »Ich werde dich nicht anfassen, bis du dich irgendwann entschieden hast. Es würde mir wehtun, dich mit einem anderen zu sehen, aber deine Entscheidung könnte ich dir nicht verübeln. Ich würde sie akzeptieren und mich darüber freuen dennoch mit dir in Kontakt zu bleiben.«

»Bekomme ich eine Antwort, Mr. Rich?« Ich bleibe ernst.

Sein Lächeln verschwindet und er wirkt ebenso ernst wie ich. »Um ehrlich zu sein, habe ich noch nicht darüber nachgedacht, was passieren würde, wenn ich es tun müsste. Aber was ich hundertprozentig weiß ist, dass ich alles dafür tun würde, um dich nicht zu enttäuschen.«

»Würdest du es mir sagen, wenn es dazu kommt?«

»Natürlich. Du weißt aber, dass ich es nicht wieder tun will.«

»Nur falls du es–«

»Du hast Angst mich zu verlieren«, stellt er fest.

Für einen Moment meide ich seinen Blick, bevor ich mich zu einer Antwort durchringe. »Seit gestern will ich dich nicht mehr missen. Im Grunde schon seit unserer ersten Begegnung«, gestehe ich leise.

»Zerbrich dir bitte nicht den Kopf über eine Beziehung, die es noch nicht gibt. Wir kamen uns praktisch erst gestern wieder näher und ich weiß, dass du über alles Mögliche nachdenkst, aber versprich mir, dass du dieses Thema langsam angehst.«

»Die Beziehung mit dir?«

»Vor ein paar Tagen bist du paranoid durch die Stadt gelaufen, weil du Angst davor hattest, dass ich dir auflauern könnte.«

»Ich weiß jetzt, dass ich keine Angst mehr vor dir haben

muss.«

Wir lächeln einander an und er steckt mir eine Haarsträhne hinter mein Ohr.

»Ich will nur, dass du dir sicher bist. Lass uns erst einmal freundschaftlich weiter machen und sehen, was die Zeit bringt. Ich bleibe solange du mich haben willst«, sagt er und steht auf. »Ruhe dich aus und versuche, dir nicht den Kopf über Zukunftsfragen zu zerbrechen. Gute Besserung, Kleines«, wünscht er mir und drückt mir einen Kuss auf die linke Wange.

Ein Lächeln stiehlt sich auf meine Lippen. Erst sagt er, dass wir uns freundschaftlich verhalten sollen und dann das.

»Also, wenn wir nur befreundet sind, dann solltest du keine Küsse mehr auf mir verteilen«, mache ich mich über ihn lustig.

»Beste Freundinnen küssen sich auch auf die Wange und nur weil ich ein Mann bin, darf ich das nicht?«, fragt er und zwinkert mir zu. Beste Freundinnen. Wasser schießt in meine Augen. Ich kann die Tränen nicht zurückhalten und lasse sie über meine Wangen kullern.

»Tut mir leid. Ich wollte nicht …«

Ich wische mir die Tränen aus meinem Gesicht. »Schon gut. Es ist schön zu hören, dass man einen Freund an seiner Seite hat.«

Der Gedanke lässt ein wohliges Gefühl durch meinen Körper strömen und ich lächle verlegen. Er schafft es tatsächlich immer wieder, dass ich mich besonders in seiner

Nähe fühle. Im Grunde hat er recht, nur ist es etwas ganz anderes, ob mir eine Freundin einen Abschiedskuss auf die Wange drückt oder jemand, bei dem mein Herz Freudensprünge macht.

»Aber wenn du dich besser fühlst, dann halte ich mich zurück«, sagt er einfühlend.

»Es ist nur … Ich denke, es ist wirklich besser, wenn du es lässt.«

»Dann werde ich es versuchen.«

»Du wirst es versuchen?«, frage ich ihn ungläubig. Das klingt ja vielversprechend.

Er beugt sich zu meinem Ohr. »Ich verspreche nichts«, flüstert er und richtet sich wieder auf.

»Und genau das, solltest du auch besser lassen.«

Er grinst mich an. »Das dachte ich mir schon. Dann bis bald. Schreib mir, falls du mich brauchst.« Er zwinkert mir erneut zu.

Ich lache auf und schüttle den Kopf. »Gehe jetzt bitte einfach. Bye!«, sage ich und winke ihm zu.

Dieser Kerl provoziert aufs feinste und ich frage mich, ob er es wirklich schafft, mir nicht mehr so nah zu kommen wie bisher. Ich habe es zwar sehr genossen, aber ich denke, es ist besser so – für uns alle.

11

In den nächsten drei Tagen kommen David und Tony täglich vorbei und sorgen dafür, dass mir die Langeweile keine Flausen in den Kopf setzt. Einmal brachten sie mir einen Stapel Rätselzeitungen und an einem anderen Tag ein Buch und Alecias selbst gebackene Kekse mit. Eine luxuriöse Rundumversorgung, nur Steve habe ich seither nicht wiedergesehen.

Wie damals in dem Café. Er kam plötzlich in mein Leben und verschwand auch wieder so schnell. Ich finde, Abstand schadet nicht, so lang man sich nicht aus den Augen verliert. Außerdem hat er mir seine Nummer gegeben. Vielleicht wartet er auch auf eine Nachricht von mir?

Ich habe hier genügend Zeit, um über alles nachzudenken, auch wenn ich abschalten sollte. Eine Schande, dass es nicht so einfach ist. Immer wieder dreht sich in meinem Kopf alles um Fell, Steve, meine Arbeit und mein Privatleben, das seit Ewigkeiten zu kurz kommt. Wie immer haben sich unzählige Fragen angesammelt, ohne eine Antwort zu hinterlassen. Traurigerweise.

Von Tag zu Tag geht es mir besser, so dass Dr. Lang gestern nichts gegen meinen Wunsch aufzustehen einwenden konnte. Heute ist es soweit: Ich darf mich darin üben, mein Krankenbett zu verlassen. Bisher durfte ich mich weder aufsetzen, geschweige denn einen Schritt laufen. Endlich ist ein winziger Tapetenwechsel in Sichtweite, auch wenn es nur bedeutet, von der Waagerechten in die Senkrechte zu gelangen. Ob Evie mir erlaubt, ein paar Schritte zu wagen? Mit was kann ich eine Physiotherapeutin wohl am besten bestechen?

Nach dem Frühstück und dem morgendlichen Treiben der Schwestern, die akribisch meine Werte notieren, übe ich mich in Geduld. Ich liege in meinem Bett und starre zur Decke – so wie ich es auch in den vergangenen vier Tagen des Öfteren getan habe, da ich die Ruhe und die Gelassenheit genießen möchte.

Es klopft.

»Guten Morgen. Haben Sie gut geschlafen?«, begrüßt mich Evie, die in ihrem weißen Kittel zur Tür hereinkommt.

»Es ging. Es zieht ab und an noch in meinem Bauch und der Schmerz strahlt manchmal in mein Bein und Rücken aus. Nachts werde ich davon immer wach.«

»Das ist ganz normal und zeigt, dass Sie auf dem Weg der Besserung sind.« Sie schaut mich verständnisvoll an. »Also, wir werden heute versuchen Sie aufzusetzen.«

»Okay, sehr gut. Ich bin es langsam leid, an dieses Bett gefesselt zu sein.«

»Das glaube ich Ihnen, aber erwarten Sie nicht zu viel. Es

wird noch eine Weile dauern, ehe ich Sie auf dem Gang hin und her jagen werde«, scherzt sie. »Es ist wichtig, dass Sie sich nicht überanstrengen. Die äußere Naht kann sich immer noch öffnen und anfangen stark zu bluten.«

»Habe verstanden.«

Sie schlägt meine Bettdecke zurück, legt sie vor mein Bett und weist mir an, meinen linken Fuß zu kreisen.

»Tut das weh?«

»Nein.«

»Gut, versuchen Sie Ihr linkes Bein etwas zu heben. Achten Sie darauf, dass Sie einatmen, wenn Sie das Bein anheben und sobald Sie es wieder senken, dürfen Sie ausatmen.«

Ich versuche es und es gelingt mir. »Es kribbelt.« Ich lege meine Hand über die Stichwunde.

»Okay, nun versuchen Sie Ihr rechtes Bein zu heben. Falls Sie Schmerzen spüren, dann legen Sie Ihr Bein sofort wieder ab und achten Sie auf Ihre Atmung.«

Ich hebe vorsichtig mein rechtes Bein und verspüre nur ein leichtes Ziehen.

Evie nickt zufrieden. »Sehr gut, nun greifen Sie nach meinem Arm und versuchen Sie sich langsam aufzurichten. Atmen Sie beim Aufrichten Ihres Körpers aus, bis Sie sitzen.«

Sie hält ihren Arm vor meinen Oberkörper und ich ergreife ihn, als sei er eine Klimmzugstange. Langsam ziehe ich mich daran hoch. Ein kräftigeres Ziehen zuckt durch meinen Bauch. Ich stoße einen Schmerzschrei aus und sacke zusammen.

»Atmen sie durch, das war bereits sehr gut, nur etwas zu schnell. Ebbt der Schmerz ab?«

»Langsam.«

»Dann versuchen wir es noch einmal. Nun noch vorsichtiger«, fordert sie mich auf, doch am liebsten würde ich liegen bleiben. Unsinn! Ich muss wieder auf die Beine kommen.

Ich ergreife erneut ihren Arm, ziehe mich noch vorsichtiger nach oben, atme dabei aus und … ich sitze. Wow, ich habe es geschafft. Es tat weh, aber nicht so sehr, wie bei dem ersten Versuch.

»Nun versuchen Sie Ihre Beine zu drehen, um sich auf die Bettkante zu setzen.«

Ich hebe erst ein Bein langsam an, atme dabei ein, bewege es und ziehe das andere Bein hinterher, bis meine Füße den kalten Boden berühren. Was für ein gutes Gefühl. Ich mache Fortschritte, auch wenn mir die Schmerzen Schweißperlen auf die Stirn treiben.

»Gut, sehr gut. Sie sitzen Miss Baker! Wie fühlen Sie sich?«, fragt sie enthusiastisch. Die Frau muss ihren Job lieben, wenn sie sich so über die kleinen Fortschritte ihrer Patienten freut.

»Abgesehen von den Schmerzen, fühle ich mich gut.«

»Gut, dann versuchen wir das alles in umgekehrter Reihenfolge. Sie können sich aber Zeit lassen. Wenn Sie noch etwas sitzen möchten, ist das vollkommen in Ordnung.«

Ich klammere mich an der Matratze fest und lasse Evie wissen, dass ich noch einen Moment brauche. Nach ein paar Minuten geht es dann los. Ich ergreife Evies Arm, schiebe meine Beine wieder auf das Bett und lege mich hin.

»Das war für Ihren ersten Tag schon sehr gut«, lobt mich Evie. »Morgen werden wir uns an dem Hinstellen versuchen.«

»Gut, dann bis morgen und danke für Ihre Hilfe.«

»Gern, das ist mein Job und ich mache ihn sehr gern.«

»Das merkt man.«

Sie strahlt mich an. »Dann bis morgen, ruhen Sie sich gut aus.«

»Das werde ich. Bis morgen.«

Ein neuer Tag, ein neuer Gehversuch. Während ich mit Evies Hilfe aufgestanden bin und mich an den Beistelltisch klammere, stellt Evie die Krücken auf meine Größe ein. Sie reicht sie mir und ich klemme sie mir unter meine Achseln.

»So, kann es los gehen?«, fragt sie voller Begeisterung.

Ich hole einmal tief Luft und atme hörbar aus. »Bereit!«

Vorsichtig stehe ich mit meinem linken Fuß auf dem Boden und verlagere mein Gewicht darauf. Bei meinem rechten Fuß achte ich penibel darauf, ihn trotz Gehgips nicht zu belasten. Ich stütze mich auf die Krücken und Evie hakt sich unter meinem rechten Arm ein, um mir mehr Halt zu geben.

Ich stehe.

Unglaublich.

Es fühlt sich fremd an, meinen Fuß wieder unter meinem Körper zu spüren.

Ich folge Evies Anweisungen, stütze mich ab und hebe meinen linken Fuß an. Schmerz macht sich in meinem

Bauch breit und ich mache meinen ersten Schritt.

»Wie war das?«

»Es hat überall leicht gezogen.« Ich deute auf meinen gesamten Unterbauch.

»Das ist ganz normal. Sagen Sie mir Bescheid, sobald sich das Ziehen verschlimmert oder zu einem stechenden Schmerz übergeht.«

Ich gebe ihr mit einem Nicken zu verstehen, dass ich verstanden habe.

Wir laufen noch ein paar Schritte in dem Zimmer umher, ehe ich mich wieder in mein Bett lege.

»Das hat ja prima geklappt. Ich freue mich sehr über Ihre Fortschritte.«

»Das tue ich auch.«

Am nächsten Tag ist es soweit und ich darf ein paar Schritte auf dem Gang laufen. Ab in ein klein bisschen Freiheit. Evie hakt sich bei mir ein und wir verlassen langsam den Raum. Wir kommen an verschiedenen Patientenräumen vorbei, an dem Schwesternzimmer und gelangen auf eine Empore. Wir stellen uns an das Geländer und ich blicke erschöpft nach unten. Es sind keine zwanzig Meter gewesen, aber dafür raubt mir die Anstrengung beinahe den Atem. Die intensiven Schmerzen lassen mich ab und zu zusammensacken, aber ich will weiter machen. Ich möchte stärker als meine Schmerzen sein.

Unterhalb der Empore befindet sich das Café des Krankenhauses. Ich wünschte, ich könnte nun da unten sitzen.

Ich würde jetzt zu gern einen Latte Macchiato schlürfen und dabei ein Stück Kuchen essen. Auch wenn man oft behauptet, dass das Essen in Krankenhäusern nicht schmeckt kann ich mich über das Frühstück, Mittag- und Abendessen nicht beschweren. Vielleicht schmeckt der Kuchen hier nicht so gut wie in einem Café, in dem alles frisch gebacken ist, aber zurzeit würde ich sogar einen drei Tage alten Muffin verschlingen.

Ich beobachte eine Zeit lang die Menschen unter mir, als mich das Stehen mehr und mehr Kraft kostet und meine Lider zu Bleivorhängen werden. »Ich bin etwas erschöpft. Bringen Sie mich bitte wieder in mein Zimmer«, murmele ich.

»Dann lassen Sie uns langsam wieder zurück gehen«, sagt sie.

Wir gehen wieder gemeinsam zurück zu meinem Zimmer. Ich sitze auf meinem Bett, lehne mich vorsichtig nach hinten und Evie hebt behutsam meine Beine gleichmäßig an, damit sich so wenig Spannung wie möglich in meinem Bauch aufbaut. Sie legt meine Beine im Bett ab und da liege ich wieder – zurück in meinem Verlies aus gestreifter Bettwäsche und parat stehendem Tropf.

»Na, das war doch schon sehr gut heute. Prima. Es sind große Fortschritt, die Sie heute wieder gemacht haben.«

»Ich bin froh, wieder ein paar Schritte gegangen zu sein. Vielen Dank für Ihre Unterstützung.«

»Gern.« Sie lächelt mich freundlich an. »Morgen komme ich vormittags, wenn das für Sie in Ordnung ist?«

»Ja, kein Problem. Ich habe hier schließlich nicht viel vor«, scherze ich.

Wir verabschieden uns und Evie verlässt den Raum.

So vergeht Tag für Tag, an dem ich mich hingebungsvoll meiner Physiotherapie widme. Mit Evies Hilfe kämpfe ich mich täglich aus dem Bett. Drei Wochen sind nun vergangen und heute wurde mir mein Gips entfernt. Evie sagte mir, dass ich nun anfangen kann, mein Bein leicht zu belasten. Die halbe Nacht lag ich wach und habe mich auf den Moment gefreut, endlich wieder auf beiden Beinen zu stehen. Nun da diese Hürde genommen ist, kehren meine Gedanken zu anderen Dingen zurück.

Ich habe mich in den letzten Wochen nur auf meine Genesung konzentriert. Wie ein artiges Kind habe ich meine Kollegen nicht über die Arbeit ausgefragt, wenn sie mich besucht haben. Und Steve … ihn habe ich absichtlich nicht kontaktiert. Auch er hat mir meine Ruhe gelassen und ist nicht wieder hierhergekommen.

Mit den Gedanken bei Steve zappe ich blind durch die Fernsehprogramme. Ich schätze es, dass er mich entscheiden lässt, wie schnell das mit uns geht. Der Freiraum war nötig, da ich genug mit mir selbst zu tun hatte. Doch da es mir nun wieder besser geht … Ein wohliges Kribbeln breitet sich in mir aus.

Ich greife nach meinem Smartphone, krame den Zettel mit Steves Nummer hervor und tippe sie ein, um sie zu speichern. Danach öffne ich die Nachrichten-App und schreibe ihm eine SMS:

Hey, ich bin den Gips endlich los und meine Physiotherapeutin jagt mich bereits durch die Gänge. Bin endlich wieder auf den Beinen und habe den Kopf frei. Vielen Dank nochmal für die roten Rosen.

LG Lila

Ich drücke auf Senden und die Nachricht färbt sich grün, als sie verschickt worden ist. Ich lege das Telefon auf meinem Bauch und starre an die Decke. Wo wird er wohl gerade sein? Wird er in einem Café sitzen und seine Lieblingstorte essen? Oder sitzt er gelangweilt bei sich zu Hause und wartet schon seit Wochen, dass ich ihm schreibe? Wohl kaum. Er hat sicherlich auch anderes zu tun, als immer nur an mich zu denken. Arbeiten zum Beispiel. Ein helles *Ding* ertönt und ich greife zu meinem Smartphone. Es ist Steve.

Hey Lila,

schön von dir zu lesen. Es freut mich, dass du große Fortschritte machst. Weiter so! Ich hoffe du kommst bald wieder vollständig auf die Beine, aber mach langsam, du hast Zeit.

LG Steve

Sofort schreibe ich zurück:

Ich wünschte, ich wäre es bereits. Es macht mich langsam fertig, an mein Bett gefesselt zu sein. Weißt du, ob Fell bereits aus dem Krankenhaus raus ist?

Lila

Meine Neugier hat mich wieder eingeholt. Es dauert nicht lange, da erreicht mich die nächste Nachricht von ihm:

Dein Körper braucht Zeit, um sich wieder zu regenerieren und da bist du dort in besten Händen. Du weißt nichts von Fells Zustand? Ich habe mich bei Mac informiert. Auch mich hat die Neugier etwas gepackt. Nachdem er das neue Schultergelenk bekommen hatte, entzündete sich die Wunde. Dazu kam hohes Fieber und er stand kurz vor multiplem Organversagen. Mittlerweile haben sich seine Werte gebessert. Über den Berg ist er allerdings noch nicht.

P.S: Darf ich dich in drei Tagen besuchen?

Steve

Wow, da hat es Fell schlimm erwischt. Ich lege meine Hand auf die langsam verheilende Stichwunde. Geschieht dem Bastard recht. Meine Finger tippen wieder hastig eine Antwort zurück:

Nun, damals in der Lagerhalle war ich auch in guten Händen. ;)

Oh, krass. Ich hatte keine Ahnung, dass es Fell so schlecht getroffen hat. Er hat es allerdings verdient.

Du kannst mich gern am Nachmittag besuchen. Vormittags habe ich bestimmt wieder Physiotherapie.

Lila

Das nächste hell ertönende *Ding* erklingt und ich habe wieder eine Nachricht von Steve bekommen.

Oh Lila, lasse dich nicht von meinem jetzigen Ich blenden. Jetzt bist du in guten Händen, egal ob im Krankenhaus oder in meiner Nähe.

Okay, dann sehen wir uns bald.

Steve

Ich lese seine Nachricht und lächle vor mich hin.

Es ist spät abends und ich liege wach in meinem Bett. Fell geht mir nicht aus meinem Kopf. Kurzerhand schnappe ich mir meine Gehhilfen und beschließe ihm einen Besuch abzustatten. Ich öffne die Tür und schiele auf den Gang hinaus. Niemand da. Vorsichtig und auf leisen Sohlen bewege ich mich an den Patientenräumen vorbei in Richtung der Intensivstation. Mit hoher Wahrscheinlichkeit wird Fell bewacht.

Ich biege in einen Gang ein und entdecke tatsächlich zwei Officers vor einer Tür. Dahinter wird Fell sein. Unter Schmerzen stütze ich mich auf den Krücken und nähere mich meinen Kollegen.

»Guten Abend«, begrüße ich beide.

Die Officers mustern mich und schauen sich anschließend gegenseitig an. »Ich gehe davon aus, dass Sie wissen wer ich bin. Ich möchte gern mit Prof. Dr. Fell sprechen.«

Der eine beginnt leise zu lachen. »Natürlich wollen Sie nur mit ihm sprechen«, sagt er ironisch.

»Sehen Sie mich an. Glauben Sie, ich wäre im Stande ihn zu verletzen. Ich bin unbewaffnet.«

Wieder mustern sich die beiden, bis der eine dem anderen zunickt. Anscheinend verstehen sie sich ohne Worte.

»Sie haben fünf Minuten«, sagt der Mann und öffnet mir die Tür. Ich schleife mich hinein und erblicke ihn. Prof. Dr. Fell gefesselt an sein Bett. Er blinzelt und schaut mich mit kleinen Augen an. »Lila, was machen Sie hier?« Seine Stimme klingt zerbrechlich und sehr geschwächt.

»Ich will sehen wie Sie leiden.«

Trotz seines Zustandes kann er sich ein hämisches Lächeln nicht verkneifen. »Sind Sie hier, um mir ein Ende zu bereiten?«

Ich hatte daran gedacht, aber jetzt wo ich vor ihm stehe, bin ich mir nicht sicher, ob ich dazu in der Lage bin. Ich kann keinem hilflosen und gebrechlichen Mann noch mehr Leid antun oder gar sein Leben nehmen. Das wäre schließlich Mord.»Mir reicht Ihr leidender Anblick vollkommen aus. Das haben Sie verdient. Mehr als den Tod.«

Ich setze mich auf die Bettkante und mustere ihn. Er ist über Schläuche und andere Drähte mit verschiedenen Instrumenten verbunden, die über seinen Zustand wachen.

»Sie wissen, dass ich fast gestorben wäre?«

»Ja.«

»Wie fühlt sich dieses Wissen an?«

»Gut«, sage ich und begutachte seine Schulter, die ein riesiges Pflaster ziert.

»Die Ärzte haben mir heute gesagt, dass sich mein Zustand stätig bessert. Ich werde also nicht sterben.«

»Wollen Sie mir drohen?«

Er lacht auf, verstummt aber sofort wieder. »Selbst, wenn ich im Gefängnis sitze, wird mein Plan weiter ausgeführt.« Er klingt immer noch sehr geschwächt.

»Von jemand anderem?«

Er lächelt mich an. Die Tür geht auf und einer der Officers schaut herein. »Ihre Zeit ist vorbei«, sagt er und ich stehe auf.

»Bis bald, Lila. Schön, dass es Ihnen wieder besser geht.«

Ich mustere ihn kurz und schleppe mich wieder auf mein Zimmer.

Heute ist der große Tag, an dem ich wieder mit beiden Beinen laufen werde. Die Officers haben anscheinend niemandem von meinem kleinen Ausflug erzählt.

Es klopft an der Tür und Evie tritt ein. »Hallo, Lila. Na, sind Sie schon aufgeregt?«

»Oh ja, ich kann es kaum abwarten«, gestehe ich.

Wie immer unterstützt sie mich und leitet mich an. Sehr vorsichtig laufe ich, mit Evie an meiner Seite, meine Schritte auf dem Gang, vor zu der Empore und wieder zurück. Die letzten Wochen stellten sich als harte Prüfung heraus, die ich nun bestanden habe. Und bald werde ich auch die Krücken hinter mir lassen. Verbissen kämpfe ich mich durch den Spaziergang, der mir jedes bisschen Kraft abverlangt, das ich besitze. Auf dem Rückweg zu meinem Zimmer sehne ich mich nach meinem Bett.

Es ist 13:00 Uhr. Heute wird mich Steve besuchen. Ich freue mich schon und checke meine Nachrichten.

Hey Schwesterherz,

ich bin gestern gut in Italien angekommen. Wir haben lange nichts mehr voneinander gehört. Ich hoffe dir geht es gut.

Adam

Ich bin froh, dass er ein weiters Ziel seiner Reise gut erreicht hat und schreibe ihm zurück:

Hey Adam,

ich habe dir nicht geschrieben, da ich seit ein paar Wochen im Krankenhaus liege. Mich hat jemand angegriffen, aber mittlerweile geht es mir wieder sehr gut. Du brauchst dir also keine Gedanken zu machen.

LG Lila

Erleichtert lege ich mein Smartphone wieder auf den kleinen Tisch neben meinem Bett und greife nach einem Rätselheft. Es gibt gefühlte zweihundert Preise darin zu gewinnen und ich habe ungefähr die Hälfte der Rätsel gelöst. Wäre es nicht super wenigstens einen kleinen Preis abzusahnen?

Ding. Ich greife nach meinem Smartphone und öffne die Nachricht von Adam.

Bitte was? Was ist passiert?

Schön, dass es dir wieder gut geht, aber noch schöner wäre es gewesen, wenn ich es eher gewusst hätte.

Adam

Natürlich kann ich ihn gut verstehen. Ich antworte und erkläre ihm, dass ich ihn nicht beunruhigen wollte. Ich lege mein Handy zur Seite und widme mich wieder meinem Rätselheft.

Im Liegen zu schreiben ist kompliziert, da ich nichts zum Unterlegen habe und ich mit dem Kugelschreiber nicht aufdrücken kann. In diesem Rätsel gibt es eine Reise zu den Malediven zu gewinnen. Das wäre doch mal was. Ich lasse die Zeitung auf meine Beine sinken, schließe meine Augen und stelle mir vor jetzt dort zu sein: Ich liege am Strand und entspanne mich auf dem warmen Sand. Ich spüre die Sonnenstrahlen auf meiner braungebrannten Haut und eine Brise sorgt für Abkühlung. Ein Cocktail mit Ananasscheibe am Rand steht griffbereit. Alles ist einfach perfekt!

»Störe ich oder soll ich bleiben?«

Ich reiße meine Augen auf und sehe Steve wie aus dem Boden gestanzt neben meinem Bett stehen. Er trägt eine schwarze Jeans und ein schwarzes Hemd mit weißen Schnörkeln darauf.

»Hey, tut mir leid, ich habe nicht bemerkt, dass du hereingekommen bist.«

Er grinst mich an. Wie lange steht er schon hier und beobachtet mich?

»Das habe ich gemerkt. Wie geht es dir?«

»Von Tag zu Tag besser. Ich bin vor ein paar Tagen zum ersten Mal wieder auf meinem rechten Bein gelaufen. Es ist zwar immer noch anstrengend, aber Übung macht den Meister.«

»Ich habe mich über deine Nachricht sehr gefreut, und wenn du nichts dagegen hast, würde ich dich gern entführen. Erneut«, scherzt er, geht hinaus und kommt mit einem Rollstuhl wieder herein.

»Wow, ehm, okay? Verrätst du mir wo die Reise hingeht?«

»Wohin du magst. Ins Café, nach draußen? Was sagst du?«

So gern würde ich mir meinen Traum von einem Stück Kuchen erfüllen. »Okay, ich möchte ins Café!«

»Sehr gute Wahl.«

Er fährt den Rollstuhl dicht an mein Bett, fixiert ihn mit der Bremse und legt meine Decke zur Seite.

»Reiche mir deinen Arm«, fordere ich ihn auf. Steve ist sofort bei mir und reicht mir wie ein Gentleman seinen Arm. Ich halte mich daran fest und richte mich auf. Vorsichtig schiebe ich meine Beine zur Seite und stehe mit seiner Hilfe behutsam auf. »Okay, soweit so gut«, motiviere ich mich selbst. Ich tippele auf der Stelle und drehe mich soweit, bis ich mich in den Rollstuhl setzen kann. Geschafft.

»Alles in Ordnung?«, fragt Steve mit einem besorgten Blick.

»Ja, alles Bestens.«

Seine Sorge wandelt sich in Zuversicht.

»Willst du selbst fahren oder soll ich dich schieben?«, fragt er und ich überlege kurz.

»Du kannst mich gern schieben und nimmst du meine Krücken bitte mit?«

»Wird gemacht«, sagt er, ergreift meine Gehilfen und schiebt mich den Gang hinaus zum Aufzug. Wenige Augenblicke später tauchen wir im Trubel des Cafés ein.

»Was magst du Essen?«, fragt er mich, als wir an einem

Tisch Platz genommen haben.

»Ich weiß nicht, lass uns doch zu dem Buffet gehen, dann kann ich mir etwas aussuchen.«

»Gehen?«, fragt er mich kritisch.

»Ich kann nicht für Ewigkeiten an diesem Teil gefesselt sein. Gib mir bitte meine Krücken.«

Er löst die Krücken aus der Befestigung des Rollstuhles. Ich stemme mich in die Höhe, richte mich auf und halte mich an den Griffen des Rollstuhles und an dem Tisch fest.

Ich stehe.

Ein wundervolles Gefühl, das ich nicht wieder missen will. Steve reicht mir die Krücken und ich gehe behutsam in die Richtung des Buffets.

»Alles in Ordnung?«, fragt Steve.

»Ja, alles bestens. Jetzt lass uns den leckeren Kuchen anschauen.«

Steve geht neben mir her und achtet darauf, dass mir nichts passiert. Seine Sorge ist mir schon fast etwas zu viel. Es kommt mir vor, als wäre er derjenige, der eine Verletzung hat und nicht ich.

Wir stehen vor der großen Auswahl an Kuchen und Torten und ich schaue mir alles genau an. Steve hat ein Tablett geholt und legt es vor mir ab.

»Für ein Krankenhauscafé sieht hier alles echt lecker aus«, stellt Steve fest.

»Jetzt muss es nur auch so schmecken, nicht wahr?« Ich schenke ihm ein Lächeln, bevor ich der leckeren Auswahl wieder meine Aufmerksamkeit schenke. Ich kann mich gar

nicht entscheiden, was ich probieren möchte. Die Nougattorte lacht mich an, aber gerne würde ich auch ein Stück
von der Fruchttorte essen. Vielleicht sollte ich einfach morgen wieder ins Café gehen und das nächste Stück probieren?

Ich mache meine rechte Hand frei, stelle die Krücke ab,
um mir ein Stück der Nougattorte zu nehmen, als mir plötzlich jeder Halt fehlt.

Panisch angle ich nach der anderen Krücke, Schmerz ex-
plodiert in meinem Unterleib.

»Lila!«, ruft Steve erschrocken, als mich in letzter Sekunde jemand stützt und wieder in eine aufrechte Position hievt.

Ich stehe wieder und halte mich an der Tablettablage fest
und atme tief durch, um den Schreck und die Schmerzen zu
verarbeiten. Leise fluchend begutachte ich die Krücke, die
sich wie ein Verräter zusammengeschoben hat. Ich sollte
besser aufpassen.

Ich drehe mich um, um mich zu bedanken, aber reiße
beim Anblick meines Gegenübers meinen Arm aus seinem
Griff.

Natürlich ist er es, natürlich.

»Sie sollten vorsichtiger sein. Verlassen Sie sich nie auf
Konstruktionen aus Menschenhand. Wir möchten doch alle,
dass Ihr Körper heilt und nicht noch mehr Schaden nimmt«,
belehrt mich Prof. Dr. Fell.

Ich schenke ihm ein gekünsteltes Lächeln. Er ist schließlich der Grund, weshalb mein Körper heilen muss. So wie
es aussieht, geht es ihm besser. Die Erschöpfung kenn-

zeichnet noch seinen Körper.

»Ach, tatsächlich?«

Er erwidert mein Lächeln, das auf seinen Lippen mehr als tausend Worte spricht. Prüfend schaut er nach unten auf die Krücke, zieht sie wieder auf die Größe, die ich brauche, und lässt sie hörbar einrasten.

»Hier, bitte. Jetzt sollte so ein Missgeschick nicht wieder passieren«, sagt er, reicht mir die Krücke und zwinkert mir zu.

Er wird von drei Officers, unter anderem die beiden, die ihn bewacht haben, begleitet. Um seine Taille liegt eine Kette, die mit einer weiteren seine fixierten Hände und Füße verbindet. Er verlässt das Krankenhaus. Wird er endlich zu einem Verhör ins Polizeipräsidium gebracht? Ich muss mit dabei sein. Ich muss hier raus.

»Sie verlassen das Krankenhaus?«

»Ja, ich lasse mich nun in einem Justizvollzugskrankenhaus verwöhnen, bevor ich in Ihren heiligen Hallen erscheinen werde.«

Er schmunzelt, als würde er sich darüber freuen und gleichzeitig sehe ich die Neugier in seinen Augen. Vielleicht fragt er sich, ob ich mich aus dem Krankenhaus entlassen werde, um bei seinem Verhör dabei zu sein. Ich denke, wir wissen beide die Antwort darauf. Angesichts meiner Genesung, werde ich bestimmt nicht mehr lange hier sein.

»Lassen Sie es sich schmecken, Lila.«

Er wendet sich Steve zu, zieht erst eine Augenbraue nach oben und nickt ihm dann anerkennend zu. Die Beamten führen ihn nach draußen und ich widme mich wieder dem Teller mit der Nougattorte.

Schweigend suchen wir unser Naschwerk aus und kehren zum Tisch zurück.

»Was wirst du tun, jetzt wo er aus dem Krankenhaus ist?«, fragt mich Steve.

Ich schiebe mir meine Gabel mit der Nougattorte in den Mund und denke nach, aber wenn ich ehrlich bin, gibt es für mich keine andere Option.

Ich schlucke den Bissen hinunter. »Noch habe ich etwas Zeit, aber wenn ich nicht bald hier rauskomme, dann werde ich mich selbst entlassen.«

»Mac wird davon nicht begeistert sein.«

Ich muss schmunzeln. Natürlich wird er das nicht, aber ich *muss* Fells Geständnis mit meinen eigenen Ohren hören.

»Ich werde alles dafür tun, um bei dem Verhör dabei zu sein.«

Steve rührt in seiner heißen Schokolade und schaut mich verschmitzt an. »Diesen Blick kenne ich?«

»Welchen Blick?«

»Dieses starrsinnige Funkeln. Das hattest du auch damals in der Lagerhalle der Fabrik gehabt. Man kann dich kaum von etwas abhalten, was du dir in den Kopf setzt.«

»Tatsächlich?« Ich bin erstaunt, wie gut er mich doch kennt. »Und was hatte ich mir damals in den Kopf gesetzt?«

»Ganz einfach. Du wolltest leben.«

Wer will auch schon sterben?

»Meinst du Fell hat meine Krücke manipuliert?«

»Wie hätte er das anstellen sollen? Er war doch nie bei dir, oder?«

»Nein, das nicht, aber ich finde es seltsam, dass er genau in diesen Moment an mir vorbeiläuft. Woher wusste er, dass ich hier bin? Oder dass ich laufen werde und nicht im Rollstuhl sitzen bleibe?«

Wie immer ist mein Kopf voller Fragen. Diese würde ich Fell am liebsten selbst stellen.

»Vielleicht kannst du ihn irgendwann fragen. Spätestens wenn du ihn im Gefängnis besuchst.«

»Bin ich tatsächlich so durchschaubar?«

»Für mich bist du ein offenes Buch … und der Hauptgewinn wäre, wenn wir uns ein paar Kapitel darin teilen könnten.«

Ich schaue ihn verzweifelt an. »Steve, ich …«

»Brauche Zeit«, beendet er meinen Satz. »Genau wie ich auch«, stellt er fest. »Wir brauchen einfach Zeit. Jetzt sitzen wir hier, in einem Café wie damals und genießen den Moment.«

Sein mildes Lächeln beruhigt mich immer wieder und bringt mich dazu, meine Mundwinkel nach oben zu ziehen. Verlegen schaue ich auf meinen Teller und erinnere mich wieder an unsere erste Begegnung. So sehr hatte ich mir damals ein Wiedersehen gewünscht. Mittlerweile sind seitdem viele Jahre vergangen und siehe da, hier sind wir wieder. Wie damals.

Wir essen unsere Torten auf, schaffen das Geschirr zurück und Steve fährt mich wieder nach oben in mein Zimmer. Ich stehe vorsichtig aus dem Rollstuhl auf und lege mich behutsam in mein Bett.

»Ich schätze ich werde dich hier bald nicht mehr antreffen, nicht wahr?«

»Da liegst du richtig«, versichere ich ihm.

»Okay, dann ruhe dich noch aus und schmiede deinen Ausbruchs-Plan«, scherzt er und ich muss lachen.

12

Entschlossen stürme ich mit meinen Krücken das Polizeipräsidium. Ich drücke den Knopf im Fahrstuhl, der mich nach oben transportiert. Die Türen öffnen sich und ich steige aus. Ich komme langsam und nur mit Schmerzen voran, aber ich bahne mir meinen Weg! Direkt vor dem Beobachtungsraum atme ich durch, bevor ich die Türklinke hinunterdrücke und in die entsetzten Gesichter von Tony und David blicke.

»Was willst du denn hier?«, begrüßt mich David. »Du musst wieder ins Krankenhaus!«

»Und den Moment verpassen, auf den ich die ganze Zeit über hingearbeitet habe? Nein danke. Ich wurde heute Morgen offiziell nach Hause geschickt.«

Tony scheint seine Fassung wiederzufinden. »Wenn Mac merkt, dass du hier bist, dann –«

»Zeige ich ihm meine Entlassungspapiere«, beende ich seinen Satz.

David verzieht wissend das Gesicht.

Ich schließe die Tür und geselle mich hinter dem Glasfenster zu meinen beiden Kollegen. Fell sitzt im Verhörraum und Mac leitet das Gespräch, dem ich nun lausche. Tony und David versuchen nicht einmal, mich aus dem Beobachtungsraum zu zerren geschweige denn nach Hause zu bringen.

Mac zieht ein Foto aus einer Akte und legt es vor Fell hin. Ich erkenne Maddie-Jane darauf. Fell lehnt mit seinen Unterarmen auf dem Tisch und spannt seine Schultern an, als er das Foto in seine Hand nimmt und es betrachtet.

»Kennen Sie diese Frau?«, fragt Mac.

»Ja«, gibt Fell mit ruhiger Stimme zu und legt das Bild wieder zurück auf den Tisch.

»Woher kennen Sie sie?«

»Das ist Maddie-Jane, eine ehemalige Klientin.«

»Wir fanden Ihren Daumenabdruck auf dem Lackschuh von Maddie-Jane. Können Sie das erklären?«

Mac geht behutsamer als sonst vor. Sehr gut! Das Verhör wird schließlich aufgezeichnet und er darf keinen Verdacht wecken, dass er Fell unlängst als Serienmörder im Visier hat.

»Nun Mac, ist das nicht eindeutig? Ich habe Sie umgebracht.«

Fell lehnt sich entspannt zurück in seinen Stuhl und verschränkt die Arme vor seinem Körper. Zu entspannt! Beinahe als wolle er hier sein. Aber welchen Nutzen zieht er daraus, hier zu sein und alles zuzugeben? Er wandert für seine Taten mindestens lebenslang ins Gefängnis. Wieso sollte er sich das antun? Natürlich haben wir den Daumen-

abdruck gefunden, aber den hätte jeder dort platzieren können. Wir brauchen also ein Geständnis für eine Verurteilung
und das hat er uns eben gegeben.

»Wieso?«

Seelenruhig zuckt er mit den Schultern. »Mir war danach,
Mac.«

»Sie hatten also kein Motiv«, stellt er fest. »Wie haben Sie
Maddie-Jane getötet?«

»Glauben Sie mir etwa nicht?« Fell lächelt und schaut an
Mac vorbei in den gläsernen Spiegel, hinter dem wir uns
befinden. »Es war sehr leicht für mich, ihr ein Betäubungs-
mittel zu injizieren. Als Maddie-Jane bewusstlos vor mir lag,
habe ich sie genommen und in das Waldstück gebracht, in
dem Sie und Ihr Team sie gefunden haben. An einen Baum
gelehnt, habe ich sie mit einem Schuss ins Herz getötet.
Danach riss ich ihre Augäpfel aus den Augenhöhlen, so
dass es wirkt, als würden sie in ihre geöffnete Handfläche
fallen.« Er lehnt sich auf den Tisch und schaut Mac tief in
die Augen. »War die Erläuterung ausreichend, damit Sie mir
glauben?«

Ich umklammere meine Krücken und kämpfe mit den Tränen. Die Erinnerungen an Maddie, die ich in eine Kiste mit
der Aufschrift *Schlimme Erfahrungen – nicht öffnen!,* in die
hinterste Ecke meiner Gedanken vergraben habe, springt
ungehindert wieder auf. Tränen laufen über meine Wangen
und berühren meine Lippen. Ein salziger Geschmack breitet
sich in meinem Mund aus. Ich schlucke gegen die aufkom-
mende Trauer an, die sich in einem Wirbel aus Emotionen,

erst in Wut und dann in Zuversicht wandelt, ihn nun endgültig im Gefängnis zu sehen. Mit seinem Geständnis bekommt er seine Strafe für Maddie-Jane und seine Verurteilung gibt mir Zeit, die anderen Morde des Kannibalen mit ihm in Verbindung zu bringen.

Mac atmet hörbar aus, sein Blick bleibt misstrauisch. Er nimmt das Bild von Maddie-Jane und legt es wieder zurück in die Akte.

»Wo waren Sie am 09. April 2017? Ein Sonntag.«

Fell schaut Mac überlegend an. »Vermutlich zu Hause und habe meine Sitzungen evaluiert.«

»Kann das jemand bezeugen?«

»Meine Aufzeichnungen. Ich versehe sie immer mit Datum und Uhrzeit.«

»Wir werden Sie uns genau ansehen.«

»Tun Sie das«, sagt er mit einem Lächeln.

Mac öffnet eine weitere Akte und legt Portraitfotos von den Opfern des Kannibalen auf den Tisch.

»Schon mal gesehen?«

Fell betrachtet jedes einzelne Bild genau. In seinen Augen erkenne ich ein Funkeln. »Nein, wer sind diese Menschen?« Er lügt ohne eine Miene zu verziehen. Mac, Tony und mir ist bewusst, dass er jede einzelne Person kennt. Doch diese Morde gesteht er nicht.

»Danke für Ihr Geständnis des Mordes an Maddie-Jane, Prof. Dr. Fell.« Mac sammelt die Bilder ein, klemmt sich die Akten unter seinen Arm und steht auf.

»Ist Sie hier? Lila?«, fragt Fell.

»Sie ist im Krankenhaus. Da, wo sie hingehört und Sie kommen ins Gefängnis, da, wo Sie hingehören.«

»Mit Sicherheit wird es Ihnen sehr schwerfallen, einem neuen Psychologen zu vertrauen. Richten Sie Lila meine besten Grüße aus. Sie wird mich sicherlich besuchen kommen«, merkt er an.

Mac würdigt ihn keines Blickes und verlässt den Verhörraum. Na klasse, jetzt kann ich mir gleich was anhören, denke ich mir, als sich die Tür zu dem Beobachtungsraum öffnet. Macs Blick fällt sofort auf mich. Ungläubig bleibt er wie zur Salzsäule erstarrt stehen und starrt mich an.

Ja, ich bin hier Mac. Damit hättest du rechnen können, falls du das nicht hast, tut es mir absolut nicht leid.

»Ich schätze, ihr beiden habt sie noch nicht wieder ins Krankenhaus eingewiesen?«, fragt er rhetorisch und zückt sofort sein Telefon, während Tony und David den Raum verlassen.

»Mac, stopp! Ich muss mit ihm sprechen. Es gibt unzählige Fragen, auf die ich schon sehr lange nach einer Antwort suche. Er ist der Einzige, der mir diese liefern kann und ich wurde heute Morgen aus dem Krankenhaus entlassen.«

»Entlassungspapiere«, sagt er und hält mir seine Hand hin.

Ich ziehe die gefalteten Zettel aus meiner Hosentasche und gebe sie ihm. Mit einem misstrauischen Blick begutachtet er die Dokumente.

»Diese Fragen kannst du ihm auch im Gefängnis stellen. Jetzt steht deine Genesung an erster Stelle.« Mac mustert mich von oben bis unten, als ob er sich einen Überblick über meinen körperlichen Zustand verschafft. »Du solltest nach Hause gehen.«

»Aber im Gefängnis werde ich nie mit ihm allein reden können und es gibt Dinge, wie du weißt, die ich mit ihm nur unter vier Augen besprechen kann.«

Mac steht verzweifelt da und schüttelt seinen Kopf. »Lila, er spielt mit dir.«

»Und genau das tue ich mit ihm. Gerade steht es eins zu null für mich. Die ganze Zeit habe ich darauf hin gearbeitet ihn hinter Gitter zu bringen. Nimm mir bitte nicht dieses Gespräch, auf das ich mich die ganze Zeit über gefreut habe.«

Mac muss es einfach zulassen. Nur ein paar Minuten würden mir schon genügen. Ich brauche dringend Antworten. Persönliche Antworten.

»Du hast zehn Minuten, aber ich bleibe hier«, droht mir Mac. »Sie verlassen jetzt bitte den Raum«, wendet er sich zu den beiden Mitarbeitern, die sich um die Aufzeichnungen der Verhöre kümmern. Ohne Einwände stehen sie auf und gehen hinaus.

»Danke Mac.« Ich umarme ihn.

»Ich schalte alle Aufzeichnungsgeräte ab«, sagt er und löst sich aus meiner Umarmung. Ich nicke ihm dankbar zu und schleppe mich mit Hilfe meiner Krücken vor den Verhörraum. Die Klinke der Tür fühlt sich eiskalt an, genauso wie meine Hände. Ich öffne die Tür und unsere Blicke begegnen sich im verspiegelten Glas. Ein Schmunzeln macht sich auf seinem Gesicht breit.

»Ich wusste, dass Sie hier sind.«

»Da wussten Sie mehr als Mac.« Ich schließe die Tür, humple zu dem Stuhl gegenüber von ihm und setze mich.

»Und er lässt Sie zu mir? Einfach so?«

Was für eine Frage, natürlich nicht. Am liebsten würde mich Mac weit weg von ihm sehen. Am besten zu Hause in mein Bett.

»Wieso Maddie? Wieso so brutal?«, platzt es aus mir heraus. Ich weiß nicht, mit welcher Frage ich zuerst anfangen soll.

»Das hatten wir bereits geklärt. Und brutal war es nicht, es sah nur so aus.« Er zwinkert mir zu.

»Aber ich kann es immer noch nicht begreifen. Wir waren beste Freunde und haben uns immer alles erzählt. Einfach alles. Wieso um alles in der Welt verschwieg sie mir, dass sie solche Probleme hatte und dann ging sie ausgerechnet zu Ihnen.«

Er beugt sich nach vorn und legt seine Arme wie eine Einladung auf dem Tisch ab. »Es wird noch eine ganze Weile dauern, bis Sie alles verarbeitet haben. Nicht jeder in meiner Nähe endet so wie Maddie-Jane. Ich hatte meine Gründe. Die Wut, die Sie mir gegenüber verspüren, wird noch andauern, aber irgendwann werden Sie merken, dass Sie mich brauchen und dann werden Sie zu mir kommen und nicht mehr gehen wollen.«

Was für ein Schwachsinn! Da verbringe ich lieber meine Zeit mit Steve Rich – der Mann, der mich auch leiden ließ.

»Bereuen Sie es? Ihren Tod?«

»Ich bereue nie meine Taten.«

»Bereuen Sie wenigstens die seelischen Schmerzen, die Sie mir damit zugefügt haben?«

»Teilweise«, gibt er zu.

»Teilweise?«

»Sie finden sich in einer neuen und fremden Situation wieder. Damit müssen Sie lernen umzugehen und das macht Sie stärker und resilienter. Sehen Sie es positiv.«

Ich knirsche mit den Zähnen. »Wissen Sie eigentlich, was Sie sagen oder was Sie getan haben? Sie haben mir meine beste Freundin genommen! Meine Seelenverwandte!«

»Ich war mir nicht bewusst, dass Sie so empfinden.«

»Wie können Sie auch? Mit Ihrem Lebensstil haben Sie mit Sicherheit niemanden für den Sie genauso fühlen.«

Er schaut mich mit einem nichtssagenden Lächeln an.

»Wussten Sie, dass mein linker Eileiter verwachsen ist?«

»Ja.«

»Und da fanden Sie es in Ordnung mir den anderen zu nehmen? Mir die Möglichkeit auf Familie zu nehmen? Mir einfach meine Zukunft zu zerstören? Finden Sie das in Ordnung Mr. Fell?«, schreie ich ihn an.

Ich richte mich mit geballten Fäusten hinter dem Tisch auf und bin bereit, ihn mit meiner Faust in sein Gesicht zu schlagen. Allein Mac, der hinter dem Spiegel steht und zuschaut, hält mich davon ab. Dabei wären mir meine Schmerzen vollkommen egal.

»Beruhigen Sie sich, Lila. Sie können noch immer ein Baby adoptieren. Vielleicht ist Ihnen aber ein kostspieliger ärztlicher Eingriff lieber, um eine künstliche Befruchtung durchzuführen. Es gibt vielfältige Möglichkeiten, Ihnen wieder das zu geben, was Sie glauben zu missen. Oder hätte ich Sie lieber umbringen sollen, indem ich in eine andere Stelle Ihres Körpers gestochen hätte?«

Ich schweige und starre ihn mit einem ernsten Gesichtsausdruck an. Als ob er mich töten will. Nach allem, was er mir gegenüber gesagt hat, bin ich mir sicher, dass er mich nie töten wird, weil er es nicht möchte. Er hat auf alles eine Antwort, aber er begreift einfach nicht, was er mir angetan hat. Vielleicht ist es sinnlos, mit ihm darüber zu sprechen und auf seine Einsicht oder eine Entschuldigung zu hoffen. Es wäre das Mindeste, aber ich sitze hier einem Kannibalen gegenüber. Da sind meine Erwartungen sicherlich viel zu hoch.

»Wieso haben Sie mich nicht erschossen? Sie hatten die Möglichkeit und ich habe Ihnen den perfekten Vorwand gegeben.«

Er will wissen, ob ich ihn umbringen kann oder nicht, schießt es mir durch den Kopf. Er fixiert mich mit einem durchdringenden Blick, den ich erwidere. Er kennt die Antwort, aber er will die Worte aus meinem Mund hören.

»Ich kann Sie genauso wenig töten, wie Sie mich.«

»Wenn wir einander nicht töten können, was ist das dann zwischen uns?«

Ich weiß worauf er hinaus will. Ich habe ihn nicht aus freundschaftlichen Gefühlen nicht getötet, sondern aus der Moral, die in mir steckt. Er verdient weit schlimmeres, als den Tod. Er will es von mir hören und vielleicht kann ich ihn damit manipulieren. Ich sage ihm, was er hören will.

»Freundschaft! Ich konnte Sie nicht umbringen, weil ich ohne Sie nicht mehr leben kann«, übertreibe ich.

Kaum habe ich es ausgesprochen, breitet sich ein breites Grinsen auf seinem Gesicht aus, als sauge er genüsslich jede einzelne Silbe meiner Worte auf, um sie sich auf seiner Zunge zergehen zu lassen.

»Sind Sie nun zufrieden?«

»Sind Sie es nicht?«

Ich bin damit zufrieden, dass er ins Gefängnis kommt. Aber ein Teil in mir wird unsere Gespräche vermissen. Rückblickend war diese einseitige Freundschaft auch von nutzen. Hätte er nicht diese Gefühle für mich, dann hätte er mich in der Lagerhalle sicherlich umgebracht. Doch ich darf leben. Erneut hat mich eine gefährliche Person verschont. Was habe ich nur an mir, was diese Verrückten anzieht und was haben sie an sich, das mich anzieht?

Ich habe keine Energie mehr, bin müde und mir tut alles weh. »Ich wünsche Ihnen eine gute Zeit im Gefängnis«, sage ich sarkastisch.

»Werden Sie mich besuchen kommen?«

»Stellen Sie mir bitte nie wieder eine Frage, auf die Sie bereits die Antwort kennen.«

Ich stehe auf und verlasse auf Krücken langsam den Raum. Vor dem Verhörraum steht bereits Mac und erwartet mich.

»Sind Sie nun zufrieden?«, äfft er Fell mit einem Grinsen

nach.

»Nicht ganz und noch unzufriedener bin ich, wenn du mich nach Hause schleppst. Mir geht es gut. Ich habe nur Schmerzen und die kann ich auch im Büro auskurieren.«

»Im Büro?«, fragt er langsam.

»Ja. Ich war bereits mehrere Wochen nicht arbeiten und sitzen darf ich. Mein Körper ist angeknackst, aber nicht mein Verstand. Ich kann wenigstens im Büro arbeiten und euch von dort unterstützen.«

»Nun, das muss dir ein Psychologe erst bescheinigen.«

Ich schließe meine Augen und sehe das Schlimmste vor mir. »Ich werde nicht mit Coleman reden. Kein einziges Wort.«

Mac lacht auf. »Ich glaube Jack wird jemand anderes finden.«

Ich bin nicht davon begeistert jemand fremdes erneut mein Leben anzuvertrauen, aber was tue ich nicht alles, um endlich wieder arbeiten zu können. Allerdings rede ich lieber mit einer fremden Person, als mit Coleman. »Na komm. Ich erlaube dir dich an deinen Schreibtisch zu setzen.«

Ich laufe geradewegs zu David und Tony, die mich anschauen, als könnten sie nicht glauben, dass ich noch existiere.

»Was ist los?«, frage ich die beiden.

»Ach nichts«, bekomme ich synchron zur Antwort.

Mac kommt mir nach und setzt sich ebenfalls an seinen Schreibtisch. Tony und David wechseln irritierte Blicke miteinander. Natürlich, sie haben damit gerechnet, dass er mich hochkant rausschmeißt.

»Schön Sie sind alle hier«, sagt Jack, der vor Tonys Schreibtisch tritt.

Macs Kopf schnellt nach oben und er blickt konzentriert auf unseren Boss.

»Es geht zwar sehr schnell, aber ich habe die Aufgabe für Ihre psychische Gesundheit zu sorgen.«

Oh nein, ein neuer Psycho-Doc.

»Ich habe bereits eine neue kompetente Fachkraft eingestellt, die in nächster Zeit hier auftaucht. Sie wird Ihnen jederzeit für Gespräche zur Verfügung stehen.«

»Haben Sie sie überprüft?«, fragt ihn Mac misstrauisch. Genau diese Frage schwirrt auch mir durch den Kopf. Ich habe keine Lust, erneut einen Maulwurf in unserer Mitte zu haben.

»Natürlich haben wir das. Sie hat unsere überarbeitete Sicherheitsüberprüfung bestanden. Es ist alles in Ordnung.«

Mac wirkt dennoch nicht überzeugt. Nach der Erfahrung mit Fell wird es uns allen schwerfallen, wieder jemandem zu vertrauen.

»Ich werde ihr Ihre Akten später aushändigen, damit Sie sich ein Bild von jedem machen kann. Und Sie Lila, brauchen ein psychologisches Gutachten, dass bescheinigt, ob Sie wieder arbeiten dürfen«, verkündet Jack und eilt wieder hoch in sein Büro. Ich widme mich meinem Computer und gehe alte Fallakten des Kannibalen erneut durch. Irgendwo muss er doch einen Fehler gemacht haben. Gefühlte Stunden sitze ich vor meinem PC und studiere jedes einzelne Wort und Bild, das ich finden kann.

»Entschuldigen Sie, sind Sie Lila?«, fragt mich eine fremde Frau, die plötzlich vor meinem Schreibtisch steht.

»Ehm, ja. Wieso fragen Sie?«

»Ich habe diesen Brief in meinem Büro gefunden und gelesen, dass er an eine gewisse Lila Baker adressiert ist.« Sie überreicht mir den eingerollten Brief, lächelt mich an und verschwindet so schnell wie sie auftauchte. Wer ist diese Frau? Ich schaue ihr irritiert nach, als sie die Treppen erklimmt und auf Jacks Büro zusteuert. Sofort begutachte ich die Schriftrolle, die durch einen silbernen Ring mit einer Krone darauf geschoben, geschlossen ist.

Das ist der Ring, dessen Abdruck wir auf einer Leiche gefunden haben. Ich drehe die Schriftrolle in meinen Händen und untersuche den Ring auf sichtbare Spuren. Dabei sehe ich, dass jemand *An Lila* auf die Schriftrolle geschrieben hat. Ohne Zweifel ist das Fells Handschrift. Was führt er nur im Schilde und was ist so wichtig, dass er es mir nicht sagen konnte? Und kennt diese fremde Frau Fell? Ich hole eine Plastiktüte aus dem Schubfach meines Schreibtisches, um den Ring einzutüten. Mit zittrigen Händen ziehe ich einen Gummihandschuh über, um keine Spuren zu zerstören. Ich ziehe den Ring von der Schriftrolle ab und tüte ihn ein. Das mögliche Beweisstück lege ich zur Seite und entrolle den Brief.

Liebe Lila,

Sie werden sich sicherlich fragen, wieso ich Ihnen einen Brief schreibe. Es gibt auch für mich sehr persönliche Dinge, die nur schwer über die Lippen kommen. Wenn alles so gelaufen ist, wie ich es geplant habe, dann werde ich entweder bereits im Gefängnis sitzen oder bald dort sein. Versuchen Sie Ihrer neuen Psychologin zu vertrauen, trotz meines Vertrauensbruchs. Dr. Cordes wäre von Anfang an Ihre Psychologin gewesen, wenn ich mich nicht eingemischt hätte, aber Sie und Steve haben pure Neugier in mir geweckt, dass ich den Job annehmen musste. Ich weiß, ich habe Ihnen sehr viele Schmerzen bereitet. Körperlich, wie auch psychisch. Dafür möchte ich mich entschuldigen, aber mein Plan ließ und lässt keine Änderungen vor. Richten Sie Steve Grüße von mir aus. Er kann sehr froh sein jemand wie Sie in seinem Leben zu haben und so bin ich es auch. Sie zeigten mir gegenüber sehr viel Abneigung. So viel Abneigung, dass es schon fast zur Begierde wurde. Eine versteckte Begierde. Verstecken Sie sich nicht vor sich selbst, Lila. Stehen Sie sich Ihre Gefühle ein, so wie ich mir meine Gefühlen gegenüber Ihnen eingestehe. Ich kann Sie nicht töten, schon seit unserer ersten Begegnung. Sie wecken Gefühle in mir, die noch niemand in mir auslösen konnte. Ich werde im Gefängnis in Erinnerungen schwelgen. An Sie und alles was in letzter Zeit geschehen ist. Es war sehr aufregend, Ihnen mit Ihrem brillanten Verstand zu begegnen. Sie haben mein Leben und meine Taten in einer Weise verändert, so wie ich Ihr Leben und Ihr Handeln verändert habe. Nennen wir es gegenseitige Manipulation. Damit wären wir quitt, würde ich sagen. Ich freue mich schon auf Ihren Besuch und Ihre vielen Fragen und das Gefühlschaos, das ich Ihnen ansehen werde.

Mit freundlichen Grüßen
Alexander Fell

Ich tüte den Brief ebenso in einem Beutel ein, nehme beide Beweise und laufe mit Hilfe meiner Krücken zu Fell.

»Was hast du vor Lila?«, ruft mir Mac hinterher, doch ich bleibe nicht stehen.

»Lila!«, schreit Mac. Er schlägt mit seiner Hand auf seinen Schreibtisch, dann Schritte. Ich bin fast vor dem Aufzug, der zu den Verhörräumen führt, als er mich einholt.

»Stopp«, sagt er und stellt sich mir in den Weg.

»Ich werde ihn nur fragen, woher er diesen Ring hat. Mehr nicht.«

»Vielleicht ist das schon zu viel.«

Ich stehe vor ihm und schüttele den Kopf. »Du kannst mich nicht davon abbringen.«

Mac kneift seine Augen zusammen. »Ich weiß, aber ich komme mit.«

Mac öffnet mir die Tür und ich gleite auf meinen Krücken und mit den Beweisen hinein.

»Schonmal gesehen?«, frage ich Fell, dessen Miene sofort freudige Züge annimmt, als er mich sieht.

»Ja«, gibt er zu.

Will er etwa auch noch diesen Mord zugeben? »Woher haben Sie den Ring?«

»Oh, Lara hat Ihnen den Brief überreicht.« Er macht eine kurze Pause. »Wer sagt, dass dieser Ring mir gehört?«

Natürlich kennt er sie!

»Er war schließlich an Ihrem Brief an mich. Woher kennen Sie die Frau? Wer ist sie?«

Er schmunzelt. »Ich überlasse kaum etwas dem Zufall. Das werden Sie bald erfahren.« Er mustert mich und Mac, ehe er weiterspricht. »Haben Sie den Brief gelesen, bevor er als Beweis aus Ihren Augen verschwindet und zu der guten Alecia kommt?«

»Ich werde diesen Ring auf Spuren untersuchen lassen und falls sich herausstellt, dass Sie das Opfer getötet haben, das den Abdruck dieses Ringes auf dem Körper hatte, dann werden Sie bis zu ihrem Lebensende Gitter vor den Fenstern sehen.«

»Ich wünsche Ihnen viel Erfolg.« Er schenkt mir ein wölfisches Grinsen.

Nun bin ich mir sicher, dass wir nichts finden werden. Er hätte es gestehen können, aber er tat es nicht. Es wäre auch zu schön gewesen, aber er hat mir bereits ein Geschenk mit seinem Fingerabdruck und seinem Geständnis gemacht. Er wollte mich glauben lassen gewonnen zu haben. Stattdessen läuft alles nach seinem Plan – nach seinen Spielregeln.

Ich mache kehrt aus dem Raum. Mac folgt mir und ich

lehne mich gegen die Wand. Ich kann es nicht fassen. Selbst, wenn er im Gefängnis sitzt, werde ich mich mit ihm beschäftigen. Mit Sicherheit hatte er seine Finger im Spiel gehabt. Weiß er von Steve von dem Stoffhund meines Bruders? Hat er ihm diese Informationen gegeben?

»Lila, du musst dich ausruhen«, beschwört mich Mac und ich glaube, dass es das Beste ist.

»Du hast recht Mac. Ich muss nach Hause.«

»Komm. Ich fahr' dich.«

Ich nehme sein Angebot an und Mac fährt mich nach Hause und hilft mir in meine Wohnung zu gelangen, da bedauerlicherweise der Aufzug kaputt ist.

»Brauchst du noch was?«, fragt er, als wir durch die Tür treten.

»Nein alles gut.«

»Falls irgendetwas ist, dann ruf mich an. Oder Tony oder David. Wenn du magst. Wir sind für dich da.« Er drückt mir die Briefe aus meinem Briefkasten in die Hand.

»Danke Mac. Ich denke, ich brauche erst mal etwas Ruhe.«

»Melde dich«, sagt er und drückt mir einen Abschiedskuss auf meine Stirn.

»Tschau«, sage ich, schließe die Tür und öffne meine Briefe. Einer hat keinen Absender. Geschwind öffne ich ihn und erkenne die Handschrift sofort. Dieser Brief sollte anscheinend direkt an mich gehen und nicht in den Händen meines Teams landen. Was will mir Fell mit diesem Brief sagen?

Liebe Lila,

Probleme scheinen immer so groß, wenn man ihnen zu viel Aufmerksamkeit schenkt.

Also, schalten Sie ab, entspannen Sie sich und versuchen Sie nicht an mich zu denken.

Rahmenbedingungen kann man ändern und somit kommt es zu unverhofften Wendungen. Ich biete Ihnen einen vielleicht irgendwann ersehnten kostenintensiven Eingriff pro bono an. Vorausgesetzt der Samenspender Ihrer Träume klopft an Ihre Tür, der es würdig ist der Vater Ihrer Kinder zu werden.

PS: Sie wissen wo Sie mich finden werden, wenn die Zeit gekommen ist.

Alexander Fell

Charaktervorstellungen

Lila Baker

Steckbrief

Name	Lila Baker
Alter	30 Jahre
Geburtstag	22.12.1990
Lieblingsfarbe	orange
Lieblingsessen	Zucchini
Lieblingsgetränk	Tee, Kaffee
Kleidungsstil	leger
Haarfarbe	braun
Augenfarbe	grün-gelb
Größe	1,68m
Hobbys	zeichnen, lesen, Fälle aufklären, Mörder verhaften

Lila Baker macht sich zu viele Gedanken in allen Lebenslagen. Rückschläge bestärken sie weiter zu machen und nicht aufzugeben. Sie lebt für Gerechtigkeit und übt ihren Beruf mit voller Hingabe aus.

Steve Rich

Steckbrief

Name	Steve Rich
Alter	35 Jahre
Geburtstag	14.07.1985
Lieblingsfarbe	keine
Lieblingsessen	Quarktorte
Lieblingsgetränk	heiße Schokolade, Kaffee
Kleidungsstil	casual, meist sehr modisch
Haarfarbe	dunkelblond
Augenfarbe	grün
Größe	1,80m
Hobbys	seinen Körper zu trainieren, Kino- und Konzertbesuche

Steve Rich ist sich bewusst, dass er es nicht jedem recht machen kann und steht zu seiner Vergangenheit und den damit verbundenen Fehlern. Steve akzeptiert Veränderungen in seinem Leben und kämpft für das, was ihm wichtig ist.

Prof. Dr. Fell

Steckbrief

Name	Prof. Dr. Alexander Fell
Alter	40 Jahre
Geburtstag	22.11.1980
Lieblingsfarbe	weiß
Lieblingsessen	Feigen, Trüffel
Lieblingsgetränk	Wein mit Blut
Kleidungsstil	elegant, meist Anzüge
Haarfarbe	schwarz
Augenfarbe	braun
Größe	1,83m
Hobbys	kochen, backen, jagen, fischen

Er beherrscht die Kontrolle über seine Emotionen, während er nach seiner eigenen Wertvorstellung handelt und dabei seine eigenen Ziele verfolgt. Prof. Dr. Fell liebt es Menschen in seinem Umfeld zu manipulieren und ihnen Verhaltensweisen aufzudrängen.

Danke

Ohne die Hilfe zahlreicher Menschen wäre dieses Buch nicht so geworden, wie es nun ist.

Die dramatischste Wendung in der Geschichte ist in einem Gespräch mit Ernst zustande gekommen, da ich Informationen über diverse Verletzungen brauchte. Nach vielen Fragen hier und Antworten da, kam nun die drastischste Idee, die ich meiner Hauptprotagonistin antun konnte: eine Verletzung ihres Eierstocks. Ich danke dir so sehr, für die Zeit, die du dir genommen hast, um meine Schnellfassung der Geschichte anzuhören und mir in der Entwicklung des weiteren Verlaufs zu helfen.

Auch danke ich Sandra, die das Manuskript Korrektur gelesen hat, bevor es ins Lektorat ging, um die gröbsten Schnitzer zu entfernen.

Ich danke meinem Freund, der meine meist gestellten Fragen stets beantwortet hat: „Ihm oder ihn? Meinem oder meinen?" Danke, danke, danke.

Ich danke meiner Lektorin Katharina Baumgärtel für ihre großartige Arbeit an meinem Manuskript. Ohne ihr hätte ich zahlreiche Kleinigkeiten übersehen und manche Charaktere im falschen Licht präsentiert. Sie hat jede Szene perfekt analysiert und mir zahlreiche weitere Möglichkeiten aufgezeigt, wie ich die Geschichte in manchen Punkten noch verändern kann. Danke, danke, danke.

Ria Raven hat dieses fantastische Cover gestaltet, das ich

immer noch stundenlang anschauen und dahin schmelzen könnte. Dank ihr hat die Geschichte ein Gesicht … oder eher eine Figur bekommen.

Weiterhin Danke ich meinen Kollegen Uta, Kathrin, Bea und Sylvia, die sich als erstes das Buch vorgenommen haben und noch unzählige kleine Fehler verbessern konnten. Ich bin immer noch überwältigt von eurem Feedback.

Ohne euch allen, wäre dieses Buch nicht zustande gekommen.

Tausend Dank